艺事写来任天真

包立民 著

ZHEJIANG UNIVERSITY PRESS
浙江大学出版社

此中有真意

——包立民《艺事写来任天真》序

吴中杰

    包立民是复旦大学中文系一九六五届毕业生，读的是文学专业，但他同时对美术很感兴趣，这种兴趣，为他日后的工作提供了方便。他后来长期在《文艺报》工作，这家报刊（有时为刊，有时为报）兼顾文学与艺术，涉及面很广，立民在此工作，正是适得其所。因报道和组稿的需要，他与文学界和美术界都有接触，对中国作家和画家均有了解，所写文章，所出图书，也是文学与美术兼而有之，成为两界双栖作家——其实这两界本来是相通的，有着共同的规律。而这本《艺事写来任天真》，则是专写中国现代美术家的著作。

    时下描写和评说名画家的文章和著作很多，大抵取的是仰视态度，把这些名家吹得神乎其神，很有点名人崇拜的味道。这种作品，对于宣传名家、扩大其影响，自然是有用的，但对于艺术鉴赏和学术研究却无甚价值。本书的取材，并不以画家的知名度和"粉丝"的多寡为标准，而重在画家的品位及艺术特色，理性地探讨其成功的经验或失败的教训。

这里有画坛史料的开掘，如《徐、林首次会面考异》，考证徐悲鸿与林风眠的相识时间和相互关系，因为对于这两位在中国现代美术史上"卓有成就、独树一帜的艺术大师"和"桃李满天下、自成体系的卓越美术教育家"，有必要梳理一下他们的"艺术思想和艺术理论的异同"，而"要弄清楚这两方面的异同，就有必要了解他俩的艺术交往或彼此不同的艺术见解"；有对于画家性格的刻画，如《亚明缅怀傅抱石》写傅抱石的率真，《刘金涛遥念黄永玉》写黄永玉的侠气；有对于某种伦理道德的赞扬，如《是谁把傅抱石推向世界》写徐悲鸿、郭沫若对傅抱石的提携；有写夫妇画家的理解与合作，如《一对画家的痴情》写裘沙、王伟君夫妇青年时政治风雷中闪电结合，老来又以"笔富安贫不卖钱"的痴迷精神，共同完成四百多幅鲁迅文学作品插图，出版《鲁迅之世界》，他们不肯将作品卖给外国人来换钱改善生活，而要将它们留给祖国的读者；还有阐释继承与创新之关系，如《苦禅画传述异（中）》中论说李苦禅向齐白石拜师学习，但又不模仿乃师笔墨，具有独创精神，深得白石赞赏："论说新奇足起余，吾门中有李生殊。""苦禅学吾不似吾，一钱不值胡为乎？""余门下弟子数百人，人也学吾手，英（按：即苦禅）也夺吾心，英也过吾，英也无敌，来日英若不享大名，天地间是无鬼神矣！"

更有意思的是，文章在赞扬画家品德或艺术成就的同时，有时笔锋一转，插上一段对时下画坛陋习的讽刺。比如，在《苦禅画传述异（下）：潘李之交》中考索谁最早提出"南潘（天寿）北李（苦禅）"的说法时，却插议道："一般说来，南某北某的称谓大多出自古玩字画商之口，他们有意把历代和当代南北两地的画家联姻，一来是为了抬高画家的地位，二来是醒目，引起收藏家和顾客的注意，便于善价出售其画。二十世纪三十年代，画坛上确实盛传过南某北某之说，但不是南潘北李，而是南张北溥。张是张大千，溥是溥心畬。这个口号最早提出的正是琉璃厂集萃山房的字画商周殿侯，后经工笔花鸟画家于非闇在《北平晨报》上以《南张北溥》为题写了一篇文章，于是就广为流传了。至于潘天寿和李苦禅，当时他们主要都在从事美术教育"，或者很少作画，或者仅出过一本画册，但也还没有形成气候，"三十年代的字画古玩商根本不会提出'南潘北李'的"。这些话，都说得有理有据，真是参透世情之言，让读者可以看到吹捧者的真实意图。

历史写作与论辩文章有所不同。论辩文章往往是攻其一点，不及其余，注意力全在论争的问题上。而历史写作，则要求知人论世，顾及全面。我们读本书三篇评介林琴南的文章，就会得出与以前读五四新旧文化论战资料有所不同的印象。

林琴南是清末民初中国文坛上非常活跃的人物，读者对他并不陌生。但我们所知，大抵在两个方面：一是这位不懂外文的古文家，靠别人口译，他加以笔述，竟翻译了一百多部外国文学作品，而且风靡一时，令读者大开眼界；二是在五四时期，他站在守旧派的立场上，给北大校长蔡元培写了一公开封信，还写过两篇文言小说，大肆反对新文化运动，不但对新人物加以辱骂，还企望借助武力来加以镇压。这一点，很使青年学子对他轻视，因而也很少有人去研究他了。其实，要研究中国现代文艺史，他是一个绕不过去的人物，因为他是一个风靡一时的作家和画家。立民选取他做描写对象，是有道理的。

这里所收三篇谈林文章，虽然并不都是谈书画，但从中可以了解林琴南的为人。如《林纾的七十寿辰》中所揭载致发起公开大举祝寿某学生的信中，就可以看到林琴南对于世事的洞明："盛名为人生不详之事，稍一蹉跌，如坠身岩中，骸骨齑粉，仆生平危惧祗此一节。不图诸贤不谅，风驰电掣，瞬息四布。此事敬为忌者所中，飞文巧诋，宣之报章，力索吾垢，岂无瘢痕可寻？宁非求荣反辱，然及此追回，尚有余咎，万恳万恳。"又如在《林纾的家教》中所示致璐儿书云:"吾意以七成之功治洋文,以三成之功治汉文。汉文汝略略通顺矣,然今日要用洋文,不在汉文。尔父读书到老,治古文三十年,今日竟无人齿及。汝能承吾志,守吾言者,当勉治洋文,将来始有啖饭之地。"作为一个激烈反对新文化运动的旧营垒人士,却劝导自己的儿子去学习洋文,实出于无奈,也表现出他对于时势的顺应能力。

当然,本书谈林琴南,着重点还是在于他的诗画,特别表现在《林纾其人其文其译其诗其画》一文中。林琴南的诗,其实并不算好,这一点他很有自知之明,说是"诗非所长休索和",但也还有自己的特色,立民指出:"从现存的《闽中新乐府》《畏庐诗存》及不少题画诗来看,他的诗有感而发,言之有物,少矫揉造作,无病呻吟,尤其是涉及清朝时政的'新乐府',更是切中时弊。"而他的画,定的润格却是很高,比齐白石高得多。比如:林的"五尺堂幅二十八元",而齐的"五尺十八元",相差很大。但实际上,他的画也不见得很好,鲁迅曾在琉璃厂清秘阁订购过一幅林琴南的山水册页,评价是"亦不甚佳",这是一九一二年十一月间事,离新文化运动尚远,当与新旧文化冲突无关。而对齐白石的画,鲁迅倒是比较欣赏的,后来在《北平笺谱》中还选了他的画。这不但是鲁迅个人的评价，后来齐白石的画很风行，而林琴南的画则被冷落了，这就说明了问题。那么，林、齐二家，当时的润格为什么会差别那么大呢？立民指出，这与知名度和绘画本身的市场效应有关："齐白石初来乍到，京城人对这位声名不显的湖南老画师还不认，对他的小写意花鸟山水还不赏识，若以著名度来比，更比不上林琴南了。"齐白石后来是经过陈师曾的推介和建议变法，适应了艺术市场的需要，这才打开了局面，成为一代国画大师。可见艺术和市场的关系多么密切！立民在这里提出了艺术市场学上的重要问题，值得进一步研究。

不过，林琴南大幅提高自己画润，也并非是一个财迷，却还有现实的原因。这就是他在民国十年（一九二一年）的笔单上附诗所说的："故旧孤孀待哺多，山人无计奈他何。不增画润增何润？坐待饥寒作甚么？"据说，林琴南不但自己子女多达十个，而且还为乡里好友林述庵、王薇庵哺养遗孤、培养成才，一个成为武将，一个成为文才，所以家里开销很大。当然，画润很高还有人买，还是与文名有关，否则，家里再缺钱也是没有人来光顾的。但由此也可以看出，林琴南在为人处世上，的确也有他的长处。而且，他对于润格低于他、年岁少于他的齐白石，也没有轻视的意思。他看到齐白石变法之后的画作，大为赞赏，说是"南吴北齐，可以媲美"，将齐白石与上海的吴昌硕相提并论，而且经人介绍，与齐白石交上朋友。一个人总是有优点，也有缺点；研究者应该进行面面观，不能只看一点，不及其余，拼命吹捧，或竭力贬低。立民能从多方面去观照林琴南，使我们对这个画家，对这个时代的画坛，有一个全面的了解。

在我国现代画史上，中西画派的论争一向就很激烈，想移植西画入本土的也大有人在。有成功的经验，也有失败的教训。本书很关注这个问题。《决澜社与庞薰琹》就写到该社移植西方现代派绘画的失败的教训。立民评论道："决澜社社员在移植借鉴外来的艺术品种时未能顾及中国的土壤、气候，是他们中途夭折的根本原因。一般来说，科技可以直接移植引用，而文艺不能直接引用，只能有选择地借鉴吸收，或者根据中国的国情适当地改良外来艺术品种；或者将外来的艺术品种进行嫁接、融合；或者吸收外来品种的技法，丰富、充实、改良中国固有的艺术品种。而要做到这些非要知己知彼，一方面对西方现代绘画的长短得失也应有深切的研究了解；另一方面对中国传统艺术的长短得失也应有深切的研究了解。应该说，决澜社的成员，包括主要成员庞薰琹，在这两个方面都是修养不足，或者说，他们只具有'破字当头'的勇气，而不知如何立。"这是平心之论，可以为后来之移植者鉴。

我们古人谈艺，向来有"道"和"技"的区分，这是不同的艺术层次，不同的精神境界。《庄子·养生主》里庖丁解牛的故事，说的就是这个道理。庖丁回答文惠王之问道："臣之所好者道也，进乎技矣。"但许多人都在"技"的范围内打转，这是艺术水平上不了层次的主要原因。本书在《魂兮归来——熊秉明先生周年祭》里接触到了这个问题。

熊秉明的经历很奇特，他是西南联大哲学系毕业生，到巴黎大学留学后，原来也主修哲学，而一年后又转学雕塑，经过几年的努力，已经成为法国雕塑界中三位著名东方雕塑家之一，但又因生活问题而转到巴黎大学东方语言系任教汉语。因为其时他已有老婆孩子，需要养家糊口，而要养家糊口，就必须不断地生产作品，这种不断重复生产的方式，使他很不愉快。"他觉得艺术家要真正的创造，必须是精心酝酿出来的东西，不能今天这样，明天那样，像订货一样照着生产。"所以，他的改行教书，意在以教养家，同时也是以教养艺。在教汉语的同时，他不但继续雕塑，而且又研究书法，并写了重要学术著作《中国书法理论体系》。正因为有这样的经历和学养，并且少一些名利之心，所以他能够对艺术进行哲理思考。继"哲学是中国文化的核心"的提法之后，又提出了一个名论："中国书法则是中国文化核心的核心。"在熊秉明看来，书法是从抽象思维回归到形象世界的第一境，它是抽象思维运用的符号。当我们欣赏书法作品时，就会沉浸于一种生命的格调韵味，我们在低吟玩味的同时，是哲学，是诗，也是书法。所以，他认为，书法代表中国人的哲学活动从思维世界回到实际世界的第一境，它还代表摆脱此实际世界的最后一境。

这个理论，是否能得到大家的认同，并不要紧，而能够从"道"的高度来思考中国书法，则是很值得重视的；他自己的艺术创作，也是尽量向"道"俱进。正因为熊秉明是从哲理的高度进行艺术创作，所以他的夫人在他的雕塑《牛》里，读出了儒家境界，而从他的雕塑《鹤》里，读出了道家境界。立民说："儒家和道家是熊秉明哲学思想中的两个方面，儒家思想表现在内，道家思想表现在外。也可以说，他思想本质是儒家，而表现形式是道家。儒家和道家对熊先生来说，是交替为用，联成一体的。"

立民在本书中介绍了许多画家和书家，他们的经历和成就都值得我们关注。但我更感兴趣的，是他在叙述介绍中所提出的一些问题——社会问题和哲理问题。

这是值得进一步思考的事！

目　录

林纾其人其文其译其诗其画

  清末民初，北京城里住着一位名扬海内的文坛巨子。这位巨子不仅为桐城派的嫡传，以古文写随笔小品，长、短篇小说，而且开创了用改良了的古文翻译世界名著的先河。他翻译过的名著有法国小仲马的《巴黎茶花女遗事》、大仲马的《玉楼花劫》《蟹莲郡主传》，英国狄更斯的《块肉余生述（记）》《滑稽外史》，司各德的《撒克逊劫后英雄略》《十字军英雄记》《剑底鸳鸯》，哈葛德的《迦茵小传》《埃司兰情侠传》《埃及金塔剖尸记》，美国斯土活（史拖洛）夫人的《黑奴吁天录》（又名《汤姆家事》），希腊《伊索寓言》，挪威易卜生的《梅孽》，俄国托尔斯泰的七部小说，还译过英国柯南道尔的福尔摩斯侦探小说数种。据不完全的统计，他一生所译小说 170 余部。这位文坛巨子就是林纾（字琴南，号畏庐）。当时林译小说配套成箱，由商务印书馆出版，风靡全国。他是一个地道的畅销书作家，其书流传之广，影响之大，不亚于今之金庸。难怪胡适要在《五十年来之中国文学》中如此高度地评道："古文不曾做长篇小说，林纾居然用古文译成百余种长篇小说，并使许多学之人，亦用古文译长篇小说。古文中本少滑稽之风味，林纾居然用古文译欧洲狄更斯之作品。古文不长于写情，林纾居然用古文译《茶花女》和《迦茵小传》等书。古文之应用，自司马迁以来，未有如此之伟大成绩也！"

奇怪的是，这位古文翻译小说家并不懂外文，他翻译小说，请人口授，他笔述，两人合作，其笔译速度之快，令人咋舌，据说他每小时能译千字，每天译四小时，翻译进程比职业翻译家还要快。当然因不通外文，误译漏译也不少，也遭到了不少讥评，但他的译笔之美，着实令人倾倒，连鲁迅和周作人也不得不佩服赞叹！不少文学后辈，也因读林译小说而走上创作翻译之路。

关于林纾在翻译和古文创作方面的成就，已有诸多评述，这里从略。本文着重写一点他从文之余的诗和画，谈一点他在诗画方面的逸闻掌故。

林琴南不仅是文学家，而且是画家，还不是文人雅集上的即兴挥笔的风雅画家，而是名头不小在琉璃厂挂笔单的职业画家。据文史掌故家郑逸梅在《林琴南卖画》一文中记载："偶检敝笈，犹存有民国十年（一九二一年）林琴南更定润格一纸，如五尺堂幅二十八元，五尺开大琴条四幅五十六元，三尺开四幅小琴条二十八元，斗方及纨折扇均五元，单条加倍，手卷点景均面议。限期不画，磨墨费加一成，件交北京永光寺街林宅。"二十世纪二十年代初，在北京琉璃厂定有如此高润格的画家还确实不多。就拿齐白石来说，他五十五岁（一九一九年）定居北京，卖画为生，在琉璃厂定的润格仍用一九一〇年吴昌硕为他定的，为"四尺十二元，五尺十八元，六尺二十四元，八尺三十元，册页折扇每六元"。若以同期润格相比，林琴南的似乎还要高于齐白石。齐白石初来乍到，京城人对这位声名不显的湖南老画师还不认，对他的小写意花鸟山水还不赏识，若以著名度来比，更是比不上林琴南了。

辛亥革命后，鲁迅初到京城，随民国首任教育总长蔡元培，供职教育部。他沉浸在搜集汉画像，抄写古碑帖上，因此，经常光顾琉璃厂古玩铺及冷摊，偶尔也买几幅画。从鲁迅博物馆的画库中，发现他藏有林琴南的一幅画。这幅画的来历，据一九一二年十一月九日《鲁迅日记》载："赴留黎厂（即琉璃厂）买纸，并托清秘阁买林琴南画册页一叶。付银四元四角，约半月后取。"事实上鲁迅不到一周时间，就拿到了这帧山水，在同月十四日的日记中又载："午后清秘阁（伙计）

持林琴南画来，亦不甚佳。"鲁迅早在南京求学时期就读过林译小说《巴黎茶花女遗事》，后在日本留学时期，不满于林琴南因不懂外文，误译甚多，而与周作人一起学章太炎古文笔法、译小说，译成了《域外小说集》。他刚到北京，就慕其文名，到琉璃厂清秘阁，花了四元四角钱预定了一幅山水，取来一看，感觉不太好，大有盛名之下，其实难副之感。不过，这幅画还是珍藏保存了下来，保存在鲁迅博物馆里。鲁博研究员李允经在《鲁迅藏画欣赏》一书中收了这幅山水。

林琴南旅居京城，一身三任。既有按时取北京大学教习的固定俸薪，又有丰厚的小说翻译版税收入，更有高润格的卖画所得，真所谓财源滚滚。陈石遗戏称林寓成了"造币厂"（制造银币的工厂）。但是林琴南还是唉穷，郑逸梅提到的民国十年笔单上曾附诗题道："故旧孤孀待哺多，山人无计奈他何。不增画润增何润？坐待饥寒作甚么？"当年被人讥为作伪。

林琴南唉穷是否真的作伪？据香港作家、知情人林熙在《听雨楼随笔》中记载，他与乡里的林述庵、王薇庵为生死交。述庵死于一八九〇年，只得中寿，幼子林之夏方十三岁（笔者据林纾撰《林述庵哀辞》记载，当为十六岁），家中人口多，林琴南就收养他在家，像自己的子女一样看待，教他读书，将其抚养成人。后来他参加辛亥革命，攻打南京时立了大功；孙中山很夸奖他，说他是模范军人，授陆军少将。

林琴南不仅抚育了老友林述庵之子，武将林之夏，还抚育了老友王薇庵之子王雨楼。王雨楼十一二岁（又据林纾撰《告王薇庵文》，当为十四岁）父亲去世，无人抚养，林琴南立即负起世伯责任，养在家中，凡十二年之久，后来中举人。他除培养抚育了一位武将军和一位文秀才外，还收养了亲友孤儿十多人，都供养其膳宿读书，教养成人。

林熙在《听雨楼随笔》中所记之事，在林琴南的两首《七十自寿》诗中也有反映，诗云：

> 总角知交两托孤，凄凉身正在穷途。
> 当时一诺凭吾胆，今日双雏竟有须。
>
> 教养兼资天所命，解推不吝我非愚。
> 人生交友缘何事？忍作炎凉小丈夫？！

林氏的《七十自寿》诗，正是作于民国十年，也就是他更定笔单，提高润格之年。由此看来，润格中所附诗句"故旧孤孀待哺多"是实情，支出太大，不得不增加画润，而非"作伪"。讥林作伪之人大概不了解林家实情，错讥了一诺千金、侠义心肠、为友人办事、两肋可以插刀的大丈夫林琴南了。

也许有的读者要问，林琴南画润一增再增，是否与他的文名也有关？

文名大了，水涨船高，画价也随之升值？此问不能说错，名人字画的价值大小，大半确实取决于书画家的名头大小，名头越大，价值也相应要大。林琴南的画润之所以能不断升高，固然与他的年资文名有关，与他画得比较工细地道也有关，就是说，他还不是那种光靠文名，大笔一挥，逸笔草草画那种糊弄人的所谓"文人画"。他的画还是有传统功底的，是有画内功夫的，而不是"野狐禅"。那么林琴南究竟何时学画，他的老师又是谁？关于这方面，似乎还很少有人提及。

谈及林琴南的师承，先要谈一下他的家庭出身，一八五二年他出生在福州闽侯，"居闽之琼水，自言系出金陵某氏，顾不详其族望。家贫而貌寝，且木强多怒"。这是他在《冷红生传》中写的一段自况。冷红生是他的翻译处女作《巴黎茶花女遗事》所署的笔名，故这篇传略也可看作他的自传。

他有两个老师，一个是诗文启蒙老师薛则柯，另一个是绘画老师陈文台。薛则柯教他诵读杜（甫）诗、欧（阳修）文，提高他的古诗文修养，使他终身受益。可惜时间不长，只有三年左右。十四岁，他又转拜石颠山人陈文台为师习花鸟，兼习诗书，随师二十六年，直到陈文台病逝。关于这位老师，林琴南在《石颠山人传》中记道："山人氏陈，讳文台，字又伯，温陵人，余师也。山人长身玉立，疏髯古貌，善诗工书，能写高松及兰竹，亦间为翎毛花卉。"林琴南年少体弱，加上家境清贫，营养不良，得了咯血之症（许是肺病），十年未愈。初拜师时，山人见他有此疾，很是担忧。后来看了他写的十多首诗，才放心道："可矣！气遒而舒，声远而响坚，孺子不能夭也。"据林氏自述，他自二十至三十岁的十年中，每月吐血斗余，不吃药，病情也不发展。在这十年中，每日读书作画不断。"自计果以明日死者，而今日固饱读吾书，且以画自怡也。"大有我不畏死，奈何以病惧之的劲头，硬是以书画当药治愈了咯血之病。二十世纪三十年代，德国发明了治疗肺病用的空气疗法（一种针剂）。林琴南居住在横山琼水之乡，依山傍水，空气新鲜，岂不是天然的空气疗法？又日夕挥笔作画，亦是人为的气功疗法。难怪"不亲药，疾亦弗到"，十年自愈。

林琴南从师学画二十六年，得山人翎毛用墨之法，又能变化到山水中去，山人看了十分赞赏，认为他能"不拘一法，触类旁通"。但是，毕竟入手不高，入眼的名迹不多，又要教家馆，为生活奔波，尽管他习画时期不短，但没有长足的进步。林译小说成名后，又整天忙于翻译，作文教习（由教家馆到京师大学堂执教），无暇作画，一放就是十多年，晚年才辞去教职放下译笔，重提画笔。据说他作画甚勤，每天站着作画数小时，应付笔单订画，难以创作精品佳作，这也是实情。

林琴南曾有题画诗曰："平生不入三王派，家法微微出苦瓜。我竟独饶山水味，何须攻苦学名家。"诗中抱负甚高，但要说他画中的苦瓜（石涛）味，却很难能品味到。他的画多工细渴笔，走的是戴醇士一路家乘笔法。流传作品有《理安山色图》《仿王椒畦山水图》《江亭饯别图》《篝灯纺织图》《秋檠夜课图》等等。

谈及林琴南的诗，他早年学过诗，对杜诗颇有会心，但很少写诗，尤其是文友之间的应酬索和之诗作得更少，曾向友人坦陈过"诗非所长休索和"。诗是否真的是林琴南之短呢？并不尽然。从现存的《闽中新乐府》《畏庐诗存》及不少题画诗来看，他的诗有感而发，言之有物，少矫揉造作，无病呻吟，尤其是涉及清朝时政的"新乐府"，更是切中时弊。诚如高梦旦在《闽中新乐府》书后所说："甲午之役，我师败于日本，国人纷纷言变法，言救国，时表兄魏季子先生，主马江船政工程处，余馆其家，为课诸子……林畏庐先生，亦时就游谯，往亘数日夜，或买舟作鼓山方广游，每议论中外事，慨叹不能自已，畏庐先生以为转移风气，莫如蒙养，因就议论所得，发为诗歌,俄顷辄就,季子先生为出资刊印,名曰《闽中新乐府》。"《闽中新乐府》民国年间由商务重印过,而今已难以见到,现抄录《关上虎》以窥一斑:

虎来！虎来！

关上人多安有虎？蠹役作威挟官府。

小民负贩图营生,截路咆哮闻虎声。

虎吃肉,不留骨,官纵虎丁侦绕越。

官岂全无恺悌心,当关纵虎伤行人。

无如比较急于火,宁我负民勿负我。

堂皇飞签责虎丁,有船到关船须停。

虎丁得钱实腰橐,诈言船过船无错。

既将膏血濡爪牙,私货过关关不诖。

有私易行无私滞,小民私纳成常例。

丁饱其余始及官,官丁附丽如肺肝。

民间罚税重于税,二分归官八归吏。

罚款储为比较资,虎丁长饱官不臞。

吾思皇帝忧民瘼,不知此辈穷形恶。

不行比较弊更深,专行比较丁复虐。

只有加税全免釐,釐金全向进口索。

庶几虎患无由作！

诗前有作者原注"刺税吏吏丁横恣陷人也"，针砭清政时弊，不言而明。在林琴南的诗歌创作中，有相当一部分是题画诗。他的题画诗，也都是有感而发，或写画中之景，或借景抒情，或直抒胸臆，很少写与画无关的诗，更少录前人诗词。李响泉编撰《清画家诗史》收录林琴南题画诗六首，中有《甲寅（一九一四）秋日为李响泉写纪游册并题钞三》，兹抄录其一如下：

雨暗西泠万柳低，孤山隐隐草萋萋。
遗民低首行宫路，循过苏堤又白堤。
自注：西泠打桨。西湖惟西泠桥最幽邃，可通苏堤，小舟往往循行宫而过，年来景物当不堪问矣。

林琴南庚子（一九〇〇）年间，曾游过西湖，并小住数月，这部赠李响泉的纪游册页，是记十四年前游西湖的景物，当年他是清王朝的举人，故有"遗民低首行宫路"之句，又有"年来景物当不堪问矣"之叹。

十分有趣的是，林琴南借居杭州期间，居然写过多首白话道情，刊登在友人编的《白话日报》上，事见林纾的《论古文白话之相消长》一文："忆庚子客杭州，林万里、汪叔明创为《白话报》，余为作白话道情，颇风行一时。"谁也不会想到，这位五四运动中，曾被视为反对陈独秀、胡适倡导的文学革命，反对白话文运动的急先锋，居然早在一九〇〇年（较陈、胡早十多年），就尝试写作白话道情，写白话口语掺杂其间的《闽中新乐府》（参见前引《关上虎》），可见要评述一个作家的创作言论（理论），也应全面考察其创作实践。钱锺书在《林纾的翻译》一文中，也摘出了林译文中多处采用白话口语的例子。可见他也不是一味反对用白话文创作文学作品。更不能因一时一地的言论而废人，一棍子将他打入冷宫。可惜当年林琴南在刊行期很短的《白话报》上创作的"白话道情"，怕已很难读到了，未读作品，我不敢妄评。

林纾晚年自费出资刻印《畏庐诗存》，曾致信李宣龚，信中谈到了他的诗学门路："吾诗七律专学东坡、简斋；七绝学白石、石田，参以荆公。五古学韩；其论事之古诗则学杜。惟不长于七古及排律耳。"

钱锺书在引述了林致李信后评道："可见他对自己的诗也颇得意，还表示门路很正，来头很大。"不过，他对写作古文自视更高，认为在桐城派"六百年中，震川（归有光）外无一人敢当我者"。如果有人问及林琴南一生诗文创作翻译绘画，何以排列次第，他也许会说，古文为最，诗次之，画次而又次，翻译为末耳。不知九泉之下的畏庐公是否会肯首？

《人物》二〇〇三年第二期

林纾的七十寿辰

　　林琴南生于壬子九月二十七日（公元一八五二年十一月八日）。按干支（即阴历）计年法，婴儿出生之日，即可计一岁。那么林琴南步入一九二一年生日（辛酉九月二十七日），就可称七十初度。中国民间习俗，做九不做十，因此他的七十寿辰应是在这一天做的。

　　据朱羲胄述编的《贞文先生（林琴南）年谱》记载，林琴南七十岁以前的生日都是在家里与家人一起过的，用他的话来说是"举家为寿"，从未有亲友学生为他大张旗鼓地举办过祝寿活动。按他当年在京城的名望、资历及众多门人学生来说，他的六十寿辰就应有人为他张罗，即使不张罗，也会有亲友上门祝寿。可是年谱记载："辛亥九月二十七日为先生六十生日，家人即天津西开寿之。"为什么家人要在天津租界西开寿之呢？请看《畏庐诗存》卷上，他在《辛亥九月二十七日余六十初度仍居西开赋此自嘲》："吾年五十客杭州，甲子于今已一周。两度逢辛（辛丑、辛亥）皆遇乱，举家为寿若忘忧……"

五十、六十岁生日是在家中静悄悄地度过了，那么七十寿辰是否按照前例"举家为寿"，不惊动亲友门生？林琴南的本意是想如此，何以为证？进入辛酉年后，他靠卖画为生，赡养家人。尽管润格颇高，收入颇富，有人戏称他是"造币厂"，但他须抚养数十口家人，还要供养几个孩子上学，学费不菲，家累甚重。做寿既要破费来客送礼，又要自己多花钱，这也是他要"举家为寿"的一个重要原因，只是不足为外人道也。对外人不足道，但对家人是可以说的，他在给青岛求学的五子林璐的信中写道："廿七日余生辰，本同尔母商议，省费不请一客。"可是亲友怎么也不答应，一定要为他祝寿，结果"无如男宾女客，来者至多，但海军一部，已有数十人。志谦新得一款颇巨，送来一百元为寿仪，却之不可，只得借此项为用度，家中四席（女客据其三），广和居四席，杏花村三席（四哥陪海军诸友），共费一百六十余元。寿分亦收至三十余元，所赔不多"。

花费一百六十元，请了十一桌亲友客人，来庆贺林琴南的七十大寿，这对一位终生自食其力，教书、卖文、鬻画的"穷措大"文人来说，确是一笔巨大开支，幸亏有林志谦的一百元寿仪垫底，才"所贻不多"。由此看来，林琴南是生平头一遭热热闹闹地与众多亲友过了一次大寿辰。其热闹场景在"年谱"中虽无只字记载，但谱中却在生日这一天，记下了另一起惊动京城内外的祝寿活动——"及门弟子，於生日前，通启中外，徵乞艺文，以为先生寿"。原来是林氏诸多学生为老师生日筹备了一份更大的征文寿礼——尽管是一份秀才寿礼。

俗话说，秀才人情纸半张，可是这份秀才寿礼可着实不轻呵！它几乎遍及京城遗老宿耆，也触及了半壁艺苑文坛名流。据谱载："越日，海内耆旧名宿，如康有为、陈宝琛、樊增祥、陈衍、左绍佐、周树模、陈三立、柯劭忞、郭曾炘、严复、马其昶、姚永朴、王树枬、傅增湘、张元奇、王允哲、卓孝复、高步瀛、王式通、王葆心、李宣龚、孙雄、罗惇曧、秦树声、三多、江瀚、朱益藩、徐世昌皆各投诗文为先生寿；画师如齐璜、陈衡恪则以绘事为寿，乃至名伶如梅兰芳、尚小云、程砚秋，亦各馈画献寿。"谱中列举的三十余人，只占三分之一左右，还有诸多名流如叶恭绰、江蕴宽、宋小濂、林福熙等等尚未列入。更有前任"清史馆总裁赵尔巽、遗使请于先生，愿署弟子籍，众闻大惊。先生婉谢却之"（见《贞文先生年谱》）。

一个布衣老文人、老翻译家、老书画家，居然赢得如许京城宿著名流的祝寿礼赞，在二十世纪初的旧文坛艺苑中，不说空前，也可称绝后了。

在众多祝寿诗文书画中，年长四岁，林琴南以前辈尊之的末代皇帝宣统的宫保太傅陈宝琛，领衔为林琴南写了一篇寿序，序中盛赞了林琴南的道德文章，从青少年时代的仗义行侠、号称狂生写起，一直写到他老年的捍卫名教、九度谒陵活动，类似一篇传略。康有为则继"译才并世数严林"诗句后，又在祝寿诗中称誉林译小说有班固、司马迁的古文高才："说海于今听似雷，浓熏班马有高才。"

严复与林琴南同是福建闽侯人，年龄略小，又同是闽籍晋安耆年会会友。严复早年留学英国，虽说学的是海军，可是这位学海军的学生，却于格致、天算、建造、战术之外，还致力于研究西方的学术思想，翻译了《天演论》《原富》《群学肄言》《穆勒名学》《法意》等西方资产阶级政治学、哲学、社会学、政治经济学、法学、逻辑学等经典著作，加上他译学严谨，曾提出"信、雅、达"翻译三要素，当称近现代译林的开山泰斗。也许是文人相轻的传统观念作祟，当"林译小说"盛行，其发行量远远超过他译的学术经典著作时，他的心理确有点不平衡，对于不懂外文，仅凭别人口述的"林译小说"曾流露出不屑一顾的神态。故对康有为的"译才并世数严林"诗句，颇不以为然。林琴南奉祝严畿道（严复）六十寿辰，诗中有"盛年苦相左"之句。但辛亥革命后，严林又一起站到了反对共和的封建遗老一边，成了晋安耆年会会友（会长陈宝琛），故林诗又有"晚岁荷推致"之说。怎么推致呢？严复在题《畏庐晋安耆年会图》（林纾字琴南号畏庐）中有句道："纾也壮日气食牛，上追西汉摘文藻。十年大学拥皋比，每被冬烘笑头脑……"诗中盛赞了林琴南的古文文采能上追班固、司马迁，及其壮岁仗义行侠，气壮如牛，还赞扬了林的十年大学业绩及绘事上的硕果："兴来铺纸写云山，双管生枯兼润燥。自言得法自吴（历）王（石谷），定价百金酬一稿……"这次在《赠畏庐七十寿诗》中他又写道："自有高文媲汉始，更掺重演续虞初。"

林琴南中年连遭丧母、丧妻、丧子、丧女之痛，可是否极泰来，年近五十续弦后，二十年间却频频添丁（后妻为他增添了五子四女），直到临近古稀之年，还添了一千金，成了文坛上的一段佳话。难怪老诗友樊樊山（樊增祥字樊山）要戏贺道"仙果连年结老枝"，而叶恭绰更戏将添丁与报国相连，希望老寿星"明年报国更添丁"，与林琴南开了一个小小的玩笑。

祝寿书画中，人称四大名旦中，居然有三大旦角梅兰芳、尚小云、程砚秋均手绘贺祝。梅兰芳是齐白石的入室弟子，前此一年（一九二〇年）拜的师，弟子梅兰芳赠了画，老师齐白石当然也不甘落后，不仅画了梅花，还题了诗，诗中赞誉林琴南是唐宋八大家的领衔人物韩愈的传人：

> 韩子文章妙众官，
> 换人凡骨胜金丹。
> 此翁合是传人未？
> 著万遍书在人间。

齐白石生于一八六三年，比林琴南小十一岁，一九一七年定居北京，一九二〇年与林琴南相识。提起齐、林交往，齐白石在"口述自传"中有如下记载："我那时的画（指定居京城的画），学的是八大山人冷逸的一路，不为北京人所喜爱，除了陈师曾以外，懂得我画的人简直是绝无仅有。我的润格一个扇面定价银币两元，比同时一般画家的价码便宜一半，尚且很少有人来问津，生涯落寞得很。师曾劝我自创新意，变通办法，我听了他的话，自创红花墨叶的一路……同乡易蔚儒（字宗夔），是众议院的议员，请我画了一把团扇，给林琴南看见了，大为赞赏说，'南吴北齐，可以媲美'。他把吴昌硕与我相比。我们的笔路倒有些相同的，经易蔚儒介绍，我和林琴南交成了朋友。"

（见岳麓书社一九八〇年十二月版：《白石老人自述》）

齐白石的这段口述，说出了"南吴北齐"的提出者，原来不是别人，却是林琴南，而且得到了齐白石本人的首肯，这对研究现代美术史的人来说，确是一段珍贵的史料。当年林琴南的名头比齐白石大，在琉璃厂挂的笔单润格也比齐要高得多，但齐白石对林琴南的画却并不恭维推崇，在《齐璜白石诗草卷二·题林畏庐画》中，他评道："如君才气可横行，百种千篇负盛名。天与著书好身手，不知何苦向丹青？"前诗中的"此翁合是传人（韩子传人）未？"与此诗中的"不知何苦向丹青？"两句问号，表达了齐白石对林琴南的诗文与书画的评价。

陈师曾是诗人陈三立（字散原）的长子，又是齐白石的知己好友，既然父亲陈三立、好友齐白石有诗画祝寿，他也紧步其后，作画相贺。

读者也许要问，林氏门人如此大张旗鼓地"通启中外，徵乞艺文"为林琴南庆贺七十大寿，此事林氏事先知道不知道？是门人秉承乃师心意而行，还是背着乃师而行？年谱中以夹注形式录下了林氏致朱羲胄的两封书启，表明了他对这件遍征艺文事前事后的态度。为了解答读者的疑问，现将夹注中两信抄录如下：

羲冑既与同门诸子为发通启，徵乞艺文后，先生以书抵羲冑曰："得贤所刊传单，偏徵海内名宿诗文及画，阅之汗下如濯。仆一生深患浮名，故以戒慎恐惧榜门，吾贤之知之，且目击之矣。盛名为人生不祥之事，稍一蹉跌，如坠身岩中，骸骨斋粉，仆生平危惧者祇此一节。不图诸贤乃不谅，风驰电掣，瞬息四布。此事苟为忌者所中，飞文巧诋，宣之报章，力索吾垢，岂无瘢痕可寻？宁非求荣反辱，然及此追回，尚有余晷，万恳万恳，乞贤将所有刊布之件，尽拉杂烧之，较以不死药投我为贵。仆七十余生，内不足显亲，外不能报国，偷生人世，苟全性命，直碌碌一虫豸耳，敢辱海内名公，以翰墨称我？兹告之老妾，老妾亦摇首不以此举为万全。惟诸贤雅意重重，本不宜拂，但乞爱我、格外全情。假如所请，则老人感且不朽，万恳万恳。"

　　由此看来，朱羲冑诸人通启征文之事是背着乃师（怕乃师不同意）而先斩后奏，林琴南得悉之日，已是通启先一日刊布。林氏接告，又追上一信：

得书，知传单征文事，不能挽救矣！此亦无法，唯诗人如梁任公之为人，非愚所喜。杨三变虽极口称人，宁为定论？今年晤康南海，痛诋其为人，南海且然，外议可知。洪宪时，污陷名流无数，湘绮老人及缪小山，尤为可惜，至今思之痛心，愚不幸丁此时会，所以不愿名誉之广，正复为此，膏兰之惜，千古同慨，故于三十时，已自号畏庐。所畏何事，于拙集畏庐记中，言之极详。今七十之年，幸未沦于泥滓，安知非先世积德使然？俗眼尚富贵，以为积德必昌遂其功名。愚则仅谓能束身自爱，不坠其先德，足矣！富贵功名，非吾家所有，亦不愿有之。正恐盛满之后，无可为继耳。此次经诸贤推重，为老人极力铺张，交情固属深挚，而问之宿心，殊不如是。君子疾乎舍曰欲之，仆敢存此心？有如皎日，天下作伪事，安能欺明眼人耶？幸贤谅之。

这封信除了叮嘱朱羲冑通启千万别刊发梁启超、杨度外，又再次表明不愿征乞艺文，"正恐盛满"的心迹，绝非作伪作秀。信中称杨度为杨三变，力诋其为袁世凯称帝组织筹安会，拉王湘绮、缪小山诸人下水的卑劣行径，果决不与他为伍。

其实，在林琴南心目中，他还是很看重七十寿辰的，他把这一年看作自己的一个阶段总结和自我反省，只是不愿张扬，更不愿铺张。进入辛酉（一九二一）年，他就先后写了好几幅训子帖，悬之壁上告诫诸子。如一则道："做不到事，万万不可轻诺；轻诺便寡信，寡信即无人信。谋不到事，万万不可强求，强求便蒙耻，蒙耻即无耻。"又如一则道："力学是苦事，然如四更起早，犯黑而前，渐渐向明。好游是乐事，然如傍晚出户，趁凉而行，渐渐向黑。"这些充满哲理的训子帖，既是他的人生感悟，又是他的夫子自道。

平时很少照相的林琴南七十之年居然特地照了相，并题了一段自赞映像曰：

> 纾汝何物，而敢放胆而著书。汝少任气，人目为狂且。汝老自愧，谬论于迂儒。名为知止，而好名之心跃如；名为知足，而治艺之心凑如。为己欤？为子孙欤？吾劝汝，须徐徐而留其有余。辍尔笔，宁而居，养心如鱼，树德如畬。岂无江与湖？何甘马与驴？子孙有福，宁须汝纾？

这首自赞映像类似打油诗（词），以调侃自嘲的笔调写出了他年少任气、年老迂儒的个性；同时也写出了在名缰利索的面前他欲止不能、欲罢不休的无奈心态，明知儿孙自有儿孙福，不为儿孙作马牛，但他辍不了笔，依然要辛勤耕耘。

九月入秋，临近生日，他又写了二十首《七十自寿诗》，从出身寒微一直写到古稀颠顿，将自己的人生经历、生平抱负、友朋交际、知己感遇、遗老心迹、教学树德、诗文渊源娓娓写来。他本想以这二十首诗当作七十自寿，收录到来年出版的《畏庐诗存》集子中，反复吟咏权衡之下，又觉得有自我标榜之嫌，收录不妥，故而在诗存卷下有题曰："余去年七十，作自寿诗二十首，略述生平，近于寡廉自衒，屏去不录。"后来才将其中的十五首抄寄门人朱羲胄，故"年谱"中仅收录了十五首《七十自寿诗》。

由七十岁生日前，林琴南所写下的训子帖、自赞映像诗、七十自寿诗的种种迹象来看，他的内心深处，确实是想一如既往、悄然无声地"举家为寿"，度过他的七十寿辰，可是好事的亲友门生却要大张旗鼓为他轰轰烈烈地举办了如此规模盛大的七十寿诞，这确是林琴南始料未及的。

林纾的家教

半个世纪前，我在复旦中文系求学，听现代文学导师潘旭澜先生讲授五四新文学运动史，讲当年文坛上发生的一场"文白之争"，由此听说了林纾其人其事。我得知他是不通外语，仅凭合作者口述，就翻译了百余部小说名著，名扬海内，洛阳纸贵，人称"林译小说"；又得知这位文言翻译家，反对用白话文替代古文，曾与陈独秀、胡适、钱玄同等多位新文学倡导者论争笔战，被喻为手持长矛、大战风车、开历史倒车的堂吉诃德式的人物。但恕我薄学无知，当时既未拜读过"林译小说"，亦未认真研读过"文白""新旧"之争的论著。

二十年后，我供职《文艺报》，有机会较多地读到了林纾的一些诗文论著、逸闻传记，读到了当年与林纾论争过的几位新文学倡导者的言论，以及现当代文史论者写的诸多评述论著，尤其是一些学者提出的要"反思五四"的议论后，我对林纾有了新的看法。斗胆写了《林纾其人其文其译其诗其画》，发表在二〇〇三年的《人物》杂志上，后被福建文史研究馆编入《林纾研究资料选编》。想不到这篇"不学无术"的随笔，引起了林氏后人的注意，请我参与编辑《林纾家书》，令我始料未及。

二〇一〇年秋，家中来了一位长者。长者姓林名大文，是林纾的嫡孙。他自我介绍后，从随身携带的布袋中取出上下两厚本的《林纾研究资料选编》，递给我说："这是一年多前福建省文史研究馆编印的，书中收了你的一篇大作，因不知你的通信地址，所以迟至今日才送交。我是从孩子处才打听到你的地址。"我听了十分感动，为了区区一篇文章样书，竟劳长者送书上门，赶忙道谢让座，同时随手翻阅《选编》。我一边翻阅一边说："一篇陈年旧作承蒙选入，代我谢谢编者。"林老听了忙说："文章早在杂志上拜读，可惜无缘相识。听说你还编了一本《张大千家书》？"我回道："去年出版的。"随手从书柜里取出了一本，签名递呈林老道："请批评。"林老接书道："容我回家细细拜读。"然后聊起了家常，他已年近八十，长我十岁，中等个头，一口京腔，身体看上去颇壮实。由于他家住得较远，不便久聊，我遂把他送到公交车上，匆匆道别。

不久，林老来电告知：《张大千家书》看了，编得好。他的祖父也留下了几十通给他父亲的家书，不少尚未发表过，想给我看看。我听说林纾示儿家书尚存人间，忙答当要拜读。他说今天就可送来。当天下午他就携来了一袋信札及相关资料，我赶忙把他迎进门来。坐下后，他从布袋里取出一册散装书札，书札前有牛皮纸封面，上书"畏庐老人训子书，仲易抄本寄赠圣明"等字样。他解释道，祖父的原件，早年被他父亲易米了，这是原件出手前，由祖父的学生林仲易抄录，赠给侄孙林圣明珍藏的，原件早已不知下落。封面右侧粘贴了一幅书照，是林纾逝世后，老友康有为写的一首挽诗的影印照片。信札用《北平晨报》社稿纸抄写（林仲易是林纾的堂侄及高足，早年曾在《北平晨报》社任编辑），粗粗检点有百余页，数十封之多，都是林纾"字谕详儿"的家书（详儿是林大文之父林璐的小名）。与此同时，他还从袋中取出一叠林纾致四子林琮家训册页及作文批阅件，我粗粗翻阅后对林老说道："尊祖示儿家书幸存人间，这些遗训、作文极有史料价值，应好好保存。"他回道："抄本存家多年了，对我家子孙固有教育意义，但存在一家，不如公之于世、出版发行，让它发挥更大的作用，你看如何？"我看他对我似有期待，于是直言相告："尊祖是一代文豪，百年家书、家训流传至今，实在不易，能出版，对社会、对读者是件大好事。但目前不少出版社重利轻义，不知肯否接手，我可帮助了解一下。"他见我允诺帮忙，忙说："包先生快人快语，我就把出书一事全权委托给你了。如蒙同意，我的委托书也带在身边了。"言罢，不由分说，马上从布袋里取出委托书。好一个忠厚长者，原来是有备而来的呵！正是因他的有备而来，反复言说，几经周折，我才邀约北大教授夏晓虹合作编辑《林纾家书》。

在近现代文学史上，林纾（一八五二——一九二四年）是一位多才多艺的古文大家、小说翻译家、诗画家，也是一位苦尽甘来、后半生时来运转的传奇人物。他前后娶过两房妻室，前妻刘琼姿，生有一女二子，后妻杨道郁，育有五子四女，可谓子女满堂，同时代文艺家中，堪与齐白石比肩。前妻病逝于一八九七年，不久长女（林雪）、次子（林钧）又相继病故，仅存长子林珪，三岁又过继弟媳家为冢子。林纾早年丧父、丧弟、长年患肺病，中年丧母、丧妻、丧子、丧女，可以说，他的前半生是在丧葬接踵、贫病交迫中度过的。此段时期，由于特殊的家境，他与子女长年守在一起，无须写信联系，所以未见他与长女林雪、次子林钧的家书。前妻亡故后，在后人的规劝下，他怀着悲痛辞别故乡，客居杭州。他有感于清末官场腐败，创作新乐府、"白话道情"，并与友人合作翻译《巴黎茶花女遗事》。"茶花女"在商务印书馆出版后，一炮打响，一版再版，名扬海内，林纾从此步上文坛，移居京城。

谕林珪：做一个公正廉明的好官

现存林纾家书中，最早见到的是《与林珪书》（载《贞文先生年谱》卷一一九〇八年，收入《畏庐续集》《林琴南文集》，题为《示儿书》），仅存一通，可说是林纾现存的第一通家书。林珪生于一八七五年，三岁时林纾将他过继给亡弟之妻，并养育成才，官至大城县令。这通一九〇八年写的"居官法戒"，即林纾为时任大城县令的林珪而写。在这通家书中，林纾教导林珪要做一个好官。怎样才能做一个好官？是不是只要保持清廉，就可以称为好官呢？林纾认为："廉者，居官之一事，非能廉遂足尽官也。"也就是说，清廉，仅仅是做官的一个条件，并非只要能廉洁就能称好官。在《析廉》（《畏庐文集》）一文中，林纾曾揭露过官场上的有些人打着清廉的幌子，巧取豪夺、中饱私囊的丑恶行径。知子莫如父，在家书中他写道："尔自瘠区，量移烦剧，凡贪墨狂谬之举，汝能自爱，余不汝忧。"老人最担心的是判案，在判案中，"患尔自恃吏才，遇事以盛满之气出之，此至不可。凡人一为盛满之气所中，临大事行以简易，处小事视犹弁髦，遗不经心之罅，结不留意之仇，此其尤小者也。有司为生死人之衙门，偶凭意气用事，至于沉冤莫雪，牵连破产者，往往而有，此不可不慎"。因此，勿自恃吏才、盛气凌人、意气用事是林纾在家书中告诫乃儿登堂判案的要旨。在这通家书中，林纾还从如何判案、如何用人、如何处理民诉、如何检尸、如何批阅经卷诸方面，向林珪示以法戒多条。判案是地方官吏主要的职务，案件判处的公正与否，当是考察官员业绩的重要方面。林纾正是从吏治的这一重要环节入手，来教导林珪怎么做一个好官。

众所周知，封建社会读书人的出路，主要是参加科举考试，步步高中，步入仕途，封官享禄，光祖耀宗，所谓"十年寒窗苦，金榜题名时"。林纾也不例外，十年寒窗苦读，三十一岁中举后，曾先后七次赴京城参加会试，求仕之心不可谓不切，可是时运不济，名落孙山，总以落榜告终。戊戌变法失败后，他看清了清皇朝的腐败没落，悲愤不已，于是背井离乡，外出闯荡。偶然间与友人合作笔译了《巴黎茶花女遗事》，不料一举成名，洛阳纸贵，使他找到了寄情译述同样可以获取名利之路的机缘，卖文为生，从此绝意仕途。他终身没有做过官，是一介布衣，一介教书匠，一介文人，用他自己的话来说，是一个"穷措大"。既然他从未做过官，为何又要写这通"居官法戒"？在家书中，他曾提及，"己亥客杭州陈吉士大令署中，见长官之督责唲吸僚属，弥复可笑，余宦情已扫地而尽"。这仅是一个例子，他博览古今小说，书中描写记述及现实生活中所见所闻的官场丑恶均对他有所触动。礼部侍郎郭春榆，欲以"清廷破格求才俊，取备特科"，举荐他入试，他却向郭侍郎上了一封《不赴书》，不愿苟禄冒荣，宁以布衣终身。而他的长子林珪既然升任大城知县，当上了七品芝麻官，"职分虽小，然实亲民之官。方今新政未行，判鞫仍归县官。余故凛凛戒惧，敬以告汝"。正因为如此，他才写下了这通《居官法戒》。林珪也确实不负父望，能不恃吏才，平心判案。他微服私察，了解民情，调查研究，从易于忽略的细微处，探求案情的疑点端倪，果断破案。诚如林琼在《记伯兄宰大城三事》文后所论："伯兄老于听讼，平反疑狱，弭治积盗之政甚伙，而皆以整暇敏捷出之，然而余独举是三事以为记者，则以其奸细易于忽，而伯兄独能于繁剧中烛及几微也。"

　　一九一一年辛亥革命前夕，"珪子宰大城，城中无兵，时旁邑为叛军焚掠且尽。一日，有百余贼临城，珪子出城问状，兵谬言奉械来卫。珪子知其谬，用羊酒米面犒之，慰以温言遣去，城得完"（《畏庐诗存》卷上）。这出由林珪在大城主演的"空城计"，林纾一点也不知情，后经媒体载文传遍京城，他才获悉。林珪做了如此一件轰动漂亮之事，却对老父秘而不宣，林纾十分欣慰，做了一首五言长诗（诗跋见上），寄示珪子，诗中赞道："汝今宰小邑，敢与前贤俦？所仗运命佳，竟使民病瘵……汝能止豪暴，临难生权谋；苦语述贫瘠，哀痛回贼酋。县中出羊酒，境外传歌讴。此语闻若翁，喜极翻泪流。"按理推测，林纾教导林珪的家书不会只有一通，可惜余书未能留存。

谕林璐：做一个能谋生养家之人

林纾家书中，保存得最多的是与林璐（字谕详儿）书，有六十五通之多（其中有二十六通及示林琮书二通，由林纾女婿李家骥等编入《林纾诗文选》，商务印书馆一九九三年十月版）。林璐生于一八九九年，是林纾与杨道郁婚后的头胎儿。夫妇俩格外钟爱和关心这个老来子——"宝贝儿子"。林纾与璐儿的家书最早写在何年？据《贞文先生年谱》载：林纾是"辛丑（一九〇一年）应征赴京，主金台书院讲席，又受五城学堂聘为总教习，授修身、国文"。一九〇一年，他携妻挈儿移居京城。一九一一年十月十日，爆发了震惊中外的辛亥革命，革命军敲响了清皇朝的丧钟，也惊动了以译书、教书谋生的这位布衣老书生。林纾深知革命必然会引起京城动乱，为了维护自家安危，十一月九日（农历九月十九），林纾封存了家中财物，携儿挈女前往天津西开英租界避难。临行前，他思绪万千，写下了《九月十九日南中警报，急挈姬人幼子避兵天津，回视屋上垂杨，尚凌秋作态，慨然书壁》五言长句。诗中有一段写他家人避难途中所见：

……战声沸汉水，警报惊燕都。达官竞南逝，荒悖如避胡。仆姬半散走，家人声喁喁。我老亦舐犊，安忍听为俘？璐子年十三，文笔已清腴。阿喬亦八岁，继勒若套驹。阿度方四龄，盈盈玉雪肤。二女尤可念，出入相抱扶……（《畏庐诗存》卷上）

值得注意的是，诗中提到的林璐，时年十三岁，而林琮只有八岁。兄弟俩本随父母在京城学堂求学，这次避难天津，为时不短（九月之久），琮儿尚小，在家自学即可，但璐儿上学怎么办？于是托天津友人在德国人办的德华教会学堂入学（这是一所中小学贯通的学堂）。十三岁的林璐成了德华学堂寄读生，不能随时回家。母亲不放心，于是让林纾与璐儿通信关照嘱咐。由此可断定，林纾最初的"与璐儿书"早不过辛亥岁末。林璐先寄读天津，一九一三年转学至青岛，一九一五年又回到天津德华学堂，前后约八年。自一九一一年至一九一九年（家书中仅有一通署年己未元月八日，即一九一九年二月八日，这通署年书可能是与林璐的最后一通书），林纾与林璐通了八年书信，为后人留下了六十五通《畏庐老人训子书》。

在"训子书"中，老夫妇最为关心的是璐儿的衣食住行、寒暑冷暖及健康状况，问寒问暖，无微不至。请看他在信中写道："凡父母爱子之心，一分一寸，无不着意。""第一节是卫生，卫生从惧风寒、谨饮食始。凡极用力时，如体操之类，切不可饮冷物，热冷相触，脾胃即为之碍。夜中拥被，勿令被落。窗隙有风，名曰贼风，中人不觉，切须留意。"老父知璐有头眩之疾，故又追信告示："汝秉气非属火者，切不可食凉冷之物。余少时饮麦冬、沙参，食尾梨、密梨，头常常眩晕。即近年以来，每遇头眩，即以手探喉，令之吐水。水吐，眩即愈。因此知尔头眩，决为温动。柿子凉冷凝滞，汝切勿食。鱼肝油已买，便合肉松并寄。"老母倚窗望归，扳着手指盼儿家书，家书未至，唯恐其儿在校有个好歹闪失。家书一到，粗识文字的她，急忙拆信先看，林纾回信，有时她也在旁观看，信中有未及处，嘱其补写。如在一封信中，林纾郑重补记道："再，尔母亲谕尔，微寒即换呢袍，每日牛乳、牛肉汤万万不可间断。此际春暖不时，不可贪凉，使寒气侵入，生出毛病。亦不可出游，闲时只在操场散步可也。"行文至此，我不由想起，《红楼梦》中贾母疼爱宝玉"含在嘴里怕化，抱在怀里怕摔"、不知如何钟爱才好的情景。

在求学方面，林纾对林璐倒无太高要求，他不求璐儿苦学上进，不求名列前茅，只求他能顺大流升学就行。在转学分班时，即使蹲班留级也无妨，用他的话来说即不躐等，可多读一年书，可多长一年学识。他知道璐儿不是治学之才，不求他精通学问，只要他能讲洋文，日后在洋行谋个差使，养家糊口、照料弟妹就行。因此为其定下了如下的学习方案："吾意以七成之功治洋文，以三成之功治汉文，汉文汝略略通顺矣，然今日要用在洋文，不在汉文。尔父读书到老，治古文三十年，今日竟无人齿及。汝能承吾志，守吾言者，当勉治洋文，将来始有啖饭之地。"真正令人难以想象，一个坚守古汉语文字、曾为文言强争一席之地的古文学大家，为了林璐的就业前程，竟然退守到"汝能承吾志，守吾言者，当勉治洋文，将来始有啖饭之地"如此这般的底线。清末民初，西学东渐，一些知识界家庭子弟中开始流行读洋文、谋洋差和出国学之风。这股风也刮到了林纾的家中，他不仅要林璐学好洋文，而且也要林琮学好洋文，还为林氏兄弟请了家庭英语教师，甚至考虑过林琮的出国留学问题（因故未行）。但在林纾内心深处，对出国留学是并不赞成的，诚如他在庚申四月十日给林琮的一通家训中所写的："学生出洋，只有学坏，不能有益其性情，醇养其道德，然方今觅食不由出洋进身，几于无可谋生。余为尔操心至矣！"社会上对不听父言、不守父业的子女，常责骂为"不肖子女"，可是林纾却偏偏鼓励林璐不要学自己，不要走自己走过的路，而是要做一个能谋个差使，凭洋文混口饭吃的"不肖子弟"。天下竟然还真有如此样的父亲，教导自己的儿子做"不肖子弟"？！是违心无奈，还是另有隐情？

林纾本是一个风骨嶙峋、清高狷介、极有个性锋芒的人物。青年时代就素有狂名，"少年里社目狂生，被酒时时带剑行"，为人刚正不阿、爱憎分明；步入老年，依然不改本色。可是在待人处事上，他仅要求林璐做一个安分守己、明哲保身的人，他在信中告诫："须知做人时时葆其天良，慎其言语，留心于伦常。于伦常尽一分之力，即人品增高一层，于学问肆力一分，即后来一身之飨用。""为人第一须留心：读书留心，则得书中之益；饮食留心，则无疾病之虞；说话留心，则无招怪及招祸之事；做事留心，则不致有债败之处；交友留心，则不致引小人近身；起居留心，则不致冒暑伤寒，旋生疾病。"细细想来，林纾对林璐与林琮的这番告诫，也确是总结了他处事的经验之谈。在青岛学舍，林璐被窃七十元学杂费，七十元对当年子女众多的林纾来说，已不是一个小数。可是他又是如何教导林璐处理此事的呢？首先，他马上写信，并将七十元学杂费补寄上，稳定林璐的学习情绪，接着又数次写信劝慰开导："前此所失之七十元，切不可疑及同学，亦不必对人言及为某人所窃。凡窃物者皆小人，其心至毒，防不利汝，加以暗害。吾既破财，看破可也。"就这样，一场不大不小的学舍失窃风波，在林纾吃亏是福、破财免灾的指导思想下烟消云散。也许读者会奇怪，一个品性如此刚强之人，为何会教育儿子做这般息事宁人、祈求平安之事？

魏晋竹林七贤中，嵇康是代表人物之一，他个性十分狂傲。有一次，他在家打铁，钟会来看他，他只顾打铁，不理钟会，钟会没有意味，只得走了。嵇康问他："何所闻而来？何所见而去？"他把这件事写进了《与山巨源绝交书》，在"绝交书"中还"非汤武而薄周孔"。嵇康因文获罪，司马昭把他杀了。就是这位因文招祸的嵇绍，临终前，特地为不满十岁的儿子嵇招，留下了一篇《家戒》。在《家戒》中，他教儿子做人要小心，并罗列了一条一条的戒律。有一条说宴饮时，有人争论，你可立刻走开，免得卷入是非争论的旋涡；另一条说如果有人要你喝酒，即使不想喝，也不要推辞，而必须和和气气端起酒杯……对嵇康的《家戒》，鲁迅曾有过一段精辟的议论："嵇康是那样高傲的人，而他教子就要他这样庸碌。因此我们知道，嵇康对于他自己的举动也是不满足的。所以批评一个人的言行实在难，社会上对于儿子不像父亲，称为'不肖'，以为是坏事，殊不知世上正有不愿意他的儿子像自己的父亲哩……这是因为他们生于乱世，不得已，才有这样的行为，并非他们的本态。"（见《魏晋风度及文章与药及酒之关系》）一千多年后的林纾，适逢二十世纪的乱世，莫非他也在学嵇康的教子之道吗？

林纾"家书"，嵇康"家戒"，都是家教。两者在教子不要学自己方面，表面上颇有相似之处，其实不然。嵇康诫子着眼在官场政治，告诫未成年的儿子今后在官场上，如何与上司、同僚周旋相处："凡人自有公私，慎勿强知人知。彼知我知之，则有忌于我。今知则不言，则便是不知矣。若见窃语私议，便舍起，勿使忌人也。或时逼迫，强与我共说，若其言邪险，则当正色以道义正之。何者？君子不容伪薄之言故也。及一旦事败，便言某甲昔知吾事，是以宜备之深也……"（鲁迅校本《嵇康集》，见一九七三年版《鲁迅全集》第九卷）诸如此类的戒条，对一个不满十岁的孩子来说，实是无法理解的。由此推断嵇康诫嵇绍，许是他临终前的自我反省，希望其子今后仕途上不要重蹈他的覆辙。而林纾训林璐，重在教其经济上能谋生自立。可见嵇康诫子，林纾训子，诫子训子，虽同属家教范畴，但内涵实有不同，缘何不同？时代环境变了，人际关系变了，学校教育、社会教育也变了，家教焉能不变？

谕林琮：做一个传承古文学家的学人

　　林纾作为清末民初的一代教育家，在家教上，注重身教，以身作则，为儿表率；同时注重言教，言之不足，自知口拙，用书、训代替言说。当然他也注重因人而异、因材施教。同是写家书、家训教育子女，"与琮儿书"，就不同于"与璐儿书"。比如说，在治学做人上，他希望林璐不要学自己，但却期望林琮能学习自己的治学精神，能全盘继承家学。期望立足点不同，书写内容方式也就不同。林纾与璐儿书，意在教儿如何做人，做一个养家谋生之人，苦口婆心，不厌其烦，五日一信，十日一书。尽管千言万语，呕心沥血，可是朽木难雕，枉费了心机。《三字经》上说："养不教，父之过；教不严，师之惰。"作为一个父亲，他不可谓不教；作为一名教师（家庭教师），他教的又不可说不严（先慈后严）。但最终失败了。为此他十分失望，从此再也未给林璐写过信。己未、庚申两年间，他转而给肄业在家自修的林琮写家训，写了二十通，还为他批改作文十三篇。他先后还给林琮写了两通长信，其中癸亥（一九二三年）四月二日的一通家书，也许是他生前写的最后一通示琮儿家书。训琮儿书，均为册页，在写作上，借鉴古人格言形式，但又有别于古人格言。诚如他在册页第一页中所题："凡古人格言，有切处，有未切汝之病痛处，余故不能泛滥举以示汝。必取近尔之毛病处下药，方能有效也。"

日常生活或学习中，他发现林琮有什么毛病，随时就挥笔写下所思所想，及改正意见。因而在这则家训中他又道："余胸中有千言万语，见汝时爱极，防说之不尽，故时时书一两示汝，汝可藏之，将来裱为册页，可以时时观览。"这些家训，均已裱，有二十开之数。

二十开册页，对症下药，富有哲理。"做人须得一个'勇'字，又须得一个'忍'字。不勇无以趋事业，不忍无以就事业。盖能勇，则猛进不畏难，能忍，则耐心不避难。总在自家定力，不必待人勖辅，方是好男子。"他要求琮儿既能勇，又能忍；与仅要求璐儿谨慎留心、安分守己就大相径庭。为什么？资质材质不同也。又如他在另开册页中阐述凡事要求己不求人："天下人都不足恃，即堂兄弟亦各自为之心。男子万无恃人之理。余年少孤露，亲戚人人齿冷，至不以我为人。余躬自刻苦，励行读书，后此亲戚稍稍亲近，余一不计较，极力佽助之，至老不衰。盖自信宁可我为人恃，不能以我恃人。凡人有恃人之心，其居心皆苟贱不堪言。故余一心盼汝能自立也。"老人语重心长的醒世格言，是自身痛切的人生总结，也是有感于凡事恃人的林璐而发。关于林璐，老人在册页中也有提及，一曰："余老矣，若兄又不解事，懒而乖忤，似朽木难雕。"二曰："尔兄今夕又挈其妾韩氏往观电影矣，为年二十有一，全不省人间艰苦。男子正业。其父年近七十，家事危如朝露，乃歌舞漏舟之中，下愚蠢才，直无可教训。"老人对林璐失望，痛切之情，溢于言表。当然，说林璐，也是提醒林琮，不要走其兄的老路，并不忘在信中叮嘱乃儿："凡事须虑及后来。今日花费乃恃一垂暮之老翁，犹傍晚远行，渐渐趋入昏黑。若尔能自极力学好，极力用功，即类四更上道，虽一路洞黑，恃一灯光，乃渐渐平明，旭日出矣。"又在训子帖中写道："力学是苦事，然如四更起早，犯黑而前，渐渐向明；好游是乐事，然如傍晚出户，趁凉而行，渐渐向黑。"（《贞文先生年谱》卷二）诸如此类的话，林纾对林璐也说过，却如对牛弹琴，林璐只当耳边风；只得转寄希望于林琮，并语重心长地告诫道："须知为人必先苦后甜，不宜先甜后苦。我在一日，汝便有一日之安饱，此不是甜境，是未来之苦境。汝若昧昧，视为甜境，则苦境之来，正算不到是何时日。"

治学上，老人欲把衣钵传承给林琮，在《（己未）岁暮闲居颇有所悟，拉杂书之，不成诗也》的组诗其七中，他说："……吾力非孟韩，安足敌众口？顾恋吾阿琮，生质尚和厚。三'传'已周遍，三'礼'逾八九。琅琅温'周易'，厥声出户牖。'毛诗'吾自释，旦晚当汝授。颇爱尊疑语（严几道字——自注），义言醲于酒。况复为圣言，更出哲学右。涕泗语阿琼，心肺欲吐呕。人生失足易，夺常即禽兽。聪明宁足恃，励学始自救。"（《畏庐诗存》卷下）己未岁暮即一九一九年底，林纾在文坛上，与新文化运动倡导者的一场"新旧"文学之争刚告段落，他感到势单力薄，众口难敌，于是退而求其次，想把传承古文的火种传交给林琼，静下心来，为他讲诗释文，引路导航，并从如何作文起步："作文贵在酝酿，一好题目到手，须于闲时先打腹稿，凡逐笔而来者，大非俊物。""凡作文，一题到手，须将本事前后仔细一想；想得时，即须下笔直书，书后再改，若迟留不即署稿，神形立时走失；再寻索，意思便差得多矣。所以作文贵在留心，尤其捷敏。"他还针对琼儿文章写不长、展不开的毛病，下药方曰："汝惮于读古文，知用字造句，不知行气，故文字不能过七百字，由不读之病。此后每日宜读《过秦论》三篇。"林琼文章写不长，林纾认为是文气不足所致，怎么改进？他提出反复诵读长篇古文的意见，可以养气。他还告诫琼儿："凡作文，不可一下笔即思向要好边着想。一思要好，即把文理抛却，满怀参以人欲，那能将文章咬出浆汁？"

难得的是，"家书"中还存有十三篇林纾阅过的林琮作文。作文本字里行间，圈圈点点，密密麻麻，显示着林纾手把手修改的痕迹。每篇作文后，林纾均有热情的赞评，还有犒赏银圆的数目。从十三篇作文内容来看，林纾是参照他选评《古文辞类纂》的分类，以循序渐进、逐类练习的方式，从"论说"入手，继之为"杂记"，过渡到"传状"，最后到"赠序"，有步骤地对林琮进行教授训练。对此，北大教授夏晓虹在《阅读林纾训子书札记》（见《现代中国》第十辑，北京大学出版社二〇〇八年一月版）一文中已有精辟的剖析。不敢掠美，恕不赘述。

须要说明的是，林琮写作这些作文时，年未及弱冠（仅十六岁），对文中所写之人之事许多均不甚了了，因此每篇作文的命题立意谋篇，乃至用字遣词都有林纾的推助，其中不乏口述笔录之篇。类似当年与友人合作译著的口述笔录，林纾要在作文批改中，把自己的这套所谓"耳受手追，声已笔止"的看家本事传授给林琮。他颇满意林琮能揣摩自己的文思笔路并以肖似的方式作文，常把他的作文在友人中传阅，还致信恳请太保太傅陈宝琛为林琮作文"加墨"点评："琮子之视公，如籍、湜之慕韩公，然籍、湜借用，而公之为韩则确也。秀才望榜况味，公夙知之，则书为孺子谅也。"祈求陈公"加墨"，借用了唐代张籍、皇甫湜慕韩愈的典故；而盼望点评，又恰似"秀才望榜"。可见他望子成龙之心切，难怪陈宝琛要"加墨"题道：此儿"可跨尔灶"。直到临终，林纾已饮食不进、言语不清时，仍以食指在林琮的手上写道："古文万无灭亡之理，其勿怠尔修。"（《贞文先生年谱》卷二）又可见其对林琮寄予的承继古文传统的希望是何等深厚。

值得深思的一个问题

作为一名古文传统教育家，林纾从祖居馆学发蒙教起，到京城五城学堂，直至京师大学堂（北京大学前身），从教数十年，入门弟子上千人，学生中不乏有用之才。他还收养了两位亡友之子，分别培养成文秀才和武将军（并收为义子，大排行三子王雨楼、四子林复生），诚如他在七十自寿诗中所述："总角知交两托孤，凄凉身正在穷途。当时一诺凭吾胆，今日双雏竟有须。"遗憾的是，偏偏自己的两个亲生儿子没能教育成材，或者说没有成大材。尽管他对林琮寄予厚望，希望子承父业，传承古文，但终未修成正果。也许是家族基因的遗传，林纾早年患肺疾多时，族中又多人患有肺病。林纾逝后不久，林琮也因肺病而过早地离开人世，时年三十岁。据林琮之女林钢告知，其父曾在天津《大公报》任主笔，全力投入报业，极少回家，以至于四岁丧父的她，竟然对父亲没有任何印象。除十三篇作文外，笔者也未发现林琮有其他诗文遗著。

后半生的林纾，大难不死，时来运转，文财两旺。"林译小说"成了商务印书馆的畅销书，版税颇丰；画因文贵，他的画名也水涨船高，润格高于当年的齐白石，画资收入也颇多。有人戏称他家开了造币厂，财源滚滚，他成了家中一棵摇钱大树。尽管年近古稀的林纾笔耕不辍，家教也严，但大树底下好乘凉，子女们并不体谅年迈老父的辛勤劳作，反而心安理得地躺在老父身上，衣来伸手，饭来张口。尤其是林璐，居然在求学时期就旷课、逛戏院、打茶围、赌钱乃至娶小妾，过上了纨绔子弟、阔少爷的生活。林纾苦心培育两个儿子，训书上百通，却收效甚微，一个英才早夭，一个朽木难雕，真应了名流大家子女少有成材的一句老话。岂不令人痛惜，令人深思？！

徐、林首次会面考异

——悼念林风眠先生

不知为什么，在现代美术史上，有关徐悲鸿与林风眠这两位大艺术家和美术教育家的艺术交往记载这么少，甚至在徐、林两门众多的友人学生中，也很少有人谈及。难怪一九八九年十一月二日在京召开的一次林风眠艺术研讨会上，当李可染先生提出了抗战时期林风眠与徐悲鸿在重庆嘉陵江边首次会面的经过后，引起了与会者的极大兴趣。这次参加研讨会的，不少是五十年前林风眠主办北京国立艺专和杭州国立艺术院（后改为杭州艺专）两校不同时期的学生，还有现代美术史论及研究林风眠艺术的学者。会后，刘开渠先生就李可染先生提出的林、徐首次会面的时间和地点提出了异议。于是一些与会者围绕林、徐究竟何时何地才首次会面的问题进行了一番争论，由林、徐的首次会面到他俩的艺术交往，自然地成了一个话题。笔者有幸参加了这次研讨会，有感于此，对这个话题进行了一番调查考证。为了便于说明问题，先将李可染的谈话摘录如下：

……在抗日战争时期，从沦陷区林先生到了重庆……他当时住在南岸一个国民党仓库的门房内……当时徐先生住在嘉陵江边的一座小楼里，我们的住处离他家有二里路。林先生、徐先生两位大艺术家同我都非常要好。我常常在徐先生面前谈到林先生的品格如何高，是真正的大艺术家；在林先生那儿我也经常说徐先生是画坛的"伯乐"，对于艺术，他只要认为是好的，是很诚恳的。但这两位先生没见过面。有一天，我要到徐先生家去，我跟林先生讲：我今天要到徐先生家里去，咱们一道去好不好？林先生说：我跟你去。林与徐的见面在历史上是没有提到过的，我觉得这是非常重要的。林先生到了徐家，徐先生一开门，我就介绍说：林先生来看您。徐先生一听，非常震惊，样子都变了，马上请林先生进到房间。话没说几句，徐先生就说：我三天以后摆一桌盛大宴席请林先生。确实三天以后就请了林先生，我与李瑞年等几个学生作陪。这说明林风眠先生的心胸是很开阔的。这很不容易，从前的大艺术家是互相瞧不起的，你叫我去看他，这怎么可能呢？我认为可以在艺术上大书特书。说明徐悲鸿的心胸也很开阔。（见《美术》

一九九〇年第三期）

李可染说这段话时十分激动，他把自己能促成徐、林首次见面，引为平生最大快事。从李可染的这段谈话中，可以看出，他认为林、徐过去没见过面，而他俩的首次见面是在重庆嘉陵江边徐悲鸿的住家，时间是抗战时期。这里首先要稍稍考证一下，李先生所说的抗战时期，究竟是何年？李先生当时没有说明（现在又已仙逝，已无法询问了），但是从李可染与徐悲鸿订交及他们当时的行踪来看，可以推断为一九四二年夏至一九四三年三月二十一日以前。为什么？

据孙美兰《李可染年表》记载，李、徐订交是在一九四二年。在这一年，徐悲鸿曾在当代画家的一次联展中，订购了李可染的一幅水墨写意画《牧童遥指杏花村》；同年徐悲鸿在某会议厅见到陈列的李可染的水彩风景小品，十分赞赏，写信愿以自己的《猫图》交换李可染的一幅水彩，此为两画家订交之始（参阅《美术》一九九〇年第三期）。又据徐悲鸿长女徐静斐在《爸爸和我》一文中回忆：徐悲鸿是一九四二年夏天才由缅甸途经云南返回重庆的（见《回忆徐悲鸿专辑》）。也就是说，一九四二年夏天以前，有三年多的时间徐悲鸿在南亚筹赈画展，不在重庆。由此可见，李、徐的订交是在一九四二年夏天以后，李可染介绍林、徐见面自然也在该年夏天以后。

林、徐见面时间的上限是确定了，那么下限为什么定在一九四三年三月廿一日之前呢？因为这一天是徐悲鸿在重庆中央图书馆举办的画展揭幕之日（参阅蒋碧薇：《我与悲鸿》）。这次画展办得十分隆重，轰动了重庆山城。据吴冠中回忆：他也参观了徐悲鸿的这次画展，在展厅中，发现林先生正在悄悄地观摩，而且林、徐还握了手（参阅《美术家通讯》一九九〇年第一期）。因此李可染所说的林、徐这次会面不可能迟于这一天。

那么究竟是一九四二年还是一九四三年？我又询问了李可染的夫人邹佩珠，据她的回忆，这件事当时李可染曾提起过，发生在李可染进国立艺专任讲师之后，而李任教国立艺专则在一九四三年春天。由此林、徐的这次会面当在这一年的春季，也就是三月二十一日之前的春季。至于究竟是何月何日，可惜几位李可染提到的当事人都已相继故去，不得而知。

不过，李可染先生所说的林、徐重庆会面是否如他所说的是两位大艺术家的首次会面呢？对此，刘开渠提出了异议。他认为，李可染所说的林、徐在重庆的这次会面不是首次会面。早在二十世纪二十年代，林风眠留法回国途中就与徐悲鸿相识，并且是同船回的上海。刘开渠还讲了一段林、徐在船上的趣闻。据说，当时林风眠曾请徐悲鸿回国后，帮他介绍工作，徐悲鸿一口答应。可是当轮船驶进上海黄浦港，快靠岸时，码头上却有人打着小旗来迎接林风眠，小旗上写着"欢迎林校长"。由此徐、林之间还闹了一个小小的误会。

原来林风眠回国前，北京国立艺专刚闹过一场学潮，新任国立艺专代校长陈延龄，想去掉"代"字，当一名名正言顺的校长。在王代之的说合下，向当时的教育总长易培基建议聘任远在法国，他认为一时回不了国的林风眠当校长。谁知任命下达之前，正是林风眠回国之日。但林风眠没有接到任命书，对陈延龄等人搞的"把戏"事先也一无所知。所以在船上向徐悲鸿说出了帮忙介绍工作的一番话，闹了一个小小的误会。由此有人猜测，徐、林回国后交往甚少，与此事有关，这是后话。

刘开渠说的这段传闻，是二十年代中期他在北京国立艺专当学生时听说的，距今已有六十多年。这段传闻可靠不可靠呢？与会者中不少人表示怀疑，理由是林风眠是从法国直接搭船回国的，而徐悲鸿是从新加坡乘船回国的，怎么可能同船回国呢？既然不可能同船回国，那么船上的一段传闻也就子虚乌有了。究竟林、徐是否同船回国？为了弄清事情的真相，我托在京的史复（本名罗承勋笔名罗孚）先生，通过他在香港的夫人，向林风眠先生当面求证此事。答案是确有其事，那段传闻也属实。

如此说来，早在二十年代中期，林风眠与徐悲鸿已经见过面，而且还闹了一个小小的误会。那么，这次林、徐同船回国的日期又是何年何月？他俩又是怎样同船回国的呢？

据朱朴编著的《林风眠先生年谱》记载：林风眠是一九二五年（民国十四年）乙丑冬，受蔡元培之聘（此年的北洋政府教育总长是易培基，林谱有误），偕同夫人阿里斯·瓦当，搭法国邮轮返祖国。到上海稍做逗留，即赴北京，就任北京国立艺专校长兼教授之职。

那么徐悲鸿又是何年从新加坡回国的呢？据《悲鸿自述》："一九二五年秋间，忽偕张君梅孙游巴黎画肆，见达仰先生之Ophelia，爱其华妙，因思致之。会闽中黄孟圭先生倦游欲返，因劝吾同赴新加坡。时又得蔡子民（元培）介绍函两封，因决行。"

由这段自述可见徐悲鸿是在一九二五秋间由法国赴新加坡的，那么他又是何时从新加坡回国的呢？《悲鸿自述》没有记载，但自述中提到的闽中黄孟圭，他的女儿黄美意在《徐黄二家》（见《大成》一九期）文中，却有对徐悲鸿这次赴新加坡的较详尽的记载。文中记道，徐悲鸿到新加坡后，住在他二叔黄曼士的家中，黄曼士盛情款待，留徐悲鸿在家中过年。一直住到翌年三月，才从新加坡回上海。

既然林风眠是从法国马赛搭邮轮回国，而徐悲鸿是从新加坡回上海，怎么又能同船呢？原来坐海轮由马赛回上海，新加坡是必经之地。林、徐同船回国，很可能就是徐悲鸿从新加坡上船，上的正好是林风眠搭的法国邮轮，于是两人在船上相遇；也可能是林风眠夫妇在新加坡下船，游览了一下新加坡，然后改搭新加坡至上海的船，而在改搭的船上与徐悲鸿不期而遇。两者必居其一。

不过朱朴、黄美意两位所记载的林、徐回国的时间上相隔较长，一个是一九二五年冬从马赛上船，一个是一九二六年三月从新加坡上船，两者相隔最少有三个多月。而马赛到新加坡只需要半个多月。难道是林氏夫妇在新加坡逗留了两个多月，还是朱、黄的记载有误？

看来，林、徐究竟何时从新加坡同船回上海难以从朱、黄两位的年谱或文章中确定了。说来也巧，笔者最近从《文艺报》编发的一篇来稿中，意外地发现了一段有关徐悲鸿和林风眠在一九二六年二月十八日同时出席参加了由田汉在上海发起的"梅花会"活动的文章（见《文艺报》一九九〇年三月二十四日：《田汉和消寒、梅花、文酒三聚会》，作者张伟）。此文的作者查阅了当年的报刊资料，提供了田汉在一九二六年发起的三次与南国社有关的极为重要的聚会史料。在有些关于徐悲鸿的回忆文章中，把徐悲鸿在上海出席田汉举办的这次聚会误记成"消寒会"（如吴作人的《忆南国社的田汉和徐悲鸿》，见《文化史料丛刊》第五辑）。李松编著的《徐悲鸿年谱》也援引成"消寒会"。实际上徐悲鸿参加的是"梅花会"，而不是"消寒会"。这次聚会的地点设在大东旅社，参加聚会的有一百五十多位文艺界人士，其中有蔡元培、郭沫若、郁达夫、叶圣陶、郑振铎等，林风眠也出席了这次"梅花会"。这次聚会是田汉特地为徐悲鸿首次旅欧归来举办的小型作品展览会，会上蔡元培以梅花为题发表了即兴讲话。会后，《时报》还发表了徐悲鸿作品专页。

如果张伟所引的当年报刊资料确实无误，那么可以断定林、徐同船回上海的日期是在一九二六年二月十八日之前。既然是在二月十八日之前，那么黄文中记述的徐悲鸿此年三月才回上海的记述就有误了。再从徐悲鸿未能出席田汉在当年元月二十九日举办的"消寒会"来看，又可断定，林、徐同船回到上海的日期，不可能早于一九二六年元月二十九日。因此林、徐回到上海的时间也就在一九二六年元月二十九日至二月十八日之间。这一年的大年初一是二月十三日，极有可能是他们赶在春节二月十三日前回上海过的阴历新年。

由此再看黄文所记的黄曼士留徐悲鸿在新加坡过的年，这个年就不可能是阴历年，而是阳历年了。新加坡到上海的旅程大约要半个月。推算下来，林、徐同船回国的日期可以定在一九二六年元月中下旬。如果再向上推算林风眠从马赛上船的日期，按正常的日程到新加坡需要半个多月。那么林氏夫妇当在元月初自马赛启程，当可纠正朱朴在《年谱》中的一九二五年冬回国之说。从情理上推算，林风眠与阿里斯·瓦当是一九二五年秋天结的婚，理当在巴黎过完圣诞节，然后赶回上海过春节。

笔者作了如此一番烦琐的考证，无非是想说明一个史实，李可染先生所说的林、徐（一九四三年春季）在重庆嘉陵江边的那次会面，并不是首次会面，而是早在十七年前，在林留法归国途中，他俩就见过面，且同船而行了半个月。徐、林两位同年（一九一九年春）先后赴法留学，尽管徐悲鸿是官费留学，而林风眠是自费留学，但毕竟都是同年留法。

何况他俩第二年，又先后考入了巴黎高等美术学校，学的又都是油画，徐就教达仰教授，而林就教的是柯罗蒙教授，但毕竟是相差半年学历的同校校友。更何况，就在他们同船相遇的一年以前，他俩都以自己的精心之作，参加了一九二四年五月廿一日在莱茵河宫隆重举办的中国美术展览。这次美术展览是由留欧中国美术展览筹委会组织的（林风眠还是其中一名筹备委员），这次展览实际上是当时留欧学美术学生的一次成绩大展览。几乎所有的留欧学美术的学生都参加了展览，林、徐也不例外。当时旅居德国太师埠的北大校长蔡元培，不但为这次展品图录写了序言，还亲自参加了展览会揭幕式和招待宴会，并就这次展览发表了"学术上的调和和民族的调和"的感想。这次展览盛况空前，"巴黎各大报，几无不登载其事"，太师埠城内之德、法各报，则无不连日满纸，极口赞扬。有的报纸还对展品进行了一番评论，其中有一篇评道："新画中诸多杰作，如林风眠、徐悲鸿、刘既漂、方君璧、王代之、曾以鲁诸君，皆有极优之作品。新雕刻则有吴待、李淑良诸君之作品，尤以林风眠君之画最多，而最富于创造之价值。"（以上均引自朱朴《林风眠先生年谱》）林、徐的作品水平在诸多展品中名列榜首，"不独中国人士望而重之，即外国美术批评家也称赞不止"（同上）。林、徐同在巴黎留学五年有余，又有了以上几层关系，想必他俩在船上不期而遇，必有他乡逢知己欣喜异常之感，且又有半月朝夕相处，必多艺术上的晤谈切磋，决不会仅仅只有传闻中的那段小插曲而已。那么他俩在船上还切磋交流了一些什么艺术见解？往事如烟，恍如隔世。

　　至于林风眠与徐悲鸿一九二六年元月在船上不期而遇，是否就是他俩生平首次会面相识？在巴黎高等美术学校同校学习了几年，难道在校内就素不相识，从无交往？一九二四年五月在莱茵河宫举办的中国美展会上，徐、林是否相见？若是相见，又有何交谈？

林风眠和徐悲鸿是中国现代美术史上两位卓有成就、独树一帜的艺术大师，又是两位桃李满天下、自成体系的卓越美术教育家。因此，有必要细细梳理一下徐、林两家的美术教育思想和教育体系的异同，也有必要比较一下他俩的艺术思想和艺术理论的异同。要弄清楚这两方面的异同，就有必要了解他俩的艺术交往或彼此不同的艺术见解。基于以上认识，笔者不揣腹俭，就手头掌握的有关史料对徐悲鸿与林风眠的首次会面进行了如此这般的考证，希望能抛砖引玉，引出海内外徐、林亲友、学生及美术史家的玉来，若能如愿以偿，则笔者幸甚，现代美术史幸甚！

香港《明报月刊》1991 年 9 月

徐悲鸿信中的孙多慈

在二十世纪三十年代，徐悲鸿与孙多慈（原名韵君）的师生恋，就在媒体小报上传得沸沸扬扬。徐氏的两届夫人，也先后在他们撰写的传记文学中——《我与悲鸿》（蒋碧薇）、《徐悲鸿的一生》（廖静文），分别表态，各事评述。事过六十年，徐氏的这段风流韵事，并没有因两位当事人的逝去而淡出，相反，却成了艺苑佳话，历久不衰。

二〇〇四年四月二十八日，北京华辰拍卖公司在媒体上宣称：该公司春季拍卖会上将以八万元的起拍价拍卖徐悲鸿致郭有守的两封书信（时在一九三八年徐氏刊登与其妻蒋碧薇脱离同居关系消息前后，信中涉及徐蒋婚变内情）。消息传出，"千龙"新闻网站率先打出"徐悲鸿婚变书信将拍卖，谜团隐私曝光"标题，在网上曝出徐氏师生恋情和婚变隐私。环绕六十年前的两封书信，引出网上的冷饭热炒。

近日翻阅《中华书局收藏现代名人书信手迹》(中华书局一九九二年第一版),读到徐悲鸿致友人——中华书局总编辑舒新城书札三十四通,其中涉及孙多慈的书札达三十来通,一九三〇年二月十二日起,至一九四〇年九月,自孙多慈进中央大学艺术系当旁听生,徐孙初识、初恋,到孙父阻挡,劳燕分飞,分道扬镳,长达十年之久。徐氏致亲友的信札,据王震编辑的《徐悲鸿书信集》(河南教育出版社一九九三年初版)记载,有一百七十余封(徐氏致郭有守和郭有守的回信均已收入)。当然遗札失落不少,包括致郭有守、舒新城的也有失落。但在这一百七十余封信札中,徐氏致其他亲友信件绝少提及孙多慈。由此可见,要弄清徐孙之间的恋情和真情,这是最为可靠的文字见证。当然,蒋碧薇书中有关徐孙关系的章节,也是重要的旁证。下了一番笨鸟先飞的功夫,以徐氏致舒氏信札为经,参以蒋著为纬,梳理出徐氏的内心独白和徐孙的一段师生恋情。

徐悲鸿首次在信中向老友舒新城披露内心的师生隐情,时在一九三〇年十二月四日,当时孙多慈名叫孙韵君,正以旁听生的身份,旁听徐氏的授课。信中开笔直抒心中难以言说的隐情:"新城吾兄惠鉴,明日太太入都矣。小诗一章写奉,请勿示人,或示人而不言所以最要。"信中的太太,是指他的妻子蒋碧薇,入都指民国首都南京。太太入都,何必大惊小怪?

在徐氏隔年致中华书局的另一友人吴廉铭的信中有如下一句话，可做诠释："太太今日下午回来，天下从此多事。"大惊小怪的起因是"天下从此多事"。所以他要赶在多事的太太回都前，将小诗一章写奉老友。明眼人一看便知，这章小诗非同小可，是属于"请勿示人，或示人而不言所以最要"的小诗，是属于男友之间的贴心私房话，用今天的话来说，是铁哥们之间杀头也不可告人的私房话。究竟是什么"请勿示人"的私房话呢？如此神秘兮兮，欲说还休。原来是名教授徐悲鸿为走读旁听生孙韵君所苦，写的一首情诗。诗曰："燕子矶头叹水逝，秦淮艳迹已消沉。荒寒剩有台城路，水月双清万古情。"如果舒新城不作笺注，旁人见了的确会莫名其妙，不知所以。幸喜舒新城在信中，回了两句诗："台城有路直须走，莫待路断枉伤情。"看来，谜底就在"台城路"上，一个叹说"荒寒剩有台城路"，一个鼓励他"台城有路直须走"。尽管徐、舒心中，"台城路"是心知肚明的，但在读者眼中，"台城路"却是让人一头雾水，尚须详说。

据蒋碧薇在《我与悲鸿》一书记载："我带着孩子到家的当晚，徐先生坦白向我承认，他最近在感情上有波动，他很喜欢一位在他认为是天才横溢的女学生，她的名字叫孙韵君（后徐悲鸿为她改名多慈）。徐先生毫不隐瞒地告诉我，孙韵君今年十六岁，安徽人，她曾在这一年的暑假投考中大学院，没有考取，于是就到艺术系旁听。她一开始作画，就获得了徐先生的特殊青睐，赞赏有加。当我在宜兴的时候，他约她到家里，为她画像，有时也一同出去游玩……有一天，盛成先生陪着欧阳竟无先生到我们家来拜访，座谈之下，欧阳先生提起想要参观徐先生的近作，徐先生便请他到中大画室去，欧阳先生也邀我同行，我没有理由拒绝，就陪他们到了那里，一进门就感到非常惊异，因为我一眼就看到两幅画：一幅是徐先生为孙韵君画的像；一幅题名《台城夜月》，画面是徐先生和孙韵君，双双地坐在一座高岗上，徐先生悠然而坐，孙韵君侍立一旁，项间一条纱巾，正在随风飘扬，天际一轮明月。"碧薇的这段文字，为徐悲鸿的这首诗，做了十分详尽的诠释。诗中"台城路"的谜底也昭然若揭。

关于徐悲鸿与孙多慈的师生隐情，徐、蒋各持一说。诚如蒋碧薇所说："尽管徐先生不断地向我声明解释，说他只是看重孙韵君的才华，想培养她成为有用的人才。但是在我的感觉中，他们之间所存在的绝对不是纯粹的师生关系，因为徐先生的行动越来越不正常。我心怀苦果，泪眼旁观，我觉察他已渐渐不能控制感情的泛滥。"环绕徐、蒋两氏的解释，徐氏的学生和友人中，基本上分成两派，一派是拥徐派，一派是拥蒋派。拥徐者坚持徐氏爱才说，拥蒋者则说徐氏移情别恋。当然也有第三派，将两派意见综合调和，谓徐氏既有爱才之心，亦有别恋之情。孙多慈在中大求艺五年，掀起的师生风波，从无间歇。风波详情，徐悲鸿虽未在信中向舒新城写出，也许不便写出，但宁沪往返甚便，徐氏不会不向老友一吐为快的。

舒新城是拥徐派，而且是最最坚决的拥徐派，这从徐氏最早向他透露心曲，而他的态度则是"台城有路直须走"，孙多慈毕业前徐悲鸿拟为她申请公费出国深造，舒新城又一次伸出援助之手等可以看出。请看一九三五年间，徐氏致新城的五封信札。三月十五日，徐氏信中谢道："前承允为慈刊集，感荷无量。知真赏不必自我，而公道犹在人间。庶几弟与慈之诚得大白于天下也。兹嘱其携稿奉教，乞予指示一切！彼毫无经验，惟祈足下代办妥善，不胜拜谢……"

一九三一年孙多慈以"百分"图画的优异成绩考入中大艺术系，由旁听生变成科班生，于一九三五年夏天毕业。毕业前，孙多慈忙于毕业创作，考虑就业去向。徐氏视孙为可造之才，想为她申请比利时的庚子赔款出国深造，为便于申请，请舒新城在中华书局为孙多慈出版一本素画集，舒新城一口承诺。在这封信中徐氏除了感谢外，还向老友表明心迹"知真赏不必自我"，还有老兄和世上一切真赏孙多慈画者"而公道犹在人间"，他与多慈的师生真情也"诚得大白于天下也"。信中还告知老友，孙多慈将"携（画）稿奉教，乞予指示一切"。

孙多慈携稿赴沪，拜见了舒新城。舒新城答应出集，但又劝她不要着急，说书不是说出就能出，有一个周期，并举徐悲鸿出书为例说"徐先生的东西一摆两三年"。孙多慈听了自然着急，回到中大，向徐氏汇报了一切。徐氏听后，又于四月十一日致信道：

> 慈返，已为弟道及见兄情形。承兄为作序，深致感谢。慈所写各幅，已经弟选过，狮最难写，两幅乞皆刊入。孩子心理，欲早观其成。彼闻足下言，徐先生的东西一摆两三年。大为心悸，特请弟转恳足下早日付印，愈速愈好，想吾兄好人做到底，既徇慈情，亦看弟面，三日出书，五日发行，尊意如何？

徐氏为孙多慈出素描集，一则是壮声势，鼓励学生继续努力；二则是向世人证明，孙多慈这样的画才，的确是可造之才、可爱之才；三则是"慈集能速赶，最所切盼。因此事关其求学前途，弟初意尚在此时画集印成，使分赠中、比两方委员（本月开会决定下年度派赴比国学生名额）。弟虽已分头接洽，但终不如示以实物坚其信念"（见六月×日信）。可见画集有时间性，越快越好。不过徐氏所说孙多慈是"孩子心理"，其实在"欲早观其成"上，徐氏又何尝不是孩子心理呢？所谓"三日出书，五日发行，尊意如何？"这种速度，在中国出版业，不要说当年不可能，就是七十年后的今天也不太可能，除非特殊的政治类或商业性书刊。不过，从这段信中，可看出徐氏的爱才心切，当然也毋庸讳言，爱才的弦外之音——由爱其才到爱其人。请看同信后半段：

　　"至于捉刀一节，弟意不必，盖文如兄，自然另有一种说法（一定是一篇情文并茂的文章），比弟老生常谈为愈，亦愿赶快写出为祷！此举乃大慈大悲之新城，池中有白花，其光芒应披全世界……"

　　信中明里谈的是徐氏请舒新城为孙集作序，谈的是不必由他"捉刀"之事，实际上绝非仅止作序而已，大有深意存焉。深意就存在"此举乃大慈大悲之新城，池中有白花，其光芒应披全世界"中。众所周知，出家人有"大慈大悲救苦救难的观世音菩萨"之咒语，徐氏借用此语，将舒氏比作观世音，请他来救苦救难。救谁的苦难呢？当然是救徐氏（也包括多慈）的苦难。当年，徐悲鸿为孙韵君改名多慈，为什么要改多慈之名？因为徐悲鸿名中，有一悲字，所以为她改名时加上慈字，可见徐氏为她改名之时，已存"大慈大悲"之念。而今他终于找到了可以救苦救难，令池中盛开的白花，光芒万丈，照遍全世界盛举之人，非"大慈大悲之新城"莫居。又据蒋碧薇说，徐悲鸿有一只镶有孙多慈所赠红豆的戒指，戒指内刻有"慈"字，可见慈字在徐氏心中的分量。

尽管紧锣密鼓，紧催紧赶画集出版，可是为孙活动出国留学之事终为蒋碧薇所闻，她在回忆录中写道：

> 毕业之前，徐先生整天忙碌，先请中华书局帮忙，给孙韵君印了一本素描画集……接下来忙着为孙韵君奔走，争取官费，让她出国。当时比利时退回我国的庚子赔款，设存中比庚款管理委员会，可以选派学生出国。中比庚款的负责人有一位比国神父，和中国方面的褚民谊，说话都很有分量。徐先生知道谢寿康先生和他们两位很熟，便去和谢先生商量，事为谢太太所闻，特地跑来告诉我。我听到消息，就正告徐先生说："你知道我的性格和脾气，任何事情只要预先和我讲明白，一定可以做得通。如果瞒住我，我可非反对不可！"徐先生听后默无一语，以后照旧

积极进行如故。

　　孙多慈出国留学之事，被蒋碧薇从中阻挠而未成。徐氏在八月六日致舒氏信中愤愤写道："弟月前竭全力为彼谋中比庚款，结果为内子暗中破坏，愤恨无极，而慈之命运益蹇，愿足下助长公道，提拔此才，此时彼困守安庆（省三女中教书），心戚戚也。"孙多慈毕业后，未能出国深造，只好回老家，被安排到安庆省立三女中教书，心中当然戚戚不欢。但徐氏仍在此信中叮嘱老友道："慈集日内当出版（孙多慈素描出版期为一九三五年九月）应为之刊广告，尤其在安庆，并希望在《新中华》刊物上转载白华（序）文及其（孙多慈自撰）《述学》之文。"目的是希望老友"主张公道，提拔此才"。

　　为了提拔人才，徐悲鸿还在信中提出出版发行由孙多慈译介的《伦勃浪画集》："欧洲古今最大画家为荷兰十七世纪冷白浪（伦勃朗），弟嘱慈译其生平。弟藏冷（伦）作副本（精印大册）全备，拟请尊处刊行，亦艺术界之幸也。"

　　为了提拔人才，他鼓励在安庆女中任教的孙多慈多作画，画好画。一九三六年开春，他又想出了一个新办法——请舒新城出面代订购孙画，并签署了契约，附在四月十二日的信中："请将弟存款内拨两千五百元陆续购买孙多慈女士画，详细办法另纸开奉，务恳吾兄设法照办为感。"两千五百元，对当时不卖画的徐悲鸿来说，并不是一个小数。他每月在中大任教的月薪三百大洋，多半要支付家用——所余的钱还要添置画材书籍。中华书局支付的稿酬并不多，钱从何来？据蒋碧薇回忆录记载：

以前徐先生从来没有卖过画，也不曾在国内举行过画展。这一回，他算是一改自己的作风，为了卖画，不惜奔走权贵豪富之门。展览会半公开地举行，据说卖出了若干幅画，得到了几千元的现款，但这些钱是否寄给了孙韵君，我一点也不知道。至于孙女士究竟到什么地方去奋斗，当然我更不知道。

看来蒋碧薇并不知道徐悲鸿请舒新城代购孙多慈画作的契约，只知道徐悲鸿开画展，将卖画所得支援孙多慈的"奋斗"。

蒋碧薇暗中阻挠徐悲鸿为孙多慈谋划出国留学在前；徐悲鸿置蒋碧薇不顾，一意孤行，开画展筹款，支持孙多慈"奋斗"在后。孙多慈无疑成了徐悲鸿婚变和家庭破裂的导火线和催化剂，面对日渐激化的家庭矛盾，徐悲鸿离家出走，远赴他乡——广西桂林。抵达桂林不久，一九三六年八月二十五日他致舒新城，告知自己的行踪："久失音问，近状如何！方事之巫，十九路军出南路，再以两师收贵州出湘西，必致中原大震，国家瓦解。八桂健儿皆已歃血宣誓效死……弟功成名立，不愿再与俗竞。前托兄购之《图书集成》《辞海》，以及商务之《四部丛刊》等，出书时请寄桂林省政府弟收。作画、读书、得佳作分寄友朋处，乱世得此可无憾矣。"信中对家庭纠纷和孙多慈只字未提。他想逃避乱世、乱事，在桂林觅一块桃源仙境，静静地作画和读书。可是树欲静而风不止，家事、国事、天下事，无事不涌上他的心头。挥之不去，也无法挥去。

徐悲鸿在桂林断断续续住了两年左右，徐蒋婚变，徐氏登报与蒋氏脱离同居关系，以及前面提及的徐氏致郭有守的两封信函，都发生在这段时间。奇怪的是不知为什么这二三年时间内，竟未留下徐氏致舒新城的片纸信札。

舒新城再次收到徐氏来信，已是一九三九年五月八日，写信地点是新加坡。徐氏应友人之邀，第三次访问新加坡举办画展。访新前，他曾在香港逗留了一段时间，会见了阔别多年的老友舒新城。老友会面，自然会谈到孙多慈的情况，所以在信中仅以"弟与慈之关系，在港与兄晤面时，实间不容发"一笔带过。间不容发，谓成败利钝，其间不容一发，比喻情势危急到极点。至于徐、孙之间究竟危急到什么情势，信中没有写（估计在港已细述）。为了上下文连贯，要补述一段孙多慈的行踪。一九三八年春，孙多慈全家避难长沙，巧遇徐悲鸿。徐氏通过友人，将孙氏全家迁至桂林，还为孙多慈觅了一个差使，然后返回重庆中大上课。同年暑期，徐悲鸿又回到桂林，与孙多慈谈婚论嫁，于是发生了徐氏致郭有守信及刊登与蒋碧薇脱离同居关系的声明之事。徐氏的一位友人拿了登声明的这张报纸给孙多慈父亲看，满心希望能促成徐、孙的这段婚事，孰料遭到孙父的断然拒绝。数日后，孙父携带全家离开了桂林。徐氏信中的与慈关系"间不容发"，似是指此。

回头再看徐氏致舒新城之信："彼知我来新，乃来一从未有过之动人情书云，我命他怎样便怎样。弟答云，倘人因我而有之乃动，我完全任之肩上，不诿责于我之外之第二人，但我绝不令人如何而动。"孙多慈的这封被徐氏视为"从未有过之动人情书"，徐悲鸿却转寄同事吕斯百。吕斯百又出示给蒋碧薇看。据蒋氏回忆："一九三九年八月，有一天我从北碚进城到曾家岩，去看吕斯百先生，吕先生刚刚接到徐先生的来信，拿给我看。我一看原来是徐先生转寄来孙韵君的一封信。信中有几句重要的话，大意是说：'我后悔当日因父母的反对，没有勇气和你结婚。但我相信今生今世总会再看到我的悲鸿。'然后徐先生在信末批上了三句：'我不相信她是假的，但也不信她是真心，总之我已作书绝之。'"

徐悲鸿为什么要把孙多慈的这封"情书"寄给吕斯百？当然是"项庄舞剑"，别有所指。蒋碧薇不明白（也许是装作不明白）地问吕斯百，吕回道："他还不是想要我拿给你看？"徐悲鸿既然年前已在报纸刊登了与蒋碧薇脱离同居关系的声明，为什么又要将这封情书有意让吕斯百转给蒋看？是故意气蒋，还是别有所图？

原来徐悲鸿离家出走，远赴桂林前夕曾与蒋碧薇谈过一次话，蒋说："假如有一天你跟别人断绝了，不论你什么时候回来，我随时都准备欢迎你。但是有一点我必须事先说明，万一别人死了，或是嫁了人，等你落空之后再想回家，那我可绝对不能接受。"这段话说在一九三六年暑期，徐悲鸿记忆犹新。

如今三年过去，徐氏心想，我既与孙多慈断绝了往事，且示以"证据"（孙之情书），可以与蒋氏言归于好。可是徐氏在这里犯了两大忌讳，其一是，徐氏为了与孙多慈成婚，单方面登报声明与蒋氏脱离同居关系（徐蒋成婚二十年，生儿育女岂是同居关系？），而今既已脱离关系，覆水难收，怎能出尔反尔，想覆就覆，想收就收？忌讳之二是，徐悲鸿不该将孙多慈的"情书"转寄给吕斯百。诚如蒋碧薇对吕斯百所言："在我看来，像徐先生这种行为，是最不可原谅而且最不道德的。徐先生如果不再爱孙韵君，他尽管把她的信退回或烧掉，决不可将这种信寄给任何人去看，他不要以为我看到他侮辱了我的情敌，便会觉得高兴。他应该知道，我不是这样的人，相反的，我将更看轻他！"

当然，徐蒋婚变，责任不全在徐悲鸿，蒋碧薇也有责任。除了性格、事业和家庭观念差异较大外，即使在感情上也各有其责。徐悲鸿固然移情别恋孙多慈，但蒋碧薇何尝又不是对张道藩萌生旧情呢？只是各抱琵琶半遮脸。半斤对八两，在处理婚变问题上，徐氏较感情用事，考虑不周，一意孤行，常常授人以柄；而蒋氏则相反，冷静果断，思虑周密，以守为攻，故操胜券。

"性格决定命运"，前贤此话一点不假。徐氏的"独特己见，一意孤行"成就了他的绘画事业，也酿成了他的家庭悲剧。徐蒋婚变是如此，徐孙交恶又是例证。关于孙多慈离他而去，徐悲鸿认为责任全在孙多慈的父母。他在致舒新城的信中，一味埋怨"慈父亲之面貌，似吾之前生身之冤仇，见即话不投机，彼母亦落落无丝毫缘感，倘慈不毅然取得办法（此则不可责备，只有任彼如何），弟亦终不能与之有进一步之关系"。后又在六月三十日信中大骂"二老"："慈自四月十四日来一极缠绵一书（她说不论我在天涯海角，她必来觅我）后，两个半月毫无消息，此时温州沦陷真使人心忧，她那二老糊涂混蛋该死！大概不会得好结果。弟倘留其作品不少，便用慰藉此后半生矣！"设问徐悲鸿对孙多慈的父母如此感情用事，即使他与孙多慈能成眷属，日后又将如何处理和二老的关系呢？一面责骂孙之二老，一面怀念蒋姓岳父母："较弟之岳父母之情愫相去诚间霄壤，弟至今仍依依于岳父母之深意。"如此错乱颠倒的人生戏剧，难怪他要在信中大呼："老天，此段文章，巧妙不可思议，弟虽在演出此剧，实惊叹剧本之佳，弄死人的东西，世变如此，一切听其自然，若慈真排万难来到弟处，当然弟无条件从其所愿，以共生死。弟未存一字叫她来，惨极了！"（见五月八日信）

人生如戏，人生又如梦。一九四〇年九月二日，他又在致舒新城的信中哀叹道："慈之问题，只好从此了结（彼实在困难，我了解之至），早识浮生若梦难自醒，彼则失眠，故能常醒。弟有感而为诗：虎穴往往无虎子，坐看春尽落花时。平生几次梦中梦，魂定神清方自知。彼与兄及展兄（陈子展）处俱无消息，故亦莫从知其状况。但彼已不作画，此则缘尽之明征矣！也好。"

徐悲鸿的师生恋情，是因爱画才而生的情缘。为了爱才，明知山有虎，偏向虎山行，冒着入虎穴的风险，去探寻虎子。而今入了虎穴，却始知"虎穴往往无虎子"，虎穴已虎去穴空了。孙多慈既已离去，又不作画，此非画缘可尽，情缘也尽之明征矣！也好，好就是了，了就是好，从此可以了结！

说是可以了结，但内心深处又实难了结，真所谓当断难断，当了难了。这又是为何？请看事过才七日，他又追上一信致新城吾兄：

今日检点慈之作品，存弟处有七幅（又得一幅，共八），极精。其外，尚有水墨自写及素描各一。另两国画则不甚佳，共得九幅。不知兄处有之否？弟拟为之再出画集一册，油画皆用三色版精印。为了结这段因缘纪念，求兄写序文（须作散文诗体，不着痕迹），弟则以两小诗代序，录奉一览：

云锦辉煌早织成，文章机杼出天外；星河流转乾坤乱，大惧昆冈玉石焚。

回首当年事可哀，鸡鸣灵谷总成灰。平生心血平生梦，惟待昆阳旗鼓来。

不知港厂能制版否？倘兄同意，弟即执此数画至港也。天生如此之才而靳其成，感伤无已。

在序诗的末句，徐悲鸿借用了"昆阳之战"的历史故事，希望孙多慈在艺术创作中也能像东汉刘秀那样，在困境中以弱胜强，战败王莽，期待大捷的旗鼓早日到来。果能如此，也不枉他对孙多慈的"平生心血平生梦"了。这两首序诗，画龙点睛地点出了徐悲鸿对孙多慈的情意和期望，也活脱脱地勾勒出多情多义的情种徐悲鸿的形象。可惜因抗日战乱，孙多慈的这部画册未能制版付梓，只是在致舒新城的这封信中，留下了徐氏的这个愿望和心声。综上信札，孙多慈在徐悲鸿心目中的印象和位置，也不言自明了。

亚明缅怀傅抱石

初识傅公

二十世纪五十至八十年代之交，中国画坛上出现了两个以地域为标志的画派，一个是西北地区的长安画派，一个是江南地区的江苏画派。长安画派的代表人物是赵望云、石鲁，江苏画派的代表人物是傅抱石。大江奔流，日夜不舍，傅、赵、石都相继作古。值此傅抱石九十周年诞辰之际，笔者特地走访了江苏画派的领队后继人物亚明。当笔者与亚明谈起傅抱石，亚明第一句话就说："抱石先生确是一位划时代的天才艺术大师。中国山水画自宋以来，经元出现一个高峰，明中期至清初可以说在继承中寻觅更高境地，董、沈、文、周、四王、四僧各有风采。清末民初，抱石先生迈向又一高峰。"接着他与笔者谈起了傅公与他交往中的几件逸事。

亚明初识傅抱石是在一九五三年初，是年傅公已五十初度了。

一九五三年，苏北、苏南行署和南京市合并，成立江苏省。原在无锡工作的亚明，上调省府南京，筹建文联，分管美协，并兼任美术工厂和美术陈列室的党政工作。别小看了年方三十的亚明，他可是作为新四军革命文艺系统派到旧知识分子、旧画家、旧艺人成堆的省美术界的"党代表"，他是代表共产党来领导省美术界工作的。因此他的言行颇有分量，省美术界的诸老也不得不敬他几分。

据亚明回忆，调南京前一年，他在无锡担任《农民画报》主编期间，华东美术界展开了对中国传统绘画关系到存亡的大辩论。持不要或否定中国画的以江丰为首。江丰是二十世纪三十年代左翼美术家联盟执行委员，新木刻运动的组织者，又是延安时期领导"鲁艺"美术系的头面人物，时任全国文联委员、中央美院华东分院院长，一句话，是美术界的老革命领导，一般老画家是不敢公开发表不同意见的。但是亚明却不然。他当时虽然还不会画中国画（仍在搞版画创作），但已懂得中国画有着悠久的历史，人民非常喜欢它，人民喜欢的东西，就不能轻易地将它否定，在艺术的百花园里，应该有它的一席之地。他把自己的看法公开发表出来与江丰辩论。江丰与亚明同在华东地区工作，有私交，听了这番言论，大为吃惊地对亚明说道："万万没有想到，你从革命队伍中出来，入城短短时间，却掉进了封建文人的故纸堆里去了。"可是他的观点却得到了沪宁线上的老画家的赞同和敬佩。傅抱石当然也有耳闻。时年全国高校院系调整，傅任"南师"美术系教授，教授中国美术史。他也正在为高等院校美术系取消中国画课而感到纳闷和不平，亚明的这番话正中下怀，因此两人一见如故，谈得很投机，大有相见恨晚之感。

在亚明的记忆中，他与傅公结识不久，有一次一起到上海参加华东美术会议。去上海时，傅公一上飞机，就一言不发，闭紧双眼，双手捏紧座位把手。过了十多分钟，额头上汗珠像黄豆粒大，顺着脸颊奔流而下。亚明笑着对他说："傅公，抓这个没有用！"他轻声地答道："心里好过点。"亚明听人说过，傅公是海陆空三军中的陆军，习惯于陆地上行走。他怎么也没有想到，性格豪爽、作画浑身是胆、气魄很大的傅公，在飞机上竟然如此胆小，幸亏从南京飞上海的时间不长，不到半小时。一下飞机，傅公如释重负，又活起来了，又说又笑。正巧同坐的这趟班机上有一个法国友好代表团到上海访问，刚下机就赶上一群手拿鲜花的红领巾少先队员的热烈欢迎，傅公以为这群孩子是欢迎他们的，笑着对亚明说道："上海方面还这么隆重！"亚明早就看出少先队员的鲜花是对着法国友人去的，于是在一旁暗暗发笑道："怕不是冲着我们来的吧？"

也许是傅公有意要体验一下在空中和海上的感受，到上海当一回"空军"，回南京再当一回"海军"。从上海到南京有一趟长江客轮（烧煤的火轮）。晚上上船，睡一宿，第二天凌晨到南京，坐江轮又舒服，又不耽误时间，上船就睡，一觉醒来就到站了。一举两得，何乐而不为。

傅公最爱"风鳗"下酒，每到一地见此物必购。上海会议结束，他买了两条"风鳗"，卷起来像两只自行车轮胎。亚明刚成家，过惯了部队生活，经常出差，没有带什么东西，于是帮傅公肩背"风鳗"，傅公则一手拿酒，一手拿香豆腐干，随着亚明优哉游哉地上了二等舱。亚明一进客舱，卸下东西，与傅公聊了一会儿天，发现他对坐船还没有异常反应，于是就睡了。睡到半夜，船上的争吵声把他惊醒了，听声音好像是傅公在与人争吵，开灯一看，舱内的另一个床位空着，不好，果然是傅公！他赶紧起身，顺着争吵的声音走去。原来是傅公独自一人坐在餐厅里喝酒，餐厅服务员怕他独自喝闷酒喝醉了发酒疯，于是上前劝阻，劝阻不成就吵了起来。亚明赶上前去，向服务员解释劝解，同时挟着傅公回舱，一路上傅公气犹未平地告诉亚明道："你不知道，他们（指服务员）在旧社会对船上打牌吸大烟的，只要给点小费什么都行，新社会扫除恶习，他们就如此无理。"回舱后，亚明又把他扶到床上，还没等离开，傅公就仰面大睡，鼾声如雷。亚明低头看了看手表，将近子夜十二点。

船到南京码头。赶上狂风大作，雷电交加，瓢泼大雨哗哗地下了起来，一看时间才清晨四点，他问傅公怎么办，是赶回家还是在码头上避雨。也许是傅公很少出门，也许是他思家心切，在上海只开了几天会，每天要给家里写信。面对滂沱大雨，傅公咬了咬牙说道："走！"手拿着喝剩的小半瓶酒，一头钻进了雨中。

从下关码头到玄武门，有好几十里路。往常船码头前总是停着许多黄包车、三轮车在等客，可是碰上了狂风暴雨，码头上空空荡荡，不见车影。他俩急匆匆地往前赶路，赶到下关城门洞前，看到有一辆黄包车停在门洞里，傅公以手加额，自言自语地冲着亚明说了一句："天助我也。"可是当亚明走到车跟前，只见车夫曲着背睡在车上，叫醒他说了路名，车夫看了看站在他面前的两只落汤鸡，又看了看洞外的大雨，回答说"不去喽"，又弯腰睡了，任亚明怎么央求，车夫再也不吭一声。幸亏，街上有一辆空黄包车正向门洞跑来，他俩赶紧迎上前去，讲了多给车钱，坐了上去。傅公一上车，又高兴起来，仰着脖子把手中的小半瓶"绿豆烧"一口气喝掉。

这是亚明第一次与傅公结伴外出，一路上发生了这么多富有戏剧性的趣事。亚明回忆起这些往事，仿佛是昨天才发生的一样。

　　谈及傅抱石对他的影响，亚明告诉笔者道：他一九五三年出访苏联，有机会亲眼见到文艺复兴时代西方绘画大师原作及俄国十九世纪名作。这些作品是他敬慕已久的绝代佳作，凭他的条件永不可企及，所以下决心弃西学中。他与傅公共事三年，学的都是人物画，从唐宋入手，下接任伯年，与傅公的山水不相干。不过对傅公的画，他还是喜爱的。一九六〇年后（两万三千里写生归来），他才对山水产生浓厚兴趣，起步受傅公影响，接着探本寻源，从明（沈周）入手，上追宋元，下接四僧（尤其是石涛），逐步求得中国画精粹，如笔墨意境、形神合一等理法技法。

两万三千里旅行写生

　　亚明与傅公一起外出，时间最长，获益最多，见闻最富，印象最为深刻的当数两万三千里旅行写生。关于这次旅行写生，傅抱石在答友人的一封信中曾有过较详尽的记载（见《人民日报》一九六一年二月十六日《思想变了，笔墨就不能不变》）。据亚明透露，这篇书信体的文章，是两人事先商量过的，有些观点是他的。亚明这次跟我谈的，是避开了傅公在文章中已经写到过的素材。可是，为了让读者对两万三千里旅行写生有一个全貌的了解，我仍要引用文中提到的一些史料，包括同行者的回忆史料。

亚明告诉我说，组织省内画家到外省参观访问、到大自然中去旅行写生这个主意是他想出来的，征得了傅公同意后，与省委宣传部部长商定而成。当时主管副部长王人三找亚明作具体指示："阔胸襟，长见识，受教育。"还说一定要注意安全，要虚心向兄弟省同行学习。最后又补一句道，你的担子不轻，要特别小心谨慎，搞好团结。临行前，王人三亲自到画院送行。送行会上，王人三操起京胡，傅公还唱了一段京剧。

一九六○年三月，江苏省国画院正式成立，傅公出任院长，亚明任副院长，傅公抓创作，亚明主要抓政治思想、党务工作。同年八月，傅公又当选为中国美协副主席、全国文联委员。"新官"上任三把火，被傅公称为"小诸葛"的亚明，为傅公的上任想出了这个主意。

据傅文记载："去年（指一九六○年）九月，美协江苏分会组织了以江苏国画院为中心的江苏国画工作团出省参观、访问，目的是：开眼界，阔胸襟，长见识，虚心向兄弟省市学习，从而改造思想，提高业务。一行十三人，六十岁以上的三人，苏州余彤甫、无锡钱松嵒、镇江丁士青，五十岁以上的两人，我和苏州张晋（亚明附记：丁士青当年未满六十）。这是我们此行中的'五老'。此外都是青壮年。扶老携幼，队伍不算大也不算小。我们的生活圈子大都非常狭窄，尤其是我们几老，多数长期范围在'暮春三月，草长莺飞'的江南，个别的（亚明附记，除傅公外，四老）还是第一次渡过长江。"

"我们是先到郑州的。先后访问了洛阳、三门峡、西安、延安、华山、成都、乐山、峨眉山、重庆、武汉、长沙、广州等六省十几个城市。前后三个月，包括来往路程大约旅行了两万三千华里。……"（见《思想变了，笔墨就不能不变》）

第一站是郑州。郑州艺术学院院长谢瑞阶前来接待陪同。众所周知，一九六〇年正是三年困难时期的第二年，物资奇缺。亚明记得很清楚，谢瑞阶召集河南画家与江苏画家座谈，座谈会的桌子上没有糖果、水果，连一杯茶也没有。谢瑞阶说：眼下河南大灾，什么也拿不出来，对不起诸位了。亚明用手捅一捅傅公，让他看窗外。窗外有几个艺院的大学生正在打槐树上的叶子（槐树叶子可磨粉代粮食）。傅公看到了黯然垂下了头。

第二站三门峡。傅文记道："九月二十一日，我们到了三门峡，就在三四天之前，黄河的水经过蓄洪变清了。古人说'圣人出，黄河清'，几千年来从来不敢梦想的奇迹，今天在党中央和毛主席的正确领导下，在劳动人民的英雄气概和冲天干劲之下实现了。……我们谁不想把'黄河清'画下来呢？哪知道就是'清'字把我们难倒了。大家很清楚，找古人的笔墨是不会有办法的。一不小心还容易画成'长江'或'太湖'呢！"亚明回忆道，傅公到了三门峡工地，刚住进工棚，就迫不及待地奔向建筑工地，他不顾地面杂乱不平及交叉支架的阻隔，四处寻觅建设工地的宏伟场面。工人们精心劳作和热火朝天的干劲，鼓舞着傅公的情绪。回来后他对亚明说道："在生活上，我们不要提任何特殊要求，工人们这样的干劲，我很感动。我们要坚持向工人学习。"

第三站到了西安。前来接待他们一行的是陕西美协的石鲁和蔡亮，傅公见了石鲁，笑着说道："听说西安的羊肉泡馍很有特色。"石鲁回道："我们已经安排了，已给省委打了报告。"（那时吃一顿羊肉泡馍，要给省委打报告，可见当年供应紧张——笔者注）亚明走到傅公身边，悄悄地耳语道："石鲁已经为你预备了二斤西凤老酒，放在房间的窗台上了。"傅公听了，向石鲁点了点头，表示感谢。

第四站是延安。石鲁、蔡亮陪同坐大轿车前往。去延安的途中，天气突变，行至铜川境内，大雨滂沱，驾驶员将车开到了一个小镇上，说什么也不开了。这时天色已黑透，何处安身尚无着落。石鲁、蔡亮冒雨寻找可宿之地。不一会，石鲁上车笑笑说："傅公，傅公，实在对不住，只有一个女浴室，愿租给我们住一宿，但是要等营业完毕才可进去。不知诸位愿不愿意去？"除此没处安身，只有住进去了。斗室无窗，四壁漆黑，只有十几条不到五十厘米宽的湿漉漉的长板凳，气味很难闻。傅公见少数人面有难色，便对大家说："我出来是体验生活的，只要有个住处，就将就着住吧。"他带头睡，不宽不窄正好躺在板上，大家也随着躺下了。西安同行画家中，有一位酒徒，姓罗单字铭，此公善弈，自称中国象棋棋术在同行者中首屈一指。当时铺板不够，亚明与罗铭下了一夜，十下十败，罗铭果然名不虚传。傅公也善此道，与罗铭对弈久之。第二天清晨，大家漫步到小溪边洗脸，亚明问傅公道："如何？"傅公答曰："真舒服，这种地方日后难得来，想也想不到的。老弟，这里有酒卖吗？"亚明答道："有辣椒粉。""回头弄它一包。"他除了嗜酒外，就是辣椒。

车到延安，傅抱石瞻仰和参观了宝塔山、枣园、杨家岭，他登上宝塔山顶，四顾延安城，兴奋极了，孩子似的说道："我也到过延安了，我也到过延安了！"

第五站华山。据傅文记载："当我们从华山脚下上山向娑罗坪进发的时候，不久就峰回路转，看到排列在前面高耸云端的两峰，真是壁立千仞，奇峭无伦。忽然后面有人高声叫道：

'哈哈，这才解决问题啊！'那种兴奋的情绪，的确用文字很难形容。今天想来，解决问题固然有待于今后不断的努力，而对于长期生活在平原千里的江南水乡的山水画家，对于长期沉潜在卷轴几案之间的山水画家，一旦踏上了'天下险'的华山，能禁得住不惊喜欲狂吗？于是大家的谈锋很快地集中在明代以画华山得名的王安道（即王履，他的名作《华山图》现存）身上。你一句，我一句，不经意处倒牵涉不少如何体会古人和怎样表现时代气息的问题，或者也可以说是如何继承和发展优秀的绘画传统问题。多数认为，王安道的《华山图》是有生活根据的，一定程度上传达了华山的气概、面貌，是祖国的一位杰出画家。也有的从皴法来研究问题，认为华山最突出的是'荷叶皴'，过去在《芥子园画传》看到的固然完全不是这么一回事，就是王安道的《华山图》也是意多于法，并不怎样典型。记得钱老（钱松喦）从北峰一下来，劈头就说道：'我今天找到真正的荷叶皴了。'"傅老则说道："我同意同志们的意见。我们从《华山图序》里，也清楚地知道他不是无动于衷地仅仅把华山抄录了下来，而是画了之后很不满意。怎么办呢？于是就把它（华山）'存乎静室，存乎行路，存乎床枕，存乎饮食，存乎外物，存乎听音，存乎应接之隙，存乎文章之中……'（《华山图序》），放到整个精神生活里去，反复磨炼，不断揣摩。等到'胸有成竹'执笔再画的当儿，自然而然地就'但知法在华山，竟不知平日之所谓家数何在！……'（上同）完成了有名的《华山图》。我们后来在游峨眉的时候，也是这样'三步一停，五步一搁'，边走边谈，边谈边画。尽管减头去尾，不成系统，但都是从亲切的现实感受出发，也是从迫切要求解决问题的心愿出发。"

车到青河坪，不能再向上开了。傅抱石平时总说自己是"陆军"，走陆路不成问题。但真正遇到了陡峭险峻的山路，他则十分小心谨慎，或干脆退避三舍。据当年另一位同行者宋文治回忆道："傅先生作画的时候胆子很大，但平素胆子却很小。如我们去黄土高原写生时，山路都很陡峭，傅先生坐车的时候，永远是坐靠山的一边，坐飞机也从不坐靠窗的位置。到华山写生时，大家都上山去了，他一望那挺拔的山路，就说我不上去了。我下去休息了，其实他在山下并非休息，而是在概括地写一些速写稿，记下他对华山的印象。《待细把江山图画》便是那次写生后的创作。"（参阅中国香港《名家翰墨》第九期《傅抱石绘画创作考察》）

又据亚明回忆，华山写生，借宿在青河坪的一座道观内，晚餐在道观食堂。大家都知道，道观中是不能喝酒的，嗜酒如命的傅公，见桌上摆着几碟茄子、扁豆、辣椒之类的菜蔬，色彩鲜艳，不由眉开眼笑，自然而然地从兜里掏出酒瓶，一口一口喝了起来，早就把教规忘得一干二净。他正喝得高兴，一位身穿道袍、束髻长发的老道走了过来，脸色愠怒地训斥道："喂喂，你难道不知道道教不吃酒，怎能犯我教规？"傅公写生劳累了一天，本想饮酒解乏，被老道训斥了几句，不由争辩起来。正当傅公与老道争辩，被亚明听见，及时赶到，把傅公拉出道观山门，拉到一棵老柿树下道："傅公，委屈将就在这里喝吧！"老酒喝过，傅公又像什么事也没有发生似的对他说："老弟，今晚要学《人民日报社论·勤俭治国》，我来读。"一行十三人，于是围坐在酥油灯下进行时政学习。

第六站成都。火车自关中一入川，傅抱石话又多了起来，一路上四川这四川那地说个没完，他自以为四川是他的第二故乡，入川可以充当向导，表示"硬是得行"。谁知一到成都，连以往在成都举办画展曾经住过的"祠堂街"也找不到了。头年自然灾害，成都的供应较之陕西、河南要强一些。据亚明回忆，有一次参观城郊新民公社，午饭在公社食堂吃，只见先端上的一盘菜里有拇指大的肉丁，傅公悄悄地向他咬耳朵道："宫保鸡丁。"一顿饭吃完，傅公仍津津乐道"宫保鸡丁"。大谈了一通成都这道菜如何如何与别地不同，又如何如何好吃。亚明听了暗暗发笑，明明是兔子丁，却偏偏要说成鸡丁，于是冷不防道："这是兔肉丁，不是鸡丁。"谁知傅公是不吃兔子肉的，经他一说，不由大吐起来。

在成都期间，他们遇见了巴金。傅公与巴金是老朋友，巴金在望江亭、薛涛井附近请他们吃四川小吃。四川小吃别有风味，大家吃得很开心，傅公说起了二十世纪四十年代他在成都开画展的遭遇，说起了旧社会开画展全为了稻粱谋。当年他为了赶画画，虽然痔疮发作仍要画，蹲在马桶上画。

吃过小吃，巴金又约大家晚上听四川评书，傅公一听大为高兴。晚会时刻，巴老、傅公，还有省里的一位宣传部部长坐前排。说评书的刚开了头，傅公却坐在那里打起盹来，开始呼声还小，间歇也稍长，说书的拍一下惊堂木，他拉长声呼一下。后来鼾声越打越大，打得巴老和宣传部部长不知所措，打得说书人没法把书说下去了。亚明只得在后排用手捅傅公，这一捅非同小可，傅公猛然惊醒大声呼叫起来，呼得全场哗然。傅公的鼾声由此更加名扬海内。

第七站乐山。乐山看大佛，住在青衣江边，江上景色宜人，与江南水乡都有异曲同工之妙。赶上了连雨天，一连住了好几天，没有车去重庆，只能搭顺路便车了，于是他就与宋文治、魏紫熙（当年魏是画院办公室主任，而宋是秘书）商量，多方打听，有车就走。好不容易打听到有一辆运化肥的卡车要去重庆。他问傅公走不走，傅公说走。本想让傅公坐驾驶室，他们坐车上，可是临上车时，发现驾驶室里坐了一位黑脸大汉。他让宋文治前去通融交涉，只见宋文治走上前去，和气地对黑大汉说道："哎，同志，这个位子已经有人了，是留给我们老太爷坐的！"谁知黑大汉不买账，虎着脸回道："啥子老太爷？我就是老太爷。"就这样，宋文治败下阵来，轮到他亲自上阵。结果黑汉子不肯退让，傅公和一行十三人都爬上了装化肥的卡车，大家把傅公围在中间，听他讲述抗战时期在重庆的故事。从乐山到重庆百余里路，风尘四起，颠簸了半天才到。

第八站重庆。傅抱石自认四川是第二故乡，主要是说抗战期间在重庆金刚坡下整整生活了八年半。可是到了重庆，他又傻眼了，重庆的变化更大、更彻底，连出门也要人带路，别的更不必谈了。难怪他要在这封致友人的信中写道："现实的教育，思想的变化。思想变了，笔墨不能不变。就我们此行来看，在西安和成都还不怎么样。到了重庆，据个人浅薄的看法，变化的苗头渐渐露出来了。我对大家是比较熟悉的，同行的各位的笔墨，不加任何款识，我也能清楚地指出来。可是在重庆的观摩会上，却有好几幅使我踌躇了。我不好意思直接请教诸老，只悄悄地牵过一位年轻的同志过来，问这是谁的？'是老丁的。'原来古人早就说过'士别三日，当刮目相看'，我

兴奋极了。我们的这种变，是气象万千，热火朝天的现实生活的启发和教育。"（均引自《思想变了，笔墨不能不变》）

两万三千里写生，重庆不是最后一站，还有武汉、长沙、广州诸站。亚明认为，诸站中长沙至为重要，它是由西北、西南绕道中南的中转站。在长沙暂作休整，大家动脑动手，将西北、西南之行的观感写生加以消化。长沙的生活条件比较艰苦，大家都在困难的条件下作画，如钱老在床上盘腿，用随身携带的小箱当画桌作画。傅公虽没有动手作画，但时而在四周走动，时而危坐静思，时而躺在床上阅读前人画论笔记，时而看大家作画。一九六〇年江苏画院赴京举办《山河新貌》展的展品，大多成于此时。晚上差不多都是学术讨论。《思想变了，笔墨不能不变》也是集思广益而成的。

中国香港《名家翰墨》资讯 1995 年

是谁把傅抱石推向世界？

今年金秋，是中国画坛巨擘傅抱石一百周年诞辰，北京、南京、新余（喻）、台北、东京五地先后举办傅抱石回顾画展及纪念、研讨活动。一个中国画家的百年诞辰活动，居然在海内外、海峡两岸先后展开，这在二十世纪的中国画家群体中是少见的。

随着傅抱石作品国际拍卖行情的不断攀高，傅抱石的艺术成就、治艺精神及其人生轨迹，越来越受到人们的关注，于是傅抱石传记故事的编撰、作品研究和真伪鉴定等等皆应运而生。傅抱石成了美术界的热点人物，傅抱石研究也成了一门显学——傅学。

可是，亲爱的读者，不知您是否知道，最早发现傅抱石是个人才并加以提携的是谁？最早在傅抱石画上题诗褒扬的是谁？特别是最早向欧洲友人弘扬傅抱石国画艺术的又是谁呢？

原来最早慧眼发现傅抱石的是徐悲鸿。一九三〇年夏，二十六岁的傅抱石在江西南昌省立一中教美术，傅抱石经廖兴仁、季登叔侄介绍，结识了徐悲鸿。徐悲鸿看了他的部分绘画、印章及其刚出版的《中国绘画变迁史纲》和手稿《摹印学》等著作，大为赏识，并向南昌行营参谋长熊式辉推荐，请其资助傅抱石出国深造。熊式辉果然出资一千大洋助傅抱石赴日留学，为傅抱石日后的成长创造了有利条件。

　　关于最早在傅抱石画上题诗褒扬者，要算郭沫若了。一九三三年，傅抱石与郭沫若相识于日本东京。据郭老的秘书王廷芳先生记载，傅抱石到达东京不久，就专程到乡下去拜会郭沫若，两人一见如故，谈得十分投机，此后便相交甚厚。郭沫若为傅抱石留日期间所创作的不少画幅题了诗。一九四二年，郭在《题画记》中提到了两幅，一幅为《瞿塘图》，一幅为《渊明沽酒图》。现今收藏于日本东京武藏野美术大学的傅氏留日书画中，有一幅《笼鸡图》，也留有郭氏的一首五言律诗，诗曰：

笼中一天地，天地一鸡笼。

饮啄随吾分，和调颁此躬。

高飞何足美，巧语徒兴戎。

默默还默默，幽期与道通。

此诗含义深刻，既写出了郭氏自身的处境，也写到了傅氏的处境。

徐悲鸿比傅抱石大九岁，郭沫若比傅抱石大十二岁，傅氏一直视徐氏和郭氏为前辈和师长。因此在发现和提携傅抱石方面，徐、郭两氏均可称伯乐。

谈及最早弘扬傅抱石国画艺术者，得从傅氏执教重庆中大艺术系的诸多学生中去找，他的学生中最崇拜服膺乃师者，莫过于沈左尧。沈左尧，浙江海宁人，一九二一年生。沈自幼丧父，家贫，少年时代即喜刻印，并以刻印为生和求学。一九四一年秋，沈由重庆国立艺专转入中大艺术系，由于他兴趣广泛，多才多艺，又善交际，入学不久他就创立《恒沙诗社》，编校刊、出墙报，不断刊登同学们的新诗作品，还组织几位喜欢篆刻的同学成立"阆社"。在这期间，他从别的老师口中获悉傅抱石老师是治印名家，于是就请傅为"阆社"同学讲课，傅欣然同意，并题写了"阆社"两个大字悬诸教室。

在"阆社"同学中，傅抱石最喜欢沈左尧，他有悟性，又肯勤学。沈在课外经常上傅抱石家求教，傅每次皆孜孜不倦地对其辅导，以至于后来傅氏夫妇竟视左尧为家中的大孩了，而傅氏子女又视他为大哥哥。在傅氏家中，沈左尧不仅学治印，而且常常目睹傅师作画，并帮助傅师磨墨理纸。傅师作画喜反复渲染，反复薰烘，"抱石皴"也就在反复渲染和薰烘中逐步加深层次。由于耳濡目染傅师作画，沈左尧对国画也逐渐登堂入室，并对傅氏艺术由表及里地知之甚深。

傅抱石在中大艺术系执教"中国美术史"。许多同事们只知他擅长刻印，对他的绘画技艺知之甚少。一九四二年十月，当傅抱石在重庆举办"壬午画展"时，许多同事均大吃一惊。诚如他的同事兼系主任吕斯百所说："我和抱石在一起做事十几年，竟不知抱石是我所钦佩的艺人，因为我没有见过抱石的国画，抱石亦从未以擅画自许。"

"壬午画展"一炮打响，傅抱石崭露头角，一鸣惊人。画展轰动了山城的文艺界人士和观众，也引来了欧洲驻重庆陪都的外交官员。西欧友人十分欣赏傅抱石的作品，但他们是从印象派的角度上看待傅画的，如法国参赞爱里舍夫（Elliseffe）所评傅画"比法国的印象派更印象派，达到了我们为之追求了多少年而未得的绝妙境界"。

傅抱石不通英语，不知这位参赞之所云，故翻译的任务落到了兼通英、德两门外语的沈左尧头上。由于沈左尧既懂外语，又熟知傅画之精妙，故他针对西欧人士的印象派观点，从傅画与印象派有某些近似而实异着手，讲解中国画不是照相式地描写客观景物，无须考虑物体的光源，而是目识心记，凭着"胸中丘壑"作画，即对客观对象进行再创造，变瞬息为永恒。由于他的讲解，外宾对傅画加深了认识，纷纷订购傅氏画作。有位大使馆的年轻"中文秘书"戴典庐（DeDianos），竟把自己的全部工资都买了傅画。后来戴典庐结婚，傅抱石还送他一幅《湘夫人》作为贺礼。更为有趣的是，有位法国大使夫人拜访傅抱石，说她昨夜做了一个梦，她身在教堂花园，四周开满了白色的马蹄莲（百合花）、鲜红的罂粟（可能是虞美人）和暗红的康乃馨（石竹），美丽极了，并说醒后仍浮现在眼前。她问傅氏能否把她的梦境画出来？这位大使夫人不知画浪漫主义的梦境正是傅氏的特长，傅氏听后一口允承，并当场绘起她那梦中之画：只见画面上一位法国贵妇徜徉在花丛中，背景是隐约可见的教堂，尽显朦胧之美。大使夫人一看，不由失声叫绝："啊！竟然与我的梦境一模一样，傅先生的笔真的太神奇了！"还有一位早年在欧洲工作并研究中国绘画的朋友，在与傅抱石一起茶叙之时，很肯定地说："遗憾的是先生没到法国，如去开画展，必然会征服巴黎。"

在重庆渴求傅画的还有英国人。英国大使馆的赫特利等外交官，多次在夫子庙"大集成"餐馆宴请傅抱石，痛饮绍兴花雕，意态豪放，求了傅氏不少画，傅氏也多次回请他们。嗜爱傅画的还有荷兰驻华大使高罗佩（R．H．Van Gulik），他是位荷兰著名汉学家，汉学功底深厚，撰写出版过不少研究中国古代文化的专著和译作，还翻译创作了《狄公案》，这个剧本最近还被人改编成电视连续剧搬上了电视屏幕。

"壬午画展"后，一九四四年傅抱石又在山城举办第二次画展。两次画展正是沈左尧在中大求学期间，他除了全力协助傅师处理展出事务外，还充任傅师的翻译，陪同傅师与外宾交流，向欧洲友人介绍傅抱石艺术。二十世纪四十年代，在重庆的欧洲人欣赏和购藏当代中国画家的画作实在是凤毛麟角，而傅抱石之画当是他们极想求得的珍品。傅氏作品之所以能在山城中外人士中产生如此轰动效应，除了徐悲鸿、郭沫若等人在报刊撰文题诗推荐外，沈左尧的翻译也起了很大的作用，若论最早向欧洲人士弘扬傅抱石国画艺术之功，沈左尧的确功不可没！

浙江《文化交流》2004 年 10 月

苦禅画传述异（上）

　　关于李苦禅老人，据我所知，已先后有上百位苦禅生前的友人、学生、美术评论家、作家、记者撰写了百余篇回忆、评论文章和通讯报道，还出版过李向明、郑理与佳周撰写的两种《李苦禅传》和由其子嗣李燕编著的《苦禅宗师艺缘录》（以下简称《艺缘录》）；《李苦禅画集》（画辑）也出版了五六本，还有传授画艺（技）的科教影片：《苦禅写意》《苦禅画鹰》……苦老一生坎坷、历尽艰辛，想不到身后留下这么多东西，有这么多人悼念缅怀，真可谓人艺俱传，流芳后世，似乎不必再来说多余的话了。可是当我细细读完有关文字、画集、历史照片，发现在诸多记载中有一些较重要的史实、传说需要进一步核正。诸如：李苦禅是否向徐悲鸿学过西画？究竟是何年学的？李苦禅拜师齐白石的原因何在？他是怎样向白石老人学画的？又如：李苦禅在北京艺专学习期间曾组织过九友画社，这个画社是一个怎样的画社，九名成员是谁？再如：社会上盛传的"南潘北李"究竟是怎么来的？潘李的友谊究竟如何？等等。有的其说不一，有的语焉不详，还有的是误传。

本文试图以历史传记的体例，对一些疑点进行辨正，同时以此为线索，对苦老艺术历程中的几个大段落做一番扫描。以供苦禅艺术的爱好者和研究者参考。

民间老艺人李宾

李苦禅，本名李英杰，改名英，字超三，号励公，苦禅是艺名。一八九九年（戊戌十一月三十日）出生于山东省高唐县李奇庄的一户贫苦农家。

一个出生在贫苦农家的孩子，既无家学渊源（李英杰的祖宗三代都是目不识丁的农民），又无学画的经济条件，乡村中更无名师点拨，他怎么会萌发起学画的兴趣，而且日益迷上了绘画，以画为业、以画为生，最后竟卓然成家的呢？这似乎是一个谜。在中国画史上有不少类似的谜，也可以说，这是个带有共同规律的谜。当然，每个谜底不尽相同，但有一点也许是相同的，这就是中国民间艺术的熏陶。

对于一个农家孩子来说，最大的快乐，莫过于过节过年逛庙会，因为年节不但有好吃的零嘴杂食，有好听的戏曲小调，还有好看的玩具杂耍，而这些日子也正是民间艺人大显身手的最好时候：有卖泥娃、泥菩萨的；有捏糖人、古人的；有卖窗花、剪纸的；有写门联、写大字的；当然也有耍刀耍棍耍拳耍猴的……民间艺人的种种表演和技艺对许多孩子来说，是看热闹，但是对少数孩子来说，却能在幼小的心灵里潜移默化地埋下一颗艺术的种子，李英杰就是少数孩子中的一个佼佼者。

当年最使李英杰着迷的，是民间艺人在古庙里塑泥菩萨和画壁画。据李燕在《艺缘录》中记载："一天，有一些乡村艺人来到村中的一座古庙，搭起了席棚。他好奇地从席隙里窥看：一副副木架子捆上了草把，糊上了泥。不知怎么的，竟变成獠牙怒目的神像，刷白的庙墙上又渐渐出现了刀马人物。他简直着了迷，入了神……不久，便与一位老艺人——远房亲戚李宾老爷爷熟悉了。这位老艺人虽然穷困潦倒，但人穷艺不穷，又爱惜人才。他对跟前的小英杰异常喜爱，成了小英杰的启蒙老师。他一面叫小英杰帮他打下手，一面传授技艺……"有关老艺人李宾，在郑理、佳周撰写的《李苦禅传》中也有类似描写。尽管李宾是一位名不见经传的普通民间艺人，但在小英杰心目中的形象却十分高大，以至于终生不忘。难怪古稀之年后的李苦禅要常对子女说："画史不公平啊！中国历代无数艺术性很高的作品皆出自民间画工之手。论艺术，他们本不比欧洲古代的大师们逊色，但几乎统统无名于世！"言外之意很明确，要子女不要忘记这些无名的民间艺人。

李英杰虽然没有向李宾老爷爷叩头拜师，以后也并未向他继续学艺，但是他却记住李宾这个名字——民间艺人的代名词，把他当作自己学艺道路上的第一位老师——民间艺术的启蒙老师。

民间艺术的熏陶，在李英杰幼小的心灵中播下了喜好绘画的种子，同时还播下了他喜好京剧和武术的种子。好画、好戏、好武术，这三种嗜好，成了他艺术生活中须臾难离、互相生发的艺术伙伴，陪伴他走完了人生的旅程。

西画开蒙师徐悲鸿

如果说，老艺人李宾是李英杰在民间艺术方面的一位启蒙老师的话，那么启发他学习西画、教过他炭画（素描）、引导他走上中西绘画艺术结合的开蒙师却是徐悲鸿。关于青年时代的李苦禅曾向徐悲鸿学过西画的这段经历，在美术界甚至徐门弟子中也知之不多，值得一书。

从年龄上看，李苦禅与徐悲鸿年龄相仿，苦禅出生在一八九九年一月，徐悲鸿出生在一八九五年七月，相差不足四岁，是同代人，似乎够不上师生关系。但问道有先后，学艺有迟早，师生的称谓不在年龄的大小，而在于谁问道在先，是否是授道、授艺者。不过，有关徐、李是否是师生，在美术界中也产生过疑问。

据李燕《艺缘录》记载："一次美术界聚会，大家围着德高望重的徐悲鸿院长，有人问：'您的大弟子是谁？''你们猜嘛！''作人？''不是的，是苦禅！''怎么回事？他与您年龄相仿啊！'当时父亲忙起座说道：'是的！是的！在徐院长没出国之前，他就教过我炭画，当然是我的老师了。'"

关于李燕记载的这次美术界聚会，我曾向悲鸿先生的几位生前友好和弟子询问过，谁也记不起这次聚会。有的还对悲鸿先生会让人猜这个众所周知的大弟子问题表示怀疑。于是我打电话向廖静文夫人询问，得到的回答是，悲鸿先生的这段对话，她事后听说过。悲鸿先生也亲口对她说过，他教过李苦禅炭画。不过，这是一次什么聚会，悲鸿先生在什么场合下说的，她记不清了。我打电话到李府，李燕不在，接电话的是苦老的夫人李慧文。她告诉我：这次美术界聚会她参加了，也亲耳听到了这段对话。这次聚会，是徐悲鸿邀请的一次家庭宴会，事情发生在一九四六年，美术界朋友为祝贺徐、廖所生的头胎儿子徐庆平（乳名小鸿）百日生日（或周岁）所举行的聚会，地点就在徐府，开了好几桌。李氏夫妇与徐悲鸿同桌，廖静文尚未入席，席间确有这段对话，不过桌上的提问者是谁，她已记不清了。

根据李慧文提供的线索，我又向廖静文求证，廖静文的回答是："实有其事，但不是庆平百日，而是满月，吃的是满月酒。当时我不在桌上，所以未能听到这段对话，但很快就听人说了。"

在美术界，熟悉徐悲鸿的人，谁不知道吴作人是他的大弟子？怎么半路上又杀出一个李苦禅呢？吴作人结识徐悲鸿，并拜师学画，最早可追溯到一九二七年冬，在上海艺术大学（参阅吴作人：《忆南国社的田汉与徐悲鸿》，《文化史料丛刊》第五辑），而李苦禅又是何年结识徐悲鸿并向其学炭画的呢？李的回答是"在徐院长出国之前"。这里讲的出国之前，是指徐一九一九年第一次赴欧留学之前。

早在一九一八年，徐悲鸿因找北洋政府教育总长傅增湘联系官费赴欧留学事项，曾偕妻蒋碧微寓居北京一年有余。寓京期间，他结识了北大校长蔡元培，并应聘任北大画法研究会导师，参加研究会举办的两期讲习班教学（春、秋两季，每期三个月）。一九一八年十二月中旬，徐悲鸿接到了教育部批准他赴欧留学的通知，不久就辞去教职。

"一九一九年一月一日，他出席了画法研究会举行的欢送大会，并致辞。陈师曾希望他能沟通中外，成为世界著名画家。"

"一月十四日，发表《徐悲鸿启事》，感谢北大同人和画会数次组钱，离京返沪。"

"三月二十日，偕蒋碧微离沪赴法国。"（以上均引自江苏出版社出版的王震编著的《徐悲鸿研究》）我在这里引证一段徐悲鸿一九一九年的艺术年表，旨在说明，李苦禅所说的"在徐院长出国之前"向徐学习素描的时间，不可能在一九一九年，当在一九一八年徐悲鸿在画法研究会执教期间。

可是，问题又偏偏出在李苦禅的回忆上。他不止一次在有关回忆文章和序文中写的是一九一九年。如一九八二年他为《笔下千骑——绘画大师徐悲鸿》一书撰写的序中就这样写道："一九一九年，长余三岁之徐公，乃余开蒙师也。"一九八二年，苦禅老人已年届八十三岁（自署八十五岁），年事已高，记忆难免有误。作者郑理发现了这个问题，因此在《笔下千骑》和《李苦禅传》两本传记中，把李拜徐为师的时间推前到一九一八年，并且把李苦禅考入北大勤工俭学会的时间也相应提前了一年。我认为，郑理把李向徐学画的时间提前到一九一八年是合理的，但把李考入北大勤工俭学会的时间相应提前一年是欠妥的。因为李苦禅考入北大的时间确是一九一九年。据李苦禅二三十年代的老友王森然在一九三六年写的《苦禅画集·序》中记载：李苦禅"民国八年（一九一九年）来京，入勤工俭学会，专攻铁工。继至北大画法研究会学习西画"。这篇序写在一九三六年（乙亥）冬日，距李苦禅到北大勤工俭学会的时间仅十多年，又是早在一九二五年就与苦禅相识的老友写的，是不会有误的。因此郑理在《李苦禅传》中随意将苦禅提前一年入北大的写法是不足取的。但问题又确实存在，李苦弹一九一九年考入北大，徐悲鸿已经离开北京，那么李苦禅又怎样向徐学炭画？答案只能有两个：一、李有意将徐与北大画法研究会画等号。徐是研究会的首届教员，李虽然是第二年入会学习的，但首届教员也是他的老师。二、李记混了向徐学炭画的时间，也就是他在考入北大勤工俭学会之前，就有过一次十分短暂的机会旁听过徐的讲课，由于时间很短，又与后来入会学西画的时间相隔不远，说顺了嘴，就合二为一了。

从情理上说，第一个答案虽然说得过去，但有一点说不通，那就是李说徐教过他炭画，徐说李向他学过素描。只有第二个答案较为合理，即李说混了时间，将两个不同的时间说在一起了。由此推断，一九一八年时，尚在山东聊城中学求学的李英杰，或利用暑期，或因参加学生运动，曾到过北京，在北大画法研究会旁听过徐悲鸿的讲课（由于研究会是一个业余社团，学生听课来去自由，旁听生当然更自由了）。李英杰旁听时间虽短，但毕竟是听过徐悲鸿的课，所以就以老师相称。难怪年逾古稀的李苦禅每每忆起这段往事，要感慨地对李燕说："一日为师，终生为师。有人不然：一旦有了小名气则待师以半师半友；若名气再大则以平辈论；更有甚者，干脆不认老师了。这等人实在不义！徐院长当年是我的西画启蒙老师，到什么时候也是我的老师啊。"（见《艺缘录》）李苦禅的这句"一日为师，终生为师"大有深意，说出了他向徐悲鸿学炭画的日子很短暂的秘密。

在徐门众多弟子中，谁都知道吴作人是徐悲鸿最得意、最受器重的大弟了。那么在这次家宴聚会中，他为什么要让大家猜谁是他的大弟子这个谜呢？我认为这是悲鸿先生为活跃聚会气氛、故作惊人之语的一句戏言。

李苦禅为什么要称徐悲鸿为自己的西画开蒙师呢？并不是因为早年旁听过徐悲鸿的几堂素描写生课，而是要向美术界的同人承认一个历史事实：他学西画确实是受了徐悲鸿的影响。五四新文化运动前夕的李英杰确实十分佩服这个只比他大三岁，名气不大的青年教师，佩服他的胆识才学和大胆革新中国画的艺术主张。在北大画法研究会上，徐悲鸿曾大胆发表过《中国画改良之方法》的讲演，在讲演中，他提出"古法之佳者守之，垂绝者继之，不佳者改之，未足者增之。西方画之可采入者融之"，他还主张"扬中外之长，弃中外之短，吞吐融浑，自成一家，开一代新画风"（见《北京大学日刊》一九一八年五月二十五日二版）。徐悲鸿的这篇振聋发聩的改革中国画的讲演，李英杰也许未能亲耳听到，但发表在《北大日刊》上的文字稿，作为一个爱好绘画者的李英杰，想必一定看到过。难怪六十年后，他在为《笔下千骑》作序时，要满怀激情地写道："徐公文思博赡，艺诣宏深，以整顿改造传统绘画并创立新派为己任，徐公避流俗，去陈腐，尝语余云，文至八股，画至四王，皆入衰途。一生致力于将中西绘画精微熔为一炉，而领异标新，直如昌黎文起八代之衰矣！"

苦禅画传述异（中）

九友画会

李英杰在北大画法研究会学习了一段时间，一九二二年考入北京国立艺专西画系。国立艺专设西画、国画、图案、戏曲四个系。他在西画系学了一年就转入国画系。关于李苦禅在北京艺专学画的事迹（情）记载不多，有两件事值得一提。

一件是李英杰改名英，并得了一个艺名叫苦禅。"苦禅"的来历，据说是艺专的同学林一卢赠给他的，为什么要叫他苦禅？因为林一卢见李英杰生活十分清苦，学画又十分艰苦，为了交学杂费，晚上还要拉洋车，是一个苦画画的，深悯其苦。苦禅听了连连点头说："名之固当，名之固当。"（参阅《艺缘录》）关于苦禅的来历，我见到的文字材料，几乎都是这么说的。但是在私下里，也听到过这样一种说法，说李英杰在艺专曾爱过一个女同学，但这位女同学又另有所爱，三个人又经常见面，他很痛苦伤感，于是有人就开玩笑地叫他"苦禅"——苦和尚。这个说法出自李英杰艺专同学王仲年，他是九友画会的一员，想必不会乱说，故存此一说。

另一件就是"九友画会"。"九友画会"是艺专的学生自发组织的艺术社团。当时艺专的学生社团很多，例如西画系比他低一班的同学刘开渠，就组织过只有三个人参加的"心琴画会"。顾名思义，"九友画会"是有九人参加的画会。据画会仅有的在世者——八十九岁高龄的徐佩蕸回忆：画会成立于一九二四年，成员是来自艺专西画系、国画系的九个同学。他们是同乡，九人中有八个是山东籍，只有王雪涛一个是河北籍，但王、徐已经相恋，可说是山东籍的准女婿了。更重要的是，这九位老乡志同道合，都主张中西融合，以西画之长来改革中国画坛"四王"一统天下的局面。这九位画友是：李苦禅、王雪涛、徐佩蕸、王仲年、孙公符、何冀祥、阎爱兰、袁仲沂、颜伯龙。又据徐佩蕸回忆，"九友画会"每季度在学校开一次作品观摩会，展品有油画、素描、写生、国画。作品观摩会在艺专反响较强烈。我问徐佩蕸："九友画会中谁的作品比较突出？"她的回答是"国画作品以苦禅、雪涛为最。"

李苦禅学过西画，画过油画，也画过素描。画得如何，徐佩蘧没有说，我也没有问，事实上也不必问了。一来是他早年的这些西画习作几乎荡然无遗，我所见到唯一的一幅李苦禅的人体素描习作，是在一张合影照片的背景中（见《艺缘录》）。李燕在照片说明中指出："这是他在三十年代创办的'吼虹画社'中与部分画友和学生的合影。左上角的人体习作是先父的手笔。"二来是，学西画对李苦禅来说，只是改革中国画的媒介！也可以说西画在他手中是一把解剖刀，他要用这把解剖刀来向中国画动手术，来解剖中国画、改革中国画。这也许就是他当年学习西画的动机，也是他在艺专中发起组织"九友画会"的动机。

拜师齐白石

李苦禅拜师齐白石，是一九二三年的事情。那时他正想从西画系转入国画系。作为一名学过西画的洋学生，为什么要在校外投拜一位在北京画坛上并不为"名家"所重的、靠卖画为生的职业画家呢？李苦禅在晚年的一篇《忆恩师白石翁二三事》的文章中对这个问题有所阐述。他写道："一九一九年，我这个穷乡下人来到古都北京，靠半工半读或租拉洋车维持生计，很不容易进入了国立艺专西画系，但我更爱土生土长的国画，很想拜一位国画老师。可是，当时画坛死气沉沉，盛行临摹'四王'，陈陈相因。悲鸿先生对我说：'唉，文止于八股，画止于四王啊！'当时我得知一位虽不太出名却很有创新精神的老画师，就是齐白石先生。我贸然前去拜访，一见到他就说：'我爱您的画，想拜您为师，不知能不能收我？现在我是个穷学生，也没有什么贽敬礼（弟子礼）孝敬您。等将来我做了事，再好好孝敬您老人家吧！'齐老欣然应允了，他知我穷，不收学费……其实，我不但尊崇齐白石老师的画品，更尊敬他的人品，他一生只知砚田耕作，靠自食其力度日，他丝毫不懂巴结权势，深耻巧伪钻营、逢场作戏。对于吹拍场面上必不可少的本事，诸如抽大烟、打牌、吃请、聚赌之类一概不沾。日复一日、年复一年地从早到晚，完全靠艺术独立于世。"这段回忆录出自晚年，从文字上看，很可能出自李燕的代笔（由他口述）。所以谈起他当年拜师的原因，未免夹入了对其师一生的总体印象，这总体印象比起当年的印象来，自然丰富深化了，但原意还是清楚的，那就是他尊崇齐白石有独创性的画品和自力更生精神的人品。这也可说是李苦禅拜师白石翁的主观原因。

不过，我在阅读《白石老人自述》一书时，发现白石翁在一九二二年的自述中，他在北京画界（尤其是琉璃厂）的地位正在发生微妙的变化。这个变化也许与李苦禅拜师有关。现将这段"自述"摘抄如下：

"民国十一年（壬戌·一九二二），春，陈师曾来谈，日本有两位著名画家荒木十亩和渡边晨亩，来信邀他带着作品，参加东京府工艺馆的中日联合绘画展览会，他叫我预备几幅画，交他带到日本去展览出售。我在北京，卖画生涯本不甚好，有此机会，当然乐于遵从，就画了几幅，交他带去了。……陈师曾从日本回来，带去的画，统统都卖了出去，而且卖价特别丰厚。我的画，每幅卖了一百元银币，山水画更贵，二尺长的纸，卖到二百五十元银币。这样的善价，在国内是想也不敢想的，还说法国人在东京，选了师曾和我两人的画，加入巴黎艺术展览会。日本人又想把我们两人的作品和生活状况，拍成电影在东京艺术院放映。这都是意想不到的事。经过日本展览以后，外国人来北京买我画的很多，琉璃厂的古董鬼（商），就纷纷求我的画，预备去做投机生意。一般附庸风雅的人，也都来请我画了。从此以后，我卖画生涯，一天比一天兴盛起来……"（见岳麓书社一九八六年十二月出版）。

齐白石的画，所以为人激赏，主要原因就是他听从挚友陈师曾的话，实行了衰年变法，他从一九二〇年开始变法，改简少冷逸而为雄健烂漫，变法才两年，就初见成效，在海内外的艺术市场上引起了显著的变化。这些变化，李苦禅也会有所闻，这也许是他拜师齐白石的客观原因。

在齐白石众多的学生中，应该说李苦禅是"艺院"科班学生中拜师最早的一个。也有说李苦禅与王雪涛是同时去齐门拜的师（此说出自李燕，但王雪涛夫人否定此说，她说苦禅拜师在前，雪涛拜师在后，同年不同日）。

李苦禅拜师齐白石，对白石老人来说，确是平生一件很得意的事情，这可从他给李英（苦禅）的一首赠诗中看出：

怜君能不误聪明，耻向邯郸共学行。

若使当年慕名誉，槐堂今日有门生。

诗后还有一段小注："余初来京师时，绝无人知，陈师曾（字槐堂）已名声噪噪，独英也欲从余游。"

从齐诗可以看出李苦禅拜师时，陈师曾还未死。陈师曾死于一九二三年阴历八月七日，可见李苦禅拜师是在八月七日以前。关于陈师曾，确如齐翁所言，"已名声噪噪"，蜚声画坛。他与徐悲鸿虽同时执教于北大画法研究会，但名位比徐悲鸿高。陈师曾身兼数职，分别兼任北京高师、女高师和国立艺专的教授。因此李苦禅不但在画法研究会听过陈师曾的课，在国立艺专也上过他的课，要说老师，当然是他的老师了。那么为什么他不进陈师曾之门，不登堂入室执弟子礼呢？据我分析，原因恐怕也正出在"陈师曾已名声噪噪"上，他是一个大名人，而李英杰是山东乡下来的穷学生，既无名人权贵引荐，又无过人的技艺，怎能贸然闯入陈氏家门？更不敢登堂入室执弟子礼了。不过齐诗中写的"若使当年慕名誉，槐堂今日有门生"，倒道出了李苦禅不愿慕名拜师的品格。

李苦禅向齐白石学画，学什么？

首先学白石老人独到的艺术匠心，学他如何细心观察生活，如何调动艺术手段，将自然界的花草鱼虫，提炼概括、组织变化成绘画艺术中的花草鱼虫。而不是像齐门的多数弟子那样，只是亦步亦趋地依葫芦画瓢，以形貌毕似，乃至乱真为能事。李苦禅八旬之年，曾对一位久别重逢的老友说过这样一段心腹话："齐老师画小鸡、大虾、螃蟹等等，是以古人法而创自家法。他画这些画了一辈子了，我如果只照老师的画法画这些，就毫无意义了。我与齐老师相处三十多年，老师运笔作画时，我总是在一边仔细体会他的用心用意，以他的用心之处，画我的写生稿子。"（见中国香港《镜报》一九七九年六月号：《老画家李苦禅》）

李苦禅画过素描，打下了扎实的速写写生基本功，所以在取材上十分广泛（据他说，青年时代仅花卉就画过二百多种，鸟也画过不少），有意避开常人画过的题材，也避开白石老人画过的题材，即使画相同题材，也尽量避免用老人的构图、造型，而是以老人的用心之处，变化新法，别出新意，画自己的东西。李苦禅的这种治艺精神深得白石老人的赞许。他拜师不久，白石老人看了他画的册页后，就在册页上题道：

论说新奇足起余，吾门中有李生殊。
深耻临摹夸世人，闲花野草写来真。

有一次，李苦禅画了一幅《鱼鹰图》，这幅《鱼鹰图》也是齐白石构思已久，但久久未能动笔的一幅心中之画，想不到李苦禅却把它画了出来，并与他构想中的鱼鹰图不谋而合——一片夕阳余晖，斜照着一池湖水，湖边的石上黑压压栖满了一群鱼鹰。白石老人看了大喜，欣然挥笔题诗道：

曾见赣水石上鸟，却比君家画里多。
留写眼前好光景，篷窗烧烛过狂波。
苦禅仁弟画此，与余不谋而合，因感往事，记廿八字。

题毕，他似乎感到还不尽兴，又挥笔题道："余门下弟子数百人，人也学吾手，英也夺吾心，英也过吾，英也无敌，来日英若不享大名，天地间是无鬼神矣！"

这段题跋，是齐白石为李苦禅题写的数十篇题跋（包括题诗）中评价最高的一篇。诚然，白石老人为学生题跋、题诗、题词中，多用褒扬赞许之词，目的是希望学生早日成材，并能青胜于蓝。但类似这么高的赞语，笔者在他为弟子的题跋中还未见过。

齐白石为什么要题写如此高的一段赞语呢？固然与他"学我者生，似我者死"的艺术教育主张有关，不过据我看老人还有另一番深意。白石老人木匠出身，民间艺人有一句行话，叫作"教会了徒弟，饿死了师傅"。齐白石让学生学他，但又不要像他，因为像了就可以鱼目混珠，做他的假画。假画一多，便会影响真画的销路，当时他的门人确实也有一些不肖弟子，专作他的假画营利。请看丙寅（一九二六年）他为李苦禅的画题写的另一段诗跋：

一日能买三担假，长安竟有担竿者。

苦禅学吾不似吾，一钱不值胡为乎？

品卑如病衰人扶，苦禅不为真吾徒。

在"一钱不值胡为乎"句后，有一段夹注："余有门人字画，皆稍有皮毛之似，卖于东京能得百金。"这段夹注，点出了诗旨，原来白石老人是为了使学生中"学吾不似吾"，宁可自己的画一钱不值，也不为画假画的徒弟做榜样。他一而再，再而三地赞许苦禅的话，都是说给其他门人听的，也是为了给那些专作他假画的不肖弟子看的。

李苦禅学白石老人，还能探本溯源，沿着齐白石师古人的足迹，深入研究。众所周知，白石老人生前最服膺的古人有三个——青藤、八大、石涛。他在《老萍诗草》中写过一段话："青藤、雪个（八大）、大涤子（石涛）之画，能纵横涂抹，余心极服之，恨不出生前三百年，或求为诸君磨墨理纸，诸君不纳，余于门外饿而不去，亦快事也……"对于这三位写意大师，李苦禅也终生服膺，并能深入研究，从笔墨、造型、章法、设色到他们的才气、悟性、作性无不悉心剖视，洞察其中的三昧。从一九三六年出版的第一本《苦禅画集》，到八十年代晚年创作的作品，都可以看出这三位大师对他的影响，也可以看出他在创作中是如何变化活用这三位大师的技法的。《艺缘录》中辑录了一段他对青藤、八大、石涛与白石老人的比较，这段话比得十分精当，比出了四位写意大师的艺术个性。

他说:"写意大师中,青藤能力才气大,八大山人作性强,石涛悟性高,白石老师比起他们来天分有限,但功力最大。"

李苦禅认为,青藤才气大,石涛悟性高,这些都带有先天的禀赋和气质,很难学,也是不可学的。而他恰恰具备了青藤这种禀赋和气质,所以心有灵犀一点通,一学即通,率性而作,一作可似。就以一九五一年(辛卯)春天,他当着徐悲鸿、齐白石画的那幅《扁豆图》来看,无论从笔法墨法上,还是从"鹅鼻山人青藤浪墨"的草书题款上,活脱脱是一幅可以乱真的青藤笔意的佳作。连从不轻许苦禅艺术的徐悲鸿看了,也拍案叫绝,即挥笔题句道:"天趣洋溢,苦禅精品也!"站在一旁的白石翁在悲鸿题句下,又加了一句:"旁观叫好者,就是白石老人。"关于徐青藤,李苦禅认为他"是文人画的代表,造型'不准',是靠自己的灵感画画"(见《艺缘录》)。李苦禅作画,有时也靠自己的灵感,不过他的造型却是"准"的,因为他有写生速写的基本功。

李苦禅说八大山人作性强。何谓作性强?用他的话来说,叫作"惨淡经营却似不思不勉而从容中道的能力",也就是苦心构思又不露痕迹的意思,与当今流行的利用各种手段产生某种特殊效果的制作画是迥然不同的,因为这种画的人为制作痕迹太重,让人一望而知,一览无余。因此要达到八大山人的作性强非常困难，这里除了要有先天的才分外，还要有后天的修养。正如他在一九六四年的一篇手稿中所说："八大山人之画，人多以'简单'观之，实则客观情况尽抹煞矣！八大山人之画，基于生活、环境、情绪三者之不同常人，而画之创作亦不同常人常情。……八大豪爽天纵之气，聪明超迈之怀抱，生遇如此逆境，其内心一切可想而知！至其画之块垒酝酿，须特殊之简化提炼，幻妙而出，他人哪能知？"（见《艺缘录》）正因为如此，李苦禅一生中对八大的研究最力，直到耄耋之年，还亲笔为中央美院的学刊《美术研究》撰写了一篇《八大山人书画读后随笔》。在这篇随笔中，他对八大的笔墨、构图、造型、书法，给予了高度的评价和十分精辟的分析。

他学八大绵里藏针的用笔、墨分五色的用墨；学八大的笔墨韵味缜密的构图——大处纵横排布、大开大合，小处欲扬先抑，含而不露，张弛起伏，适可而止，绝不见剑拔弩张、刻意为工的痕迹；学八大的"意象"造型。但是，他学八大也是遵照白石老人的"学我者生，似我者死"的原则，以八大之法，画自己的画稿。难怪白石翁在一九五〇年为李苦禅《双鸡图》所作的题跋中，要自谦地题道："雪个（八大）先生无此超纵，白石老无此肝胆。庚寅秋。"

李苦禅一九二三年拜师白石老人，直到一九五七年白石老人逝世，前前后后追随三十余年。三十多年中，白石老人对李苦禅的画，自始至终予以关注，为他题写了数十则诗跋，为他的画册题签，为他治印，还向林风眠、徐悲鸿推荐，为他在杭州艺专、北平艺专谋求教职，可谓师恩重于山了。而李苦禅也视师如父，事无巨细，为老人排忧解难，直到最后送葬。白石老人的墓碑在"文革"中被毁，二十世纪八十年代初，为修复老人的墓碑，经齐家子弟提议，书碑的重任落到李苦禅肩上。李苦禅不负众望，用了整整一个上午，反复写了二十余遍，从中选定了两纸——"湘潭齐白石墓"与"继室宝姬之墓"。一九八二年清明节，他又亲自参加齐白石墓碑的揭幕仪式，了却对恩师的最后一桩心愿。

苦禅画传述异（下）：

潘李之交

这一章标题选用"潘李之交"，而未采用社会上流行的"南潘北李"我是有过一番考虑的。故此有必要在正文之前把"南潘北李"的来历考察一番。

最早提出"南潘北李"的是谁？是在什么年代？两种《李苦禅传》和不少评述李苦禅文章的作者，把"南潘北李"的出现定在二十世纪三十年代。至于谁提出的没有交代。"南潘北李"是否出现在三十年代？我曾走访过三十年代的画坛老画家（包括李苦禅生前的学友弟子），回答几乎是一致的，三十年代谁也没听说过这个提法。

一般来说，南某北某的称谓大多出自古玩字画商之口，他们有意把历代和当代南北两地的画家联姻，一来是为了抬高画家的地位，二来是醒目，引起收藏家和顾客的注意，便于善价出售其画。三十年代，画坛上确实盛传过南某北某之说，但不是南潘北李，而是南张北溥。张是张大千，溥是溥心畬。最早提出这个口号的，正是琉璃厂集萃山房的字画商周殿侯，后经工笔花鸟画家于非闇在北平《晨报》上以《南张北溥》为题写了一篇文章，于是就广为流传了。至于潘天寿和李苦禅，当时他们主要都在从事美术教育，尤其是潘天寿，三十年代前半期身兼西湖艺专、上海新华艺专、昌明艺专的教职，埋头研究美术史论教材。虽然他也与几个校中画友组织过"白社"国画研究会，也在上海、南京、杭州、苏州等地开过"白社画展"，展销过一些作品，但"白社"基本上是一个研究探讨性的社团，加上潘天寿教务繁忙，很少作画，尤少作商品应酬画，试问像潘天寿这样一个画家，怎么会引起字画商人的兴趣呢？再说李苦禅，虽然在教务之余创作较多，也先后在上海、南京、北京开过个人画展，乙亥年（一九三六年）还出版过一本画册，在社会上的影响比潘天寿要大一些。但是从总体上来说，三十年代李苦禅也还没有形成气候，尤其在字画商的眼中没有形成商品画的气候。上一节提到的齐白石赠诗中有："苦禅学吾不似吾，一钱不值胡为乎？"虽然写的是一九二六年的情景，但到三十年代，李苦禅的画依然不是商品画路子。由此可见，三十年代的字画古玩商根本不会提出"南潘北李"的口号。

那么"南潘北李"的提法，究竟从何而来？我认为，很可能出自六十年代上半期。当时潘、李的大写意花鸟都进入了黄金时期，精力旺盛，佳作精品迭出。自从齐白石作古后，在大写意花鸟领域，可以与潘天寿抗衡的确实屈指可数。李苦禅与潘天寿三十年代在西湖艺专同时当过教授，又在专攻大写意花鸟方面各领风骚，各具特色。但是由于人事际遇方面的诸多因素，两人的政治待遇和社会地位大相径庭。一个备受重用，一个屡遭排挤。一九五七年以后，潘天寿历任中央美院华东分院副院长、浙江美院院长、全国美协副主席、浙江美协主席；并连任一、二、三届全国人大代表，还被苏联艺术科学院授予"名誉院士"称号。一九六二年"潘天寿画展"在北京展出，康生还亲笔书写了"艺苑班头，画坛师首"挂在展厅，且刊于《光明日报》，可谓推崇备至。可是李苦禅呢，二十世纪五十年代在中央美院长期不受重用，一九五七年"反右"险些被打成右派。每次搞运动，他都是"运动员"六十年代教育环境虽有所改变，但是待遇地位与潘天寿无法相比。也许正是出于潘李在待遇地位上的强烈反差，李苦禅的友人弟子出于不平，提出了"南潘北李"，以此在感情上平衡一下潘、李的地位。实际上，无论是三十年代，还是六十年代，潘李的地位，在艺术天平上从来也没有平衡过。不过，在当时这个提法只是在友人间的私下议论，并未公开见诸报刊。

"文革"后，潘天寿作古，李苦禅声誉日隆，于是好事者旧话重提，"南潘北李"公开见诸报刊。据我见到最早在文章中提出"南潘北李"的人，是范曾和李燕。他们以曾郦为笔名，在一九七八年国庆期间撰写了《英也夺我心》的文章。此文后来收作《李苦禅画集》（一九八〇年上海人民美术出版社出版）的序言。文中写道："世人咸将当代的两位大写意画家潘天寿和李苦禅并列，称'南潘北李'。"接着是一段对比潘李艺术特色的评论。可见曾郦是第一个在报刊（画集）中公开提出"南潘北李"的人。此后"南潘北李"的提法遍及海内外。一九八三年六月，日本《水墨画》季刊发表了美术评论家鹤田武良评论李苦禅的文章，其中也借用了"南潘北李"的提法。这是李苦禅生前的最后一位、也是第一位提及"南潘北李"的外国评论家。

潘天寿出生于一八九七年，比李苦禅大两岁。两人都出生在农村——一个是浙江宁海沿海农村，一个是山东高唐的山区农村。两人的家境都较清寒，潘家是败落的书香人家，而李家是清贫的农村人家。两人的青少年时代都受过现代文化教育，都受过中西艺术的熏陶，不过潘天寿的治艺治学比较专一严谨，而李苦禅的兴趣爱好比较广泛，治学治艺尚通脱。一九一九年，他俩分别在杭州、北京参加了反帝反封建的爱国学生运动，都接受了新文化运动的洗礼。蹊跷的是，一九二七年，他俩曾分别在上海、北京结识了南北画坛上的两位有创造精神的写意大师吴昌硕和齐白石（林琴南是最早提出"南吴北齐"，得到了齐白石的默认。见《齐白石自述》，又引《林纾的七十寿辰》）。潘天寿结识吴昌硕后，吴昌硕有一诗一联相赠，但潘并未拜门，不是吴昌硕的学生，在早期创作中尤其在以金石入书、以书入画方面，他接受了吴的不少影响；李苦禅结识齐白石的同时就拜了门（详见前章）。二十世纪二十年代，他俩又分别在上海、北京从事美术教育。天寿埋头于美术史论教材的编译，有《中国绘画史》（编译）问世；苦禅在从教之余，苦心进行绘画创作。

潘李相识于一九三〇年。当年潘天寿在西湖国立艺专任中国画主任教授，而李苦禅应林风眠之聘，任中国画教授。李苦禅在西湖艺专任教四年多，关于他俩在西湖艺专的交往，李苦禅在一九八〇年全国美术家协会举办的"潘天寿遗作展"座谈会上有一段发言，较详尽地记录了他俩在杭州的雪泥鸿爪。遗憾的是潘天寿生前未留下片言只语的回忆文字，潘天寿的家属、友人学生，也未能提供更多的新材料，所以这是目前我见到的有关潘李之交唯一的文字资料，现摘抄如下：

"回想五十年前，在杭州艺专，我与潘老同任国画教授。是年我三十岁，潘老比我长两岁，我们朝夕相处，共同研究国画。当时，国画界画风衰微，陈陈相因，趋步四王。诚如当时悲鸿先生所言：'文至八股，画至四王，衰败穷途。'那时候，潘老与我，尤其是我的恩师齐白石先生，皆对如此因循守旧的风气不满。我们所追求的是力师造化、勇于创新的意旨；所尊崇的古人也皆是那些自成一家、别开蹊径、气势雄浑、格式高尚、大气磅礴的前人画师，如青藤、八大、石涛、高且园等等。正如齐白石先生在我画上所题：'深耻临摹夸世人，闲花野草写来真。'"

　　"当时我很想把潘老介绍给齐白石先生，他第一次见到我送去的潘老之作，即大为赞叹。齐先生在给我的复信中写道：'承代寄来潘君字一幅，不独书法入古，诗亦大佳……昨得叶恭绰一函，写得亦甚好！十日之内此两得，真得意事也！迟为作画奉答潘君耳！弟代为一言。来日另作谢……兄璜复。'确实，在当时的画坛风气下，能共同探讨写意艺术的同行是很少的。我在北京唯与老师齐白石先生研究写意……到了杭州，也因那里有林风眠先生与潘老在，亦常互相鼓励。当时林风眠先生对我说：'潘先生为吴老缶弟子，苦禅是白石门生，可谓南北艺坛之写意集中杭州了!'齐白石先生也从北京来信说：'自弟别后，心中若有所失，知弟亦然。'又云：'有风眠先生及李、潘诸君自可相携，虽远客他乡不致苦寂……愿弟珍重，小兄璜复白。'"

"那时我与潘老皆在西子湖畔作画。正如齐白石先生当时来信所云：'南方风景气候与北地悬殊，游历一处可增一处之画境。'那时，我常常到西湖旁去画速写，画回的稿子，潘老见了也很感兴趣，有一次，我见一只拴在草鞋上的鸡，很有生活趣味，立即画了一幅，潘老见了也画了一幅，此画今天仍可见于此次画展，昔日情景如在目前矣！尤其是看到了他那指墨的荷叶，回想起当年，我们为了表现自己的感受，不拘成法地探求，尝试着各种笔墨技巧。为了得到满意的笔墨，我们一方面研究八大、石涛的用笔，一方面试用多种绘画的工具，如以指头、笋皮、棉絮来作画……我还记得，当年潘老作画，一般是静静地一个人在画室中作画的，他的大写意，非常恭谨、稳重，一点一划皆慎重为之，态度非常严肃认真。我想到，有的外行常以为大写意是不假思索地狂涂乱抹，实则不然，大写意乃是中华民族的一种独特的艺术。从潘老的画中，即可看出，大写意画常取大自然中人们往往不留意的、美的画材。在作画时，各方面都要求比现实的东西更高。不过，它从未离开现实的基础。它是在'狂怪'中求理，绝非胸无点墨地胡来。大写意的这种高度艺术，只要明了画理，不论看上去是信笔挥洒，也不论是惨淡经营地沉稳用笔，或快或慢，皆可殊途而同归……"（见《潘天寿研究》）

李苦禅的这篇讲话发表在他八十二岁高龄之年，其中有些技法内容，早在六十年代"潘天寿画展"在北京展出之际，在展厅或课堂中就对学生说过，也许年事已高，有些内容遗忘了，但是在李燕编著的《艺缘录》中还有记载。现根据《艺缘录》补充如下。他在发言中有这样一段话："为了得到满意的笔墨效果，我们一方面研究八大、石涛的用笔，一方面试用多种绘画工具。"关于当年潘、李如何研究八大，《艺缘录》中有记载："八大山人的墨，我过去都是一块一块分析的。在杭州时，和潘天寿先生一起，一纸上先点几笔，干后在灯和窗前逆光而照，看谁的墨用得如烟云状为佳。"谈到用墨，李苦禅还说过："墨分五色，焦、浓、淡、干淡、水墨，也就是层次多变化之意"，"齐白石老师常用三四种墨，潘天寿先生常用三种墨，八大山人是用五种墨的"。除了以上两点遗漏之外，发言中还有一处口误，"当时林风眠对我说：'潘先生为吴老缶弟子，苦禅是白石学生，可谓南北之写意集中杭州了！'"前文已经提到，潘天寿结识吴昌硕，受吴昌硕艺术的影响，但不是吴昌硕的学生，想必林风眠不会不知道。所以林风眠说"潘先生为吴老缶弟子"这句话，不是林风眠的口误，就是李苦禅的口误。不过林风眠说的"可谓南北之写意集中杭州了"，倒可能是后人引出"南潘北李"的最早依据。

一九三四年，李苦禅离开西湖艺专，回北京教书。关于李苦禅为何离开杭州艺专，说法不一，有说是政治方面的原因，说李支持爱国学生从事抗日活动；有说是出于家庭方面的原因，他与凌眉琳离异；也有说是校内宗派方面的原因，"因为那时西湖艺专的大权是操在广东一派的手中，其次则是当地的江浙派，都是属于'南宗'，苦禅师是山东人，脾气耿直，南北系统不能融洽，所以便有了不愉快的背道而驰"（《记李苦禅师——在西湖》见台湾《雄狮美术》一九八四年八期）。此说出自现任台北故宫博物院研究员李霖灿之口，他是李苦禅在西湖艺专主动资助过学费的学生，可惜李苦禅只教他一年就离开了，因此对于李苦禅的离开应该是有所了解的。李霖灿在文中所说的当时西湖艺专的大权掌握在广东派和江浙派手中，以致南北系统不能融洽，但又语焉不详。潘天寿是浙江人，又任中国画主任教授，是否也属江浙派系中的一个？潘、李在教学上主张不尽相同，潘主张临摹，李注重写生、不主张临摹，是否也有不能融洽之处？李苦禅没有说，潘天寿更没有说，因此只能存疑了。

潘天寿是一位言行十分谨慎的人，生前绝少谈论或评论同时代的画家，我很想了解潘天寿对李苦禅其人其艺的评论，可是多方采集，至今未得。据李燕告知，二十世纪三十年代潘天寿与其父在杭州分别后，曾有过多次通信往返，但是潘天寿的这些信件在"文革"中被抄走了，至今下落不明。信中说了些什么？他说没有看过。又据李苦禅的那篇发言中回忆："一九六三年夏天，我曾在青岛作画，适逢潘老也在那里，他仔细地看着我的画说：'嗯，苦禅的，这才是苦禅的！'我们谈笑如初，亲切如故……想不到，那次青岛一晤竟是永别了。在浩劫时期，一九七一年我从朋友的来信中得知潘老的最后消息。他卧病在床，命在垂危时，还提到过我。我想到此处，真悲切不已！"

李苦禅在回忆中提到潘天寿与他在青岛会面时，曾谈笑如初，亲切如故；又说老潘在生命垂危时，还提到过他。可是谈了些什么？提到了什么？又是没有下文，只留下了潘天寿看李苦禅画时说的一句话："嗯，苦禅的，这才是苦禅的！"潘李相交四十年，李苦禅对潘天寿的评议，洋洋不下千言，而潘对李的评议，只留下了十个字。如果说李苦禅对潘天寿的评议是诤友之言，那么潘天寿对李苦禅来说，则可称为一位畏友了。

关于潘、李在艺术上谁影响谁的问题，说法不一，我倒是同意北京大写意花鸟画家卢光照的说法："早年他（苦禅）与潘天寿是同事、畏友。多年的切磋，风格、手法，两人不无相互渗透之处。但他们都是独具慧心的巨匠，能在艺术创作上，走出自己的道路和形成各自鲜明的风格。"（见《李苦禅及其画作》）

艰辛从艺六十年

李苦禅从事艺术活动，自二十年代到八十年代，整整经历了一个甲子，他一面从事美术教育，先后在山东中学、北平师范、保定师范、华北大学、杭州国立艺专、京华美专、北平艺专、中央美院任教，学生遍布海内外，可谓桃李满天下。另一方面，他又勤奋创作，不断求新求变，留下数千幅作品。下面仅就李苦禅的教学特点和治艺精神作一简短的介绍。

作为一个美术教育家，李苦禅的教育方法有什么特点呢？也就是说，他是怎样教国画的呢？

关于国画教学，中央美院国画系主任叶浅予曾经把系里的教师进行过一番概括归类。他在《任教三十六年》一文中这样写道："国画系有两类教师，一类是老派，即以示范为主的教师，主张多临摹；一类是新派，承认素描，培养造型能力的作用，主张多写生。"那么李苦禅属于哪一派？我曾经问过叶老。叶老笑着答道："他基本上是属于老派，但属于老派中的新派，正像他的画一样，是传统派中的新派。"

李苦禅早年接受过北大画法研究会和北平艺专西画系的现代美术教育，后又投师齐白石，接受了齐白石的以示范为主的传统美术教育。因此形成了他的传统与现代兼而有之的教育方法。据二十世纪三十年代初在西湖艺专上过李苦禅国画课的程丽娜回忆："苦禅先生教课不用讲稿，每个学生的桌上放着笔墨纸砚，他教课以示范为主，边示范边讲解，举一反三，有时讲得兴起，还以京戏为例文唱武打，课堂上十分热闹。"又据另一位学生李霖灿回忆："在课堂上，他常常搬来一些老鹰老鸦的标本，叫我们观察摹写，也常常示范，所以我们都喜欢上他的课，因为他和我们学生打成一片。"（《记李苦禅师——在西湖》）二十世纪三十年代，他是这样教的，六十年代基本上还是这样教。我从六十年代听过他课的学生张仁芝那里借来部分笔记，从中可以看出他讲课仍以示范技法为主，由某种技法，画龙点睛地点出画家、画派、画史、画论，很少孤立地谈画史、画论。诚如六十年代在美院听过他课的李燕所说："先父毕其一生从事文人写意画……平日教学多不备文字而靠口传心授（配合示范），每有所感，则侃侃作即兴之论，亦颇为'写意'。"在课堂上，他抓示范，课堂下就抓速写写生，经常鼓励学生"多画速写，别间断速写"。他说："我早年是学西画的，从徐悲鸿的炭画课和西画系人体画课中打下了写生的基本功底，以后学国画时便容易从写生入手，而且非常得力于速写。不过，速写绝不是目的，有不少人在速写上很有功力，却一辈子也画不到宣纸上去。为了留住速写感受，我往往在速写回来之后立即进行笔墨练习，在宣纸上反复琢磨，久而久之，就能用笔墨深入地表现自己的速写体会。"由此在他的速写教学中形成了一个"三段式"：

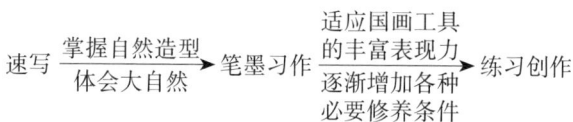

速写 $\xrightarrow{\text{掌握自然造型}\atop\text{体会大自然}}$ 笔墨习作 $\xrightarrow{\text{适应国画工具}\atop\text{的丰富表现力}\atop\text{逐渐增加各种}\atop\text{必要修养条件}}$ 练习创作

（以上参阅《艺缘录》）

综上所述，李苦禅的教学特点是一手抓技法示范，一手抓速写写生，逐步培养学生的创作能力。也许正因为他讲课从不用讲稿，口传心授，好作侃侃即兴之论，故易给人以散漫无序、无教学纲要、无教学理论之感。实际上他的教学思想理论、纲要、步骤，正是他实践经验的总结，全部体现在他日常的讲课中，如果将他的讲课笔记系统地收集起来，认真对比梳理，也许可以找出其中的规律。李燕已着手做了一些这方面的工作，在《艺缘录》中辑录了不少其父的谈艺录和教学手稿，并归结为《无意无法章》和《有意有法章》两大部分。我认为，整理手稿、谈艺录，不忙归类，不强归类，更不要以先入之见（如禅宗思想）归类串解，不妨把主要精力放在搜集整理原始听课笔记上，一条一条、一段一段罗列排比，能归类的就归类，不能归类的就不归类。

关于李苦禅的创作成就和艺术特色，已经有不少文章从各种角度进行了精辟的分析，这里仅就李苦禅在逝世前三个月所题的最后一段长跋，来谈谈他的治艺精神。

据《艺缘录》记载，一九八三年三月某日，苦禅老人命李燕为他作画录像，他画了一幅《两鱼图》，图中题道："吾师有三余（按：齐白石曾作'三鱼图'，取谐音为'三余'，题道'画者工之余，诗者睡之余，生者劫之余也'），余则有二余焉。一则贫穷之余，二则大劫之余；两劫之余（按：'两劫'是一指日寇侵华，二指'文化大革命'），岁至八十有六，亦天命也！岁在癸亥之春，写以记吾生平坎坷耳。八十六叟苦禅记于京华。"题至此，颇为烦躁，接着他又补题一段道："余者福利也；尚能进取而得学识之饱养耳。记此以祸转为幸福，天赐也。励公再题记之。"

苦禅老人的这段跋语题得不短，而且一题再题，大有深意。同是写人生治艺的艰辛坎坷，白石翁的"三余"写得委婉、风趣、幽默，带有知足常乐、顺乎天命的自我调侃口吻；而苦禅老人的"二余"题得直白、真率、悲怆，认天命又不服天命的不平之气跃然而出。在补题中，他又笔锋一转，以"祸福相生""吃亏是福"——"余者福利也"的道家思想收回了郁郁不平之气。这段跋语写得颇有哲理，可以看作是苦老对自己一生艰辛治艺的反思，也可以看作他留给子女的人生寄语。

在艰辛治艺上，李苦禅与贫穷斗，贫穷而不降格。不降格以求画商，不降格来画假画、画低格调的商品画；不降格以求权贵，画献媚甜俗之作。古人说"诗穷而后工"，画亦然，只有在贫穷中不低头的人，才能画出高格调的作品。

在艰辛治艺上，李苦禅还与劫难斗，威武不能屈，劫难不移志。无论是在日寇侵华的劫难中，还是在十年浩劫中，他都能保持坚贞气节，不卖身求荣，不媚颜苟全，艺如其人，刚劲、浑厚、大气。

尤其难能可贵的是，苦禅老人对艺术的求索，老而弥壮，老而弥坚，孜孜以求，永无止境。年过八旬还奋力为人民大会堂创作了他平生最大的两幅宏构巨作——《墨竹图》和《盛夏图》。《墨竹图》作于一九八〇年，据说是有唐以来最大的一幅墨竹；《盛夏图》以四张丈二匹为之。张大千也画过四张丈二匹的荷花，不过是在五十岁以前精力最旺盛的时候画的。而苦禅作《盛夏图》时，已逾八十四岁（周岁八十二）了。怪不得画完《盛夏图》后，他有些得意地给老友张乾一写信道："前数日曾画大幅画——四张丈二匹联结一张的（荷花）……弟奋力大显身手，与后辈留点纪念。……我们不畏老，有志便不能老，弟以为养老得附于业务上，否则行尸走肉情同猪辈，活二百岁有何人生意义耶？二兄：你要'争取'年龄，弟亦要'争取'，意志可能转变生理的。"

白石翁曾经为青年时代的李英治过一方印章，也是白石老人为他治的唯一的一方闲章，印义是"死无休"。什么叫"死无休"？"画不惊人死不休"之谓也。这是白石翁对弟子的鞭策和期望。

如果有人要问，什么是苦禅老人的治艺精神？我的回答是：死无休！

画工·画家·教授

——记著名人物画家刘凌沧

　　二十世纪八十年代，在中央美术学院中国画系的讲坛上，依然可以见到一位年逾古稀、两鬓斑白、清瘦劲健的老教授，朗朗地向学生宣讲《中国重彩人物画技法的发展和演变》。每逢学生在教室里练习重彩技法时，他依然不辞辛劳，迈着稳健的步履，一张画桌一张画桌地转着、看着，碰到学生有疑难、无从下笔，他就亲自接过笔来，耐心示范，循循善诱……

　　中央美院的前身是国立北平艺术专科学校。如果从一九三三年他在北平艺专任教算起，那么，他在这个讲坛上教课前后已经将近五十年，培养了一届又一届的学生。这些学生，从年龄上看，有老、中、青三代人；从成就、职务上看，有闻名中外的画家，有美术院校的骨干力量——教授、系主任、讲师；从地域看，遍及国内外。这位老教授，就是担任中央美院中国画系人物科主任的刘凌沧先生。

刘先生不仅是一位著名的教授，而且早在二十世纪三十年代就在人才济济的北京画坛上负有盛名。他由工笔入写意，左右逢源，工写兼善。他的作品传统功力深厚，笔墨工致谨严，色调清丽典雅、浑厚沉着，富有诗的韵律。在当代工笔重彩人物画家中，可以说是独树一帜的。一九七九年，北京成立工笔重彩画会，他被该会聘为名誉会长。

可是读者也许并不知道：这位名扬海内外的老画家、老教授，曾经是一个出身贫寒、饱受艰辛的画工。他是怎样以非凡的刻苦努力进入中国画坛，登上大学讲坛的呢？他在大学讲坛上是怎样辛勤培育学生，又有哪些美育的独到见解？他在中国画坛上又有哪些艺术成就？这篇人物传记，就想做一些这方面的回答。

一

一九〇七年，刘凌沧出生在北京城南一百五十里的一个乡村——河北省固安县南赵庄。他的父亲刘凤池给他取名叫恩海，小名荣吉（后来才改名凌沧）。他的祖上世代务农，直到他的父亲一代，才进私塾秉受启蒙，断字识文，子曰诗云。刘凤池熟读史书，写得一手好古文，是个饱学的村塾先生。

说来也怪，小荣吉仿佛从小具有绘画的天赋。只有四五岁，他就对人物形象、人的喜怒哀乐表情特别敏感，常常蹲在沙土地上，用食指、树枝画人，画的次数多了，惊动了左邻右舍。有一次，他又在地上画着，一个老农开玩笑地说："小荣吉，画你三伯！"（他的三伯有残疾，只有一只眼睛）他很快在地上画出了一个独眼龙的人形物象，逗得大家哈哈大笑。从此，在村里他赢得了一个美名："画童"。

也就在四五岁的时候，入冬农闲，他就每天晚上同他的大姐、二姐一起坐在土炕上，听父亲教授《千家诗》。父亲总是先拿腔拿调，像在戏台上念白似的将诗吟咏一遍："……二十四桥明月夜，玉人何处教吹箫？"然后叫他们跟着读。他最小，却最聪明，对诗的含义尽管不甚了了，可是连读了两三遍，就把全诗背下来了，父亲大为惊喜。

到了入学的年龄，他就进父亲任教的古柏山房上村学。上学时，他爱好画画，每逢父亲给他一点钱，他就去买纸画画。画什么？画《三国演义》插图、《聊斋》插图。先是临摹，临了一两次，就能背着画下来。

可惜好景不长，他只上了四五年村学，父亲就不幸病故，家庭生活发生了困难。当时，他的哥哥已成家另过，两个姐姐也出嫁了。为了料理丧事偿还债务，母亲把住家房屋也卖了。寡母孤儿借了一间小房，相依为命。这一老一小，谁也养不活谁。于是，母亲就求人介绍儿子去当学徒。村里人把他介绍给霸县赵家务村的李二师傅当画徒。临走前，母亲用针线密密地为他缝补了一身干净衣衫，帮他捆上行李铺盖，送他出门。回顾当年情景，他至今记忆犹新："十四童年离故土，老母蓬门泪未干。"（见《七四感怀》）

他的师傅大名叫李东园，为霸县一带有名的画匠，多才多艺，能画各种不同种类的民间画：春秋去庙堂画壁画，冬天画年画，过年过节画灯画。

旧社会的师徒之间，带有封建把头式的人身依附关系。学画的徒工，头三年工钱分文没有，只拿极少的一点洗理费，活儿却十分繁杂：劈柴、烧火、沏茶、端饭等杂活都要干。干完活儿才当师傅的下手，把一块块矿质颜料捣碎，然后在乳钵里研磨拌匀。这个活儿十分费工，又相当单调，磨着磨着就犯困，犯困时师傅就用手指头戳他的脑门……天长日久，他掌握了各种颜料的性能和调配技术，得以终身受用。

两年后，经人介绍，他随李师傅来到北京，给总统府当画工（总统府设在中南海）。那时，曹锟以贿赂手段当上了总统，在府里设立工程处，养了十多个画工、泥瓦木工，专门为北海大庙绘制壁画以及在公府里画孟子圣迹图，装潢门面。绘制前，曹锟的秘书夏寿田，在书斋里穿着西式背带连衣裤，嘴里叼着雪茄，边走边背诵四书中有关孟子言行的段落，由刘荣吉担任记录。画匠师傅就根据这些记下来的文字内容构图创作。

他们住在中南海空荡荡的大殿里，没有床，都睡在砖地的竹席上。白天，师傅让他肩挑饭篮菜桶，从中南海福华门（现在的国务院北门），过御河桥进入北海，将饭菜送到北岸西头的万佛楼，给整理壁画、修补塑像的画匠们吃。每次往返十多里，天天如此。除此之外，他还要在大殿的入门处，用笤帚扫去四大金刚塑像上多年堆积下来的尘土，以便让画匠师傅重新彩绘。一天清扫下来，他简直成了一个灰猴。

到了晚间，画匠师傅出去逛大街、游玩，谈天说地，可是他却不玩也不睡，暗暗地将白天看到师傅画的图像默画出来。就在这样艰苦的学艺岁月中，他一点一滴地学到了师傅绘制壁画的造型手段和设色方法。

一些画匠见他机灵敏捷、勤奋好学，有时就给他讲历代画家巧匠吴道子、杨惠之、张僧繇的故事。诸如"道子绘，惠之塑，传得僧繇神笔路"，特别是张僧繇画龙点睛，龙破壁飞去的故事，在十六岁的少年心中，激起阵阵波澜，使他对那些大画家神往不已。

在总统府画了不到一年，军阀吴佩孚与张作霖之间发生了直奉战争。一九二四年十月，吴佩孚的部下冯玉祥突然倒戈回师北京，把贿选总统曹锟软禁了起来。接着，又解散了"猪仔国会"。曹锟一软禁，工程处的画工等也被遣散回乡。回乡前，师傅李东园在北京城里与打磨厂"戴连增"画店接洽了一批"新画交易"，俗称"攒片子"，带回农村老家加工画画。

　　当时北京的一些南纸店、画店收购画片，分上、中、下三等。上等的是文人墨客集团，画学兼优的画家如齐白石、陈半丁、张大千等人，他们的画价格最高，一幅画常达数十元银圆。中等的指中级画家，像清代如意馆出身的画家，高手画匠蜕变的画家，个人研习有成就者，每张画的价格在三四元至十元不等。下等的是指平民画家，灯画店、扇店的画工，他们的画价格最低，以百幅计价，最低的只有大洋三角。

　　由于李东园是一个高手画工，颇有名气，所以列入中等。画片的内容有《嫦娥奔月》《商山四皓》《三笑图》《陶渊明爱菊》等等。这些故事画不用稿本，都是李东园创作的作品。因为是计件活，师傅就让他一起画。师傅构图勾线，他帮着上色；师傅画脸部表情，他画其他细节。这些画都是半工半写。师徒俩每人合作三张，可得四块"袁大头"。当然钱还是归师傅所有，因为他还没有出师。

这段时期，他经常从李东园口中听到一些画人物、山水比例的口诀："行七、坐五、盘三半，一个巴掌捂半脸，尺山寸树豆星人。""远人无目，远水无波，远山无皴，远树无根"……这些口诀都是李东园对历代民间画工长期艺术实践经验的总结。他至今还牢牢地铭记在心上。

三年满师后，他又跟着李东园到河北省保定画了七个月。这时，他才第一次拿到八元大洋的月薪（按理月薪十六元，与师傅对半分）。钱到手后，他就买书看，诸如《画法新诠》《山水入门》《肖像画法》等。工作之余，晚上就在灯下阅读，越读越感到画工有术无学。他联想起幼年随父习诗文，背史书，现在却把那点底子也丢了。他认识到纯画工技术，脱离文学意境的画工技术，格调不高，这样画下去，在艺术上将不会有更大的造就。于是，他辞别了李东园师傅，开始谋求艺术上新的前程。

二

一九二六年，十九岁的刘凌沧带着同乡师兄贾君玉的引荐信，背着行李卷第二次来到北京，投奔文人画家杨冠如先生。到了杨先生家里，杨先生看完贾的引荐信，又细细打量了一下这个乡土气十足的后生，面有难色地留下了他。后来看了他的画，却大为惊异，高兴地收下了这个私门弟子。

杨冠如先生是一个人品、画品兼优的画家，也是中国画学研究会的评议员。有一天，杨先生把他带到中山公园参加画会的活动，并引荐给周养庵会长。刘凌沧就把随身带上的画请周会长指正，周会长边看画边赞许地说："可以造就。"当即就同杨先生一起介绍他加入了中国画学研究会。

这个画学研究会，创办于一九二〇年，地点在中山公园，是军阀时代大总统徐世昌捐资创办的一个民间画会。当时北京著名的画家肖谦中、陈半丁、贺履之、徐燕荪、徐宗浩、吴镜汀等都是画会评议员兼教员。会员不到一百人，会长是金北楼和周养庵二人，金死后由周任会长。画会的会址设在宣武门内温家街一号。那时画会创办了一个刊物叫《艺术旬刊》（后改月刊），刘凌沧就搬进画会当秘书，兼任《艺术旬刊》的助理编辑，跑印刷厂、校对刊物。每月只有五元钱的津贴，生活来源主要靠卖画。就这样，他由一个民间画工，步入了北京画坛。

在北京画坛，卖画可不是件容易的事。首先碰到的是绘画派别和创作方法的问题。怎么画？过去在农村的时候，凡是农村流行的小说插图，诸如《三国演义》的赵子龙、关云长，《水浒传》中的林冲、李逵，《红楼梦》中的林黛玉、刘姥姥等人物，刘凌沧在当画工时，没有框框，什么都敢画，什么都能画。因为他对这些人物形象、造型、服装、配景都背得很熟悉，拿起笔来，稍加勾勒，人物形象就跃然纸上。无怪乎农民看了他的表演，都说"真有两下子"。这种画在农村有市场，农民喜欢看，也乐意买。可是他进入大城市，在文人画行列中再画这种画就不吃香了。一位内务府大臣的儿子看了他的画说："功力不错，就是俗气！"那时士大夫阶层的画风，专门追求一个"雅"字，几笔浓墨，画一块山石，几笔淡墨，画一湾流水。所谓"着墨无多，雅趣盎然，若不食人间烟火者"。在这种"不食人间烟火"的士大夫眼里，他的画当然显得俗气了。但是，这句话也确实刺伤了刘凌沧的心。他看看画坛上著名画家齐白石、陈半丁、汤定之、管平湖的画，感到确实自愧弗如，产生了严重的自卑感：看来自己从民间画匠那里学来的一套东西，今天行不通了，必须抛弃过去学过的东西，重新学习文人画派的东西。为此，他特意跑到老师杨冠如家里，述说了自己的伤心事。杨老师听后，笑着说道："民间画工的画，带有浓厚的泥土味。这民间绘画，长期以来受到本地区人情风俗、生活习惯的影响，形成了一定的局限性，比不上城里画风的秀丽典雅，风格高尚，这一点应该承认。但是民间绘画也有长处，它结构完整，色彩鲜艳，作风朴实。这些长处不能笼统否定。当然文人画的富有诗意、意境清新也正是你应当学习的。你还年轻，底子不错，我不信你就学不好。宋朝院体派的画师不都是出身民间画工吗？清朝如意馆的画师，不也是出身民间画工吗？"杨老师的一席话，使他顿开茅塞，豁然开朗，逐渐地消除了自卑感。从此，他昼夜苦学苦练，追求文人画的创作意境和笔墨情趣，取其长补己短，画艺与日俱进。在一九二七年中国画学研究会第五次画展时，他的作品终于得到了徐燕荪、管平湖诸画家的赞赏。画会会长周养庵对他很器重，为了使他得到进一步的深造，周会长就推荐他到北平艺专学习（周为艺专国画系主任）。

在北平艺专学习期间，他刻苦学习中国画的绘画理论和技巧，并得到了老师陈半丁、肖谦中、徐燕荪的亲自教授，画艺大进。山水画老师陈半丁指导他说："山水画要有大气磅礴之势，要画出景物动人的气概。笔墨气韵是绘画精神的核心；要用雄浑润泽的画笔，画出宇宙万象的华滋。"工写兼善的人物画老师徐燕荪在一次谈到作画的渊源宗法时，对他说："你作画要宗法唐宋。唐人的豪迈，宋人的精致，是中国人物画的正统，在中国绘画史中有它千古永存的价值……"有一次谈到人物画的着色时，徐老师又说道："人物画着色，要注意'主调'。'主调'者，指色彩的主要情调。文似看山不喜平，作画着色切忌上下色半斤八两（作者按：上下色即今天的冷暖色)"。

　　在这期间，他还认识了不少著名画家如齐白石、王梦白、张大千、管平湖等。他常去他们家里拜访，从他们那里也受到不少教益。工笔重彩人物画家管平湖提醒他，"作画切忌自恃才气，仓促草率而成。要精心构图，反复修改，要把草稿打成之后，钉在壁间，退出几步来看，欠妥之处，立即看出来了。那就摘下来改，改后再钉上看，直到人像准确、布景匀称、布置妥帖为止。古人有'九朽一罢'之诀，就是这个道理"。著名画家张大千先生也给他留下了深刻的印象。大千先生有阔大的气度和深厚的修养，如果评论某人的作品必然在其长处加以表扬，能兼容各家之长。对前辈是由衷尊重，对后起则诱掖备至。谁开画展，他都买一张画留作纪念。有一次刘凌沧上张大千的家里（颐和园听鹂馆）拜访，张大千见他来了，很高兴。张大千有个习惯，凡是来了客人，都要下厨亲自烹调。这次也不例外，亲自烧了一桌菜；在红烧鱼上还撒上红辣椒。席间，张大千操着浓重的四川口音，对他说道："凌沧兄的画我还没有呐！"说完哈哈一笑。饭后，他们又在画室畅谈绘画技法。张大千指着一幅青绿山水画说道："有人说笔墨讲'水法'（即笔墨或淋漓或秀润的意思），其实石青石绿何尝没有'水法'？古画上的青绿等色，看上去艳丽明澈，实际上着色很薄，看起来却很厚，这就是水法功夫深湛的效果。"

这些名家精辟的绘画理论、独到的心得体会，刘凌沧耳濡目染，获益匪浅。他博采各家之长，从中吸取了丰富的艺术营养，逐渐形成了自己的绘画风格。

与此同时，一个偶然的机会，他得到了几个月临摹宋元名画的训练。一次，周会长对他说道："要精研古法，博采新知。视野扩大，乃能左右逢源。"说完，交给他一项任务，让他到历史博物馆的文华殿临摹宋元名迹。那时故宫历代名画真迹大都陈列在文华殿等处。为此周会长特地给他签发了一张入门证。这些临摹的画后来虽然都归周养庵所有，但是，刘凌沧却因苦得甜，不但饱览了历代名画真迹，而且把当画工时学到的基本技法应用了一通。他刻苦临摹，用心体会宋元画家的绘画技巧，从而为他日后艺术的长进打下了坚实的基础。

这时，画会会址已由温家街迁入中南海流水音，他就在幽美的流水音画室里潜心创作，以卖画为生，成了一个职业画家。他的创作主要是工笔人物画，诸如历史人物及仕女、肖像，主要有《广陵赏芍图》《文姬归汉图》《杨妃出浴图》《秋风纨扇图》等作品。这些作品先后在天津的《北洋画报》、北平的《晨报》画刊上发表。他还花了半年时间，给叶恭绰画过一批清代学者肖像，均为工笔画，一尺见高，共三十多幅。画稿后来均收入叶恭绰的著作《清代学者绣像传》（续编）。刘凌沧的画卷更多的是流入社会，成为士绅官僚家中的艺术品，琉璃厂各画店则挂出了他卖画的笔单（润格单）。

值得注意的是，这时他还画过两大件描写现实题材的图卷。一件系受西北科学考察团之请，为瑞典人斯文赫定画的《西北考古图》（刊于天津《大公报》）；另一件就是横幅手卷白描工笔画《孙中山先生奉安行列图》，系中国画会评议员贺履之约请他为孙中山先生迎柩奉安办事处绘制的。

"行列图"的内容是描绘孙中山先生的灵柩移置南京中山陵时，在北京举行的仪仗队扶灵送离的场面。人物众多，规模浩大，都按真人实景写生。在绘制前，先要体验观察，对仪仗队的服装、规模进行具体写生，写生地点在西单牌楼日升杠房。刘凌沧出于对革命先行者孙中山先生推翻清王朝、建立民国的丰功伟绩的钦佩之情，花了两周的时间，完成了这一绘制任务。孙中山先生奉安之日，全国各大日报刊载了这幅《行列图》。美国的《亚细亚》杂志等外国报刊也刊载了这幅画。

由于业务的需要，他常到天津向徐世昌汇报画会及《艺林旬刊》的工作。他的画倍受徐世昌赏识，徐世昌让他为自己画了肖像及描写自己过"隐居"生活的《海曙楼修禊图》。

综观这一时期的创作，可以说是他一生绘画创作旺季。他天天伏案作画，几年之内，就有千幅之多，成为当时北京工笔人物画家中的佼佼者。他的早期作品受明清文人画影响，接近费晓楼、王素，比较淡雅秀逸，后来又力追宋元画风，渐趋工细精致，浑厚沉着。他的工笔肖像画，形神兼备，妙在传神。

刘凌沧在新中国成立后编写的《中国重彩人物画技法的发展和演变》的讲稿中，曾经评论过这段时期中国画学会会员的作品倾向，其中评道："这个画会创办的主旨，是以'研究古法，博采新知'为号召的，但从该会创办的刊物和会员的作品分析，研究传统技法是做了一些工作的，'博采新知'却没有成绩，临摹多而创作少，重彩人物画的技法是保存下来了，但却仍然是沿着'宋院画'的路子，画出的作品大部分是前人的稿本。"这段话实际上也可看作他对自己该时期作品的评述。

二十世纪三十年代，刘凌沧在画画之余，还写了大量艺术短评，散见于天津《北洋画报》《大公报》《北平晨报》《华北日报》等报刊。同时，他给一般文艺刊物撰写国内和西方作家的传记，以及戏剧电影的介绍文章。

由于刘凌沧在北平画坛上颇有盛名，引起了北平各专科美术院校的注意。各校纷纷函请他去兼任讲师、教授，这样他又从文人画坛走上了大学讲坛。

一九三三年，刘凌沧接受北平艺专、京华艺专、北京美专的聘请，分别兼任各校的讲师、教授之职，讲授中国画。这一年他才二十六岁。

三十年代的大专院校，能够进校的学生，大多数是官僚、士绅、资本家的子弟，其中有不少是为了一张毕业文凭而来的。因此，上课十分随便，想来就来，想走就走；遇到名画家讲课，一哄而来，与其说是听课，不如说是求老师画画。刘凌沧在这些院校每周上一二节课。上课时发一张石印画稿给学生练习形体和线描，学生用纸把它描下来，然后着色。他还同时讲述绘画技法。由于他年轻，没有架子，师生关系倒也十分融洽。

不过，他真正树立为国家、为人民培育绘画人才，使中国画的传统艺术后继有人的思想，这是新中国成立以后的事情。

新中国成立后，北平艺专改为中央美院，他几经周折，才于一九五〇年重返美院讲坛。出于种种原因，他放下了画笔，专事教学工作。他通过学习马列主义理论，学习毛泽东教育、文艺思想，学习社会发展史和党的知识分子政策，深感在中国共产党领导下的文化教育事业方针政策的正确，与国民党统治下的旧社会相比，确有天壤之别。他决心用自己的一技之长为社会主义事业培育人才。他在课堂上常对学生说："上一代艺术匠师把他们长期保留下来的传统绘画技法教给了我们，借助于我们这一代传给你们。这样代代相传，把我们的民族绘画优良传统继续下去，就能使它不断地推陈出新，有所扬弃，有所增益，日益发扬光大！"

那么，他又是怎样辛勤培育绘画专业人才的呢？

刘凌沧认为：培育专业人才，首先应该从摸清每个学生的特点着手，因材施教，一把钥匙开一把锁，切忌一锅煮，吃大锅饭。

他对班上的学生，经过一段时间的接触了解，谁天分禀赋高，谁理解能力差，哪个勤奋刻苦，哪个自由散漫，都了若指掌，然后，分情况逐个解决。

这是二十世纪六十年代的一件事情了。那时班上有个女同学，天资很聪明，平时也刻苦，学习成绩在班里是拔尖的。可是奇怪，为什么近来一连几次没有请假，就不来上课？是不是谈恋爱去了？经过了解，果真如此。于是他就利用自修的时间，找她促膝谈心。他对她说道："要珍惜大学这段学习时间，要珍惜自己的青春。诗人陶渊明说过，'盛年不重来，一日难再晨。及时当勉励，岁月不待人'。这是十分有道理的。你今年多大？二十二岁。要知道一个人的一生，只有一次二十二岁呀！我们的事业虽说是社会主义集体大事业，但与我们每个人都密切相关。你的学习基础、条件都不错，千万不要分心，要集中精力学好专业课。"他的这番话，还真的开了这个女同学的心窍。后来这位女同学妥善处理了个人的恋爱生活，在学习上更加刻苦勤奋。至今她早已儿女成行，并且成了国内很有成就的一位女画家了。

除了有分寸，与人为善地对学生进行思想教育外，在专业训练上，他坚持因材施教的方针，循循诱导，悉心辅导。

这也是六十年代的事情。国画系有个男同学，开始学画史专业，后来又转学人物画专业。转来不久，他发现这个学生平时不爱说话，可是记的笔记十分认真详细。个别交谈后，又发现这个学生十分爱好古典诗词。刘凌沧心里想：这个学生有发展前途，可以重点培养。于是平日就多给这个学生讲授一点绘画理论，多给看一些画，有时结合看画讲述画论中"此虽笔不周而意周"的道理。在刘凌沧的循循诱导下，这个学生十分感动，更加奋发向上，学习成绩名列前茅。进入毕业班时，其毕业创作为《文姬归汉》，刘凌沧从其起稿到着色都给予了细心辅导。现在这位学生也成了国内外闻名的画家了。

对一些学习基础差、理解能力不强的学生，他通过多次接触，发现他们身上存在着自卑感强，自尊心也强，两者往往交叉混杂的矛盾心理，就对症下药，采用身教多于言教的办法。在练习绘画技法时，他多做示范，手把手一个环节一个环节地教。对他们即使是微小的进步，也都予以鼓励；而对他们的不足之处，则婉转地提出，尽量不损伤他们的自尊心，也注意不让他们产生自卑感。

刘凌沧教授在美术教育工作中的突出贡献是传授中国重彩人物画的传统绘画技法。他认为，我国的传统绘画技法，是经过千百年来无数画家千锤百炼、推陈出新而形成的一种独特的民族艺术表现形式；它不是一朝一夕产生的，也不是一朝一夕所能消亡的。学习中国画创作，如同学习外语首先要掌握词汇、文法一样，也需要首先掌握绘画语言（指各种物象的表现方式）。创作中国画，如果不学习历代画家千百年来创造出来的精练的绘画语言，就不可能画出一幅具有民族风格、民族气魄的中国画。而学习、借鉴传统的绘画技巧，就是为了解决这个问题。当然，这种学习不是囫囵吞枣，也不是生搬硬套，而是如肠胃消化那样，通过舍弃吸收，力求推陈出新。

基于以上的认识，他十分注重继承民族绘画传统的临摹教学。他主张中国画的教育方法应该是写生与临摹并重，而不要重写生轻临摹。他针对轻视临摹的观点，曾经借用了张大千先生的一段话："讥人临摹古画为依傍门户者，徒见其浅陋。盖临画如读书，如习碑帖，几曾见不读书而能文，不习碑帖而善书者乎？"他说，旧时代有成就的大画家，学画大多从临摹入手，饱游饫看。古往今来好的艺术作品，来源于生活又生动地反映了生活。正如宋代大画家范宽所说："与其师人，不若师诸造化。"又如清代大画家石涛所说："搜尽奇峰打草稿。"但是，中国历代画家的美学法则，从来是采用"目识心记"的创作方法，就是说猎取了社会生活中自然的形象，再酝酿构思、进行艺术加工，使自然形象进一步升华为艺术形象。至于临摹，则是学习历代画家塑造艺术形象所采取的传统绘画语言的一种手段，目的无非是使学生学到这些富有民族风格及民族气魄的绘画语言，用以创作出具有时代精神特色的中国画。

由于时代的局限，刘凌沧先生毕生以相当大的精力，从事临摹实践与教学。在当画工时，他临摹民间绘画；三十年代，他临摹故宫宋元名画；五十年代临摹河南白沙水库的宋墓壁画、敦煌千佛洞的北魏和隋唐壁画……直到七十年代，他年近古稀还临摹西安章怀太子墓壁画，长沙马王堆西汉帛画、战国人物御龙帛画。仅后两幅帛画的临摹，就费去了他一年多的心血。

在临摹课上，他有时用历代名画（摹本），有时用自己的创作；结合自己临摹的亲身感受，向学生传授构图、造型、线描、上色相关知识，连天然矿物质原料的成分、特性、调色的配方都教给学生。在修改学生的临摹作品时，他也是从构图到设色，逐一指正，边改边教，一竿子插到底。这种教育方法深受学生的欢迎。学生说：刘老的临摹课，绘画技法讲得透彻，言之有物，看得清，听得懂，用得上。

教学之余，他结合自己的心得体会和研究成果，写出了《中国的重彩绘画》《重彩绘画浅探》《巍然古树放新花》等绘画论文，还出版了《唐代人物画》《中国古典人物画名作选集》《中国工笔人物画技法》等专著。

刘凌沧作为当代的一名著名人物画家，如果说，他的创作旺季是在二三十年代青年时代的话，那么他的艺术高峰则是在七十年代后期——老年时代。"凌云文章老更健"，著文如此，画画亦然。历史上许多画家，笔墨精熟都在老年。近几年来，刘凌沧先生在教学临摹之余，又重新拿起画笔，创作了巨幅历史画《赤眉军无盐大捷图》《淝水之战》，人物画《屈原与婵娟》《卓文君听琴图》《李白清平调诗意》《杜甫像》，仕女画《文成公主》《黛玉葬花》《红娘传书》等等。这些作品笔墨更加苍劲刚健，画风更加浑厚沉着，传统技法的运用达到炉火纯青、挥洒自如的境界。为了使人物画传神，他采用了在典型环境中塑造典型形象的创作方法，根据人物所处的不同时代、不同身份、不同修养、不同环境运用不同的技巧来刻画人物的精神风貌和性格特征。

在《屈原与婵娟》这幅画中，画家用准确有力的线条，勾勒出这位伟大诗人忧国忧民的忧戚面容，又让屈原带着婵娟徘徊于沅水之滨，衬以岸边飘零的黄叶，渲染出"屈原至于江滨，被发行吟泽畔。颜色憔悴，形容枯槁"（《史记·屈原贾生列传》）的特定环境中的凄凉心情。这幅画脱胎于明末陈老莲（洪绶）的《屈子行吟图》，但有所突破和创新。

在创作《文成公主》这幅画时，画家为了描绘唐代贵族公主雍容华贵的风度和艳媚丰满的表情，就依据永泰公主墓所提供的文物资料，设计了文成公主的服装道具；在色彩上，他采用了唐代著名画家张萱画仕女画常用的"朱晕耳根"传统技法，同时，又吸收了近代印象主义的色彩对比韵律的技法；在线描上，采用了近似铁线描和兰叶描的手法勾勒衣纹，以增强华贵服饰的质感，从而使画中人的时代风貌跃然而出。

《淝水之战》堪称中国历史画的鸿篇巨制，也是他晚年呕心沥血的代表作品。他为创作这幅画，从搜集资料、酝酿构思到定稿，前后用了半年时间，三易其稿才完成。

这幅画描写公元三八三年东晋和前秦的一次大战。当时秦强晋弱，但处于劣势的东晋，依靠正确的指挥，仅以八万兵力就一举击败了苻坚的近百万大军，创造了中国战争史上一个以少胜多、以弱胜强的典型战例。

这幅画画面开阔，人物众多。画中双方官兵几百人，沿着淝水水陆交错的阵地展开了激烈的战斗。画家在处理这个题材时，场面大而不乱，既刻画了将士上下同心、英勇杀敌的凌厉气概，又表现了秦军溃败时夺路奔逃、草木皆兵的狼狈相。各组人物互相关联照应，远近虚实处理得当，作品不愧是大手笔。《淝水之战》曾在北海画舫斋举办的"工笔重彩画展"中展出，现在悬挂在中国历史博物馆古代史大厅内。观众普遍反映，这是近年来工笔重彩历史画方面的一幅杰作。

刘凌沧先生毕生伏案作画千余幅，可是他不务虚名。尽管海内外有关部门、人士一再邀请和催促刘先生举办个人画展，出版个人画集，但都被他婉言谢绝。他把创作的全部画卷献给了社会，献给了人民，家中仅存为数不多的几幅；他教学五十年，桃李满天下，自己却甘居狭小的画室之中，谢绝了许多社交活动，默默无闻地备课作画，不求闻达。但是，海内外的人民是知道他的，他是受人民尊敬的画家和教授，他是人民的艺术家和教育家！

上海《朵云》一九八二年

工笔重彩五十年（上）

——著名画家潘絜兹

一

　　潘絜兹先生原名昌邦，一九一五年出生在浙江宣平县（现并入武义县）上坦村的一个书香之家，父亲是个办教育的，名叫潘霆，字云江。由于家庭的熏陶，他上小学的时候就爱好文艺，当时家里有许多藏书，他最感兴趣的是带插图的小说《聊斋志异》，石印《醉墨轩》画谱，《海上名人画谱》，还有一部故事情节很吸引人的插图本《缀白裘》戏曲专集。这些画谱、插图就是小昌邦最早接触的绘画。他经常用薄纸勾摹或照着画，简直入了迷。

　　小学毕业后，正赶上他父亲到杭州担任商民协会秘书，于是他进入杭州的安定中学上初中。在五四运动新思潮的影响下，这个学校课外文艺很活跃。语文老师俞实夫、美术老师张鹿山指导同学们组织了文学社和画社，文学社出版期刊《嫩流》，画社出画刊《金牛漫画》。他就在这些刊物上写白话诗、小说，画漫画。蔡振华、孙功炎、华君武、洪天民、赵荣声、潘槐庭都是他在安定中学时的画友和文友。他也是《上海漫画》的热心读者。张光宇、张正宇、叶浅予、黄文农、鲁少飞的漫画都给了他很大的影响。不过，他回忆那段时间他写的诗文尽是无病呻吟之作，而画呢，又是明显地带有唯美主义倾向。他对二十世纪二十年代五光十色的画坛无所适从，曾爱上英国比亚兹侣的装饰性黑白画，对中国画却很少关心。

他开始接触国画，是一九三〇年随父亲北上，到北京志成中学以后的事情。教美术课的王友石老师，是他对国画产生兴趣的启蒙老师。起初他并不懂国画，从来也没有用过宣纸和水墨，后来发现国画有很强的表现力，一支毛笔，出神入化，挥洒自如，画的花鸟，栩栩如生，非常抒情。他就主动向王老师学国画，王老师发现这个学生领悟能力很强，艺术素质很好，非常喜欢他，鼓励他报考北平京华美术学院，就这样他选择了自己的艺术道路。

二

　　一九三二年，他考进了京华美术学院国画系。进校后，先学写意花卉画，不久就改拜当时国画界传统人物画的老前辈吴光宇、徐燕荪为师，专攻工笔重彩人物画。那时的学习方法主要是看和临，学生要尊敬老师，师生之间首先要建立感情，老师才会尽心教。在学校里一般学不到什么东西，主要是到老师家里去学，这叫"入室弟子"。但这也不容易，老师经常夜里作画，学生也只好跟着上夜班。他一面虚心地临摹徐燕荪等老师的画，一面观赏故宫收藏的一些宋元真迹，对照复制品，刻苦临摹。从此以后，他就走上了一条以工笔重彩人物画为终身伴侣的漫长而坎坷的道路。

　　一九三五年，他大学尚未毕业，就在济南举办了第一次个人工笔重彩画展，很得好评。山东老画家、齐鲁画社社长关松坪先生亲自送来齐鲁画社的一张聘书，聘请他为该社的董事。这位长须飘拂的老人对他的知遇，使他深受鼓舞，终生感念。

　　当时他不但从传统的国画中汲取养料，而且注意从世界画坛的人物画中借鉴技法，现在则把眼光转向了东洋。二十世纪三十年代正是日本美人画从"浮世绘"旧传统的束缚中解放出来，融合西洋画法大放异彩的时代，出现了镝木清方、上村松园（女）、伊东深水等大画家。他很喜欢他们富有韵律线条和抒情的色彩，也偷偷临一点，不敢拿给老师看。学日本画，这在当时倾向复古保守的北平画坛，被认为是没出息的，要学，还真要拿出一点勇气。他的家里，现在还保存着一幅一九三六年创作的日本式通屏画《追》。画面上一个时装小女孩在池畔追赶着蹬小踏车的淘气弟弟，煞是活泼可爱，从技法上看比较鲜明地残留着日本画风的影响。

在京华美院学画的四年中，国内政治上有了急剧的变化。日本帝国主义加紧侵华活动，祖国的危亡迫在眉睫。一九三五年北京的学生掀起轰轰烈烈的"一二·九"救亡运动，当时他却受了文艺界的唯美主义、艺术至上的影响，躲进艺术的象牙塔里，两耳不闻天下事，埋头伏案创作一些远离人世的高士美女，他在《北平晨报》上发表的第一幅作品，就是仕女画。

一九三六年，他以优异的成绩，从京华美院毕业，在一个中等职业学校教了一年印染图案。这项工作锻炼了他勾线、用色的基本功，对他以后从事绘画很有帮助。

三

"卢沟烽烟迷晓月。"一九三七年七月七日，卢沟桥一声炮响，北平随之沦陷，打破了他曾有过的想去日本学画的念头。正在这时，他父亲去世，他立即回家奔丧。抗日救亡的怒火燃起了他的爱国热忱。经过朋友王洁吾的介绍，他进入了国民党军政部第二补训处政治部工作，部队驻地在湖北宜昌。

他第一次穿上军装，感到很高兴。他的职务是政治部艺术干事，任务是画抗日漫画，出救亡壁报，鼓舞士气。但是不久他就看到国民党军队内部的黑暗腐败，如虐待新兵、吃空额、发国难财等等。后来他发现自己成了政治部主任许克黄的盘剥对象，原来他是顶替一个少校艺术干事的位置，而给他的待遇是上尉军衔（少校每月军饷是八十元，而上尉只有五十元），这样许克黄每月就可从他身上侵吞三十元大洋。他一气之下离开了这个部队。

王洁吾又介绍他进三十三集团军五十九军三十八师政治部工作。这个集团军的总司令兼五十九军军长，是爱国将领张自忠将军。这是一支有名的抗日部队，而这个师又是西北军的精锐。到达三十八师的第二天，他就随军过襄河作战。他的工作是沟通军民关系，慰问运送伤员，还与朝鲜义勇队去前线散发对敌传单。一九四○年夏天，他由师政治部调军政治部工作，调职没几天，就赶上一次大战役，张自忠将军战死殉国，他也被日寇冲散，在枪林弹雨中与部队失去联系。又经过一个多月的寻找，他才在襄阳归队。这时，他与三十三集团军抗敌剧团一位女演员产生了爱情并于一九四二年结了婚。

在这五年时间里，他从前线到后方，当过兵，后来又干过统计员、教员、小公务员，贫困与失业与他结下了不解之缘，当时他始终没有放弃探索工笔重彩艺术的信念。一九四二年，他在南充结识了画友简文樵，在后者的鼓励下，他又捡起了画笔。由于全部画稿资料在战争中散失，他从画昆虫入手，开始练习写生。

这时，他听到发现敦煌壁画的消息，画家张大千带着弟子从青海雇请的藏族画工在那里临摹。又看到爱国学者向达教授以方回的笔名在重庆《大公报》上发表的一篇文章，题为《论敦煌千佛洞的管理研究及其他连带的几个问题》。文章慷慨陈词，要求国民党政府重视祖国文化遗产，设立专门学术机构，保护敦煌文物。他看后下定决心要到敦煌去临摹研究。

决心是下了，但是要实现这个愿望又谈何容易！那时他还是一个默默无闻的艺术学徒，穷青年画家，何况又有家室孩子，携家带小，从西南到西北，路途遥遥，何其艰难。为了艺术深造，他咬紧牙关，艰苦奋斗，几乎牺牲了一切休息和娱乐埋头作画。妻子忙于家务，他就一手抱着新生的老二，一手拿着画笔。经过二三年的奋斗，开了两次画展，才算有了一些钱，筹备了路费，在兰州安置了家室。那时的个人画展，实际上是卖画的一种方式。办画展光靠艺术水平还不行，主要靠朋友的鼓吹引荐。画展前夕，先要请客送礼，请当地社会名流、达官贵人在酒席上订画。画展是就在被订的画旁边注明某某先生订的字样，艺术品变成了商品。他第二次在青海开画展，全靠西北军政名流廖楷陶、拜伟、高一涵等事先给西北地区的军阀马步芳打了招呼，马步芳就让秘书出面，把画展的画全部包了下来，这才解决了安家费和去敦煌的路费。

四

一九四五年初，他到达敦煌，进入了国立敦煌艺术研究所，担任助理研究员。当时研究所所长是常书鸿先生，共事的画家有董希文、张琳英、周绍淼、乌密风、李浴等，他们志同道合，更是一见如故，二十来人的研究所在荒凉寂寞的沙漠中是一个温暖友爱的集体，"皇庆寺"就是他们的家。

在皇庆寺，他们住的是一排小土房，炕、桌、凳都是土坯砌成的。喝的是含碱很重的咸水，吃的是粗茶淡饭，十天去城里采买一次生活必需品，路途往返两天。想改善生活，就去掏麻雀窝、打鸽子。来往信件要半个月，有时一两个月也看不到一封家信，听不到广播，看兰州报纸也要相隔十多天，电影戏剧更没有缘分，完全是处于与世隔绝的境地。

他在莫高窟中主要临摹魏、晋、隋、唐时期的壁画。纸必须从四川买来，质地很坏，还要自己加工裱褙；笔是本地制造的，简直无法用；颜料则更加短缺了，不要说找不到矿石，连马利广告颜料也成了宝贝。为了克服这些困难，他们学会了制矾纸、托裱、修笔和就地取材，用红土、黄土、大白等当颜料。

至于临摹的工作条件，就更加艰苦了，洞窟的光线很暗，有时伸手不见五指，不能不利用灯光。他们常常需要一只手拿着洋烛和油灯，一只手作画。灯光照明面积很小，有的洞窟却很高大，灯光照不到，常常要用梯子爬上去看一眼，再下来画几笔。有一次，他临一个洞窟高处的壁画，连梯子也够不到，他就把梯子架在桌子上，然后爬上去，结果梯子在桌面上滑倒了，他也从高处摔了下来。梯子顶住了他的前胸，痛得他当场昏厥过去。当时周边也没有人，隔了好久，才慢慢苏醒过来。回到所里，他怕别人着急，也没敢说。所里没有医疗设备，上城里去看病吧，又怕耽误时间，硬是忍着二十多天的疼痛坚持了下来。这真是豁出命来学习临摹啊！敦煌的冬天特别长，将近有七八个月，一到十月份就结冰了，颜料冻结调不开，手指僵硬伸不开，那就更受罪了。为了防冻，董希文发明用烧酒调色。尽管临摹工作如此艰苦，他们还是乐在其中，一天工作完了，晚上聚在一起，手捧一碗土颜料，边磨研，边谈心，探讨艺术上的问题。

在敦煌石窟，他工作了一年。后来，他在《敦煌的回忆》一文中写道："敦煌艺术把我们引导到另一个美好的世界，特别是我，连天炮火丧失了一切，在流亡生活中吃尽苦头，这沙漠里的小小绿洲，座座佛窟，便成了我的人间乐土。""我像一个饥儿贪婪地吮吸着母亲的乳汁一样，从敦煌壁画中吸取营养，开始了画风的转变。"此后，他的画风冲决了宋元藩篱，上溯晋唐，从晋唐壁画中汲取艺术养料，而在内容上，则面向生活，面向人生，从现实生活中选取题材，逐渐形成他个人独特的艺术风格。他创作了一些反映西北少数民族的国画，代表作是《蒙民迁居图》（这幅作品在一九五〇年获得了华东文化局国画创作二等奖）。

在敦煌石窟，他临摹了不少壁画，通过临摹，他体会到古代艺术匠师艰苦卓绝的创造精神。他在一九五四年创作的《石窟艺术的创造者》（现归中国美术馆收藏），就是有了这种生活体验之后，经过长期酝酿才画出来的。画中敦煌壁画的创造者——贫苦的画工们正专心致志地在洞窟中从事艰苦的艺术劳动，而那些前来观赏的鲜衣美服的达官贵妇（他们是造窟主）却在画匠精心绘制的杰作前夸耀自己的功德！正是：

莫高四百八十窟，古壁摩挲一灯红。

晋唐佛堂煌灿甚，始信先民创造功。

　　这幅画布局严谨，人物传神，既歌颂了古代劳动人民艺术家，也是他对敦煌生活的最好纪念，仿佛在这些画工中间有画家自己的身影。抗战胜利的消息，使他的心不复平静，眼看画友们一个个离去，他想到安置在兰州的家属和远在浙江生死未卜的老母，决定南归。可是回到兰州后，家庭起了变故，妻子离开了他。他欲哭无泪，只好带着大孩子，收拾起敦煌画稿，心情沉重地踏上南归之路。这时他刚进入而立之年——三十岁。这也就是他在四十年代的旧中国，为了探索艺术的深造，所付出的沉痛代价。

工笔重彩五十年（下）
——著名画家潘絜兹

五

回到浙江老家不久，他接到王洁吾从台湾来信，约他前去工作，说台湾风光很美，特别需要搞美术的。这封信打动了他，他欣然应允。他在省立台北民众教育馆任艺术部主任，主要编《民众画报》。由于日本帝国主义长期的奴化教育，台湾人民除了老人还通汉文外，多数中、青年只懂日语。所以办画报也是看画识字，每个汉字都注上拼音字母，配合国语推广委员会（主任魏建功）推广汉语，讲授祖国的文化历史。

他在台北工作半年，开了一次个人画展，展出的作品有：

敦煌壁画摹本、经卷文物、碑文拓片；传统人物仕女、反映西北少数民族生活的工笔重彩画等。画展开得很成功。台大教授许寿裳先生看了画展后，鼓励他说："敦煌文物的散失是很痛心的，壁画尚存，也很少为人所知，特别是台湾人士。我在北京曾见过法国伯希和拍摄的壁画照片，后来出版了图录，但没有色彩，你们这项工作很有意义，应该向台湾人民介绍祖国灿烂的古代文化。"

在台湾工作期间，他看到了国民党政府在台湾政治腐败，镇压人民，迫害进步人士（徐寿裳老先生就是惨遭杀害的一个），无意久留，半年之后就重新回到大陆。

一九四七年九月，他回到南京，找到了过去在西北结识的文友杜学知，此时杜学知已在南京政府监察院图书室工作，而监察院院长于右任对敦煌艺术很感兴趣，通过杜学知的引荐，他拜访了于右任。于右任对他的印象很好，认为他可以搞些敦煌艺术的研究工作。于是给了他一个科员的职称，安排在院长办公室里。这是一个闲职，不用上班，每月的薪金由杜学知代领，实际上是一种变相的资助。

他在南京住下来了，埋头作画并整理敦煌画稿，积累了不少作品，到上海和杭州去开了两次画展。于右任对这个青年画家给予了很大关怀，对他的艺术造诣非常赞许，曾亲自书赠他一副对联，"继往圣绝学，开国画新机"，以资鼓励。还在他的一幅仕女画上题词道："唐画凝重，宋画工丽，絜兹此作，兼得之矣。"并把他介绍给著名书画家陈树人、沈尹默、谢稚柳等人。他在南京时，也常与吕斯百、陈之佛、傅抱石、俞剑华等前辈画家交往，这些老画家给了他很多指点帮助，与他成了忘年之交。在南京住了一年多，解放战争的炮火打响了，南京国民党政府面临崩溃，一九四八年秋天，他告别了于右任老人，回到了浙江金华。

六

在金华，他花了将近半年的时间，画了一部《孔雀东南飞》的工笔重彩连环画。一九四九年全国刚解放，他想去徐悲鸿先生主持的北京国立艺专工作，他和徐悲鸿先生素不相识，就毛遂自荐地给徐悲鸿先生写了一封信，并寄去了《论中国人物画的复兴》《仕女画的源流和价值》《唐代妇女服饰考》等长篇论文。徐悲鸿先生看后，马上热情地给他写了回信："大文皆阅过，甚有见地。目前毛主席指示艺术应为工农兵服务，在现阶段甚强调生活体验，写实主义作风现需加强，要求内容充实，此颇是难题，亦为目前任务，必须全力赴之。先生努力方向甚准确，用功方法最好是写生入手，否则终落古人后也。"徐悲鸿先生的这封信对他以后的艺术道路启发教育很大，他十分珍重这封信。十年浩劫中，他的往来书信荡然一空，可是这封书信却还完好地保存着。他接信后，随即北上抵京。同年八月，又随江丰、彦涵等同志南下，进入上海军管会文艺处美术工场工作。同时，他参加了上海市美协，出席了上海市第一届文代会，是上海新国画研究会的创立人之一。

在上海工作两年，他应国家文物局局长郑振铎之调，到北京协助筹备敦煌文物展览，在历史博物馆任美术组组长。一九五三年三月与张怡贞结婚，那时他三十八岁，而张怡贞正好三十岁。他经受了多年家庭生活的痛苦折磨之后，终于得到了一位志同道合的"贤内助"。这位"贤内助"结婚后就把家庭的重担一身挑了起来。她毕业于北京艺专，也从事美术工作，曾对他说道："过去你既当爸爸，又要当妈妈，为了照料孩子，分了不少心。你艺术素质好，又肯刻苦钻研，今后你就一心一意扑在艺术事业和工作上！过去你为谋生而卖画，画的艺术质量肯定会受影响，今后也不必为卖画而创作了，可以精益求精地提高艺术质量。"她不但操持家务，而且帮他看画稿、抄义稿，成为他艺术事业上的好助手。

七

一九五六年冬天至一九五七年春天，他出访东欧，在波兰和捷克斯洛伐克度过了四个月，举办了敦煌艺术展览，考察壁画修复和文物保护工作。在这两个国家中，参观了几十处博物馆的藏画，使他从欧洲绘画艺术中吸取了不少有益的东西。

一九五八年，他调到中国美术家协会工作，编辑《美术》《中国画》《美术家通讯》杂志，担任吴晗主编的《中国历史小丛书》编委，兼在一些美术院校讲授工笔重彩课，一直到一九六五年。

新中国成立十六年中，他主要从事文物工作、编辑工作，不能有更多时间从事创作，实际上只是个"业余画家"。但是，"塞翁失马，焉知非福"，在绘画的历史知识和创作理论方面却大大开拓了。前八年搞文物工作，使他对敦煌艺术的历史状况有了系统全面的了解和研究，用他自己的话来说，就是对敦煌壁画的认识来了一个"反刍"，从感性认识阶段飞跃到理性认识阶段，从而写出并出版了《敦煌莫高窟艺术》（此书一九八〇年被日本土居淑子教授翻译出版）等著作。后八年任美术编辑，他对中国画的"画史""画论"进行了补课，写作了三百多篇有关美术方面的史论、评论文章，出版了《阎立本和吴道子》《工笔重彩人物画》《绘画史话》等著作。他还写了美术片文字剧本《九色鹿》，剧本被上海美术电影制片厂搬上银幕。在当代画家中，像他这样多才多艺，具备多方面的历史、文物知识，既有创作实践，又有文艺理论，既能画画，又善著文的画家，确实还是为数不多的。

从二十世纪四十年代研究敦煌壁画开始，他也就成了著名的壁画专家。五十年代他主持临摹了禹县白沙宋墓的壁画、河北望都汉墓壁画。六十年代，他主持了山西永乐宫迁建后的壁画修复工作，他曾先后十次到永乐宫。七十年代，他临摹了河北定县宋代塔基壁画和涿县辽墓壁画，又主持临摹山西省十多处唐、五代、宋、辽、金、元的寺观壁画，编写了《山西壁画》一书，写出了评介文章，培养了不少壁画工作人才。

八

一九六五年底，他从美协调北京画院工作，不久就赶上了"史无前例"的"文革"，他当然在劫难逃，被剥夺了画画和写作的权利。后来虽然被"解放"了，也从干校回到了画院，但那时作画实在难。他画了一幅《广阔天地育新人》，内容是一位女教师到农村看望插队知识青年，却被认为不该突出教师这个"臭老九"，一棍子给否定了。看来画不成了，他就转向研究起国画的艺术规律和古代壁画。

但是祸不单行，家庭中又遭到了一次意外的打击。一九七〇年冬天，他的第三个女儿纹宣，在黑龙江建设兵团为扑灭荒火，避免边境事件，与十三位战友一起英勇牺牲了。张怡贞接到电报后，立即病倒了。潘先生当时正在干校，他表现得十分坚强。他应邀到黑龙江建设兵团，向纹宣所属的兵团战士作了《志在顶峰的人——悼念纹宣女儿》的长篇报告。他还写了一首《悼宣儿》的诗，诗中写道：燎原烈火起须臾，凤凰涅槃谱新曲。万古荒原英雄血，一抔黄土儿女躯。祖国尊严不可犯，北方豺虎徒相觑。儿为国殇当自豪，难禁悲涕泪如雨。

回到北京后，他常以女儿的革命气概激励自己，并耐心照顾有病的妻子，共同度过了这段悲痛艰难的生活历程。

九

十年浩劫，画坛一片凋零，工笔重彩人物画更无人敢问津。他忧心忡忡，感到前途茫茫，为了寻求寄托，他闭门读屈原、李白、杜甫、白居易的诗，读古乐府词，读着读着引起了画兴，激起了创作欲，可是又不敢画，只能在头脑中构思。这段酝酿构思的时间较长，使他对诗词中的历史人物娴熟于胸，促成了他在粉碎"四人帮"后画风的又一突变。这就是从古典诗词中选取题材，调动过去从文物、历史画，特别是敦煌壁画中吸收的历代供养人像及服饰资料，创作了独特的两百多幅《诗意画》。"诗意画"创作构成了他艺术生涯的黄金时期。难怪他要在"自述诗"中这样放歌："九门天开妖雾散，碧空万里舞彩虹。艺苑重见百花放，映照画师寸管彤。"

一九七七年至一九七九年，他几乎每天弯腰伏案，笔不停挥，闭门作画，收获甚丰。

一九七八年十二月，北京画院在北京公园举办了"潘絜兹工笔重彩人物画展览会"，这些展品工整细密，色彩艳丽，诗意盎然，融合了工笔重彩人物画、壁画的技法，并吸收了日本、西欧绘画之长，冶为一炉，人物造型优美，使写实与装饰性相结合，别具一格。难能可贵的是，他突破了传统工笔重彩人物不重背景气氛的画法，运用背景来烘托人物的感情、心理、性格特点，加强诗情画意。在展出的过程中，叶圣陶先生特书赠《踏莎行》词：

屈子骚心，谪仙诗思，选题设想真能事。敦煌永乐撷英华，工笔重彩呈瑰异。

灵界人间，楚天吴地。传神体物唯深至。画坛焕绩感君贤，芜词不尽钦迟意。

关于诗意画的创作，潘先生说道："我是喜欢中国古典文学的，尤爱屈原、李白。像《九歌》，全诗充满着浪漫主义精神，前人多有画的，如李公麟、张渥、陈洪绶、肖云从，今人如徐悲鸿、傅抱石先生。可都是白描、水墨淡彩。我感到用工笔重彩，更能体现其浪漫瑰丽的诗情，这也是一种新的尝试。"

谈到诗意画，他又说道："所谓诗意画，就是从诗中得到启发，捕捉形象，表现诗情，这是古已有之的，现存顾恺之《洛神赋》（宋人摹本），就是一例。但那还是以画解诗，严格说来，诗意画是从王维开创的，正如苏东坡所说：'观摩诘之画，画中有诗，观摩诘之诗，诗中有画。'这才做到了诗画浑然一体。可是王维的诗意画只限于山水画。我不善于画山水，擅长于画人物，所以扬长避短，采用诗意画来画人物。"

《李白妇女诗集绘》共画了一百幅。这是从李白的一百多篇反映妇女生活的诗篇中选出来的。在古代封建社会里，妇女的命运是最悲苦的，诗人同情她们的离愁弃恨，也赞扬其善良品性。这部组画，由上海人民美术出版社精印出版。李一氓先生高兴地为画集写了长篇序言。序言中写道:"潘絜兹同志的工笔仕女是在敦煌壁画上下过功夫的,不少敦煌壁画的光芒在这个画集中明显地流露出来。画家也从唐石刻的妇女画像及宋明人物画家得到影响。……潘絜兹同志的这些'仕女',它们是创作,不是单纯的敦煌壁画、唐石刻、宋明仕女的临摹,所以还是有他自己锻炼出来的笔墨和风格。细细地看,也有些日本'美人画'的味道。"这段评论既指出了他的师承渊薮,又道出了他的创新精神。他自己说:"艺无止境,停顿了艺术的生命也就终结了。"

十

一九八○年以来,他在北京画院担任艺术委员会副主任,《中国画》主编,还是美协北京分会副主席、北京工笔重彩画会会长,社会职务繁多,所以画画的时间少了,去年只画了一张年画《森林之歌》,这是为了实现他自己提出的号召:每个画家要为八亿农民服务,年年创作新年画,所以也画了一幅。他为此非常苦恼,曾写过一份辞职书,想辞去一切职务,专力作画,但想到这些工作都是革命需要的,没有理由不做,又悄悄地将辞职书收了起来。目前他只有起早贪黑,挤出时间来画。他每天只睡五六个小时,更阑人静,画室的灯还亮着。他不是写，就是画。他想要在有生之年为复兴工笔重彩做出更多的贡献。

今年五月，他以画家的身份访问了日本，在日本住了一个月，与日本美术界人士进行了广泛的接触，交流艺术经验，并画了许多速写。他在二十世纪三十年代想去日本研究日本绘画艺术的愿望，终于实现了。他认为日本画有许多长处，可供借鉴。通过这次访问，他决心在艺术上要有新的突破。

潘絜兹先生在给画家郭味蕖作品选集的《前言》中写过这样一段话："画才难得，造就一个画家要有许多条件：各人的禀赋，家庭的熏陶，环境的习染，师友的启导，传统的影响，深厚的修养，非凡的勤奋等等，对中国画来说，还有岁月的积累。历史上许多画家，笔墨精熟，都在老年。"纵观潘絜兹先生五十年的艺术生涯，这段话正是他的夫子自道，也是他刻骨铭心的经验之谈，如果尚可添足的话，可加上一条"春蚕吐丝，至死方休"的献身精神，以及书法家黄苗子书赠他的一副对联中写的"古今中外画、东西南北人"那种博大宽阔的胸怀和行万里路的生活阅历。

陆俨少与杜甫诗意百开册

　　笔者有幸在陆俨少的长子陆京寓中两次拜读《杜甫诗意画》百开巨册原作。第一次是在一九八九年初冬，拜读时陆老坐在一旁，偶然间插上一二句点题醒耳的旁白，与我一起读画的，还有陆老的忘年交林锴，陆老的次子陆亨。第二次是第二年初春，陪读的只有陆京一人，陆老已随老伴和次了回南国度冬了。第一次主要读一九六二年创作的六十九开杜诗册；第二次重点读一九八九年补画的三十一开杜诗册。其间我还观摩了陆老百开巨册以外的《杜甫诗意画》长卷、立轴、册页及有关印刷品近百幅之多。

　　众所周知，在中国当代画坛上，陆俨少不仅是一位具有深厚的绘画传统功底，又勇于在传统基础上推陈出新的山水画大家，而且是一位富有传统文人修养，寓诗书画于一炉的诗意画大家。他喜爱读诗，喜爱写诗，更喜爱以古人特别是杜甫的诗意来作画题画。据不完全的统计，在陆俨少的创作生涯中，诗意画的创作约占他全部作品的半数以上。而在诗意画的作品中，杜甫诗意画又占多数。由此可见，杜甫在陆俨少绘画创作中的重要地位。

我曾请教过陆老，为什么一而再，再而三地不断创作杜甫诗意画。他告诉我说原因有三点，一是他青少年时代就埋下了酷爱杜诗的种子，当年在众多的唐宋百家诗人中，各家的诗，仅读选本，唯独杜诗，他通读了全集。后从老师王同愈学做律诗，王老师嘱他从五律入手。当时他家住江苏南翔，离王老师家不远，靠近黄家有座花园，他就在黄家花园中，观赏颇具野趣的土丘池塘，并以杜诗中的《游何将军山林》（十首）为典范，仿作了十首游黄家花园的五律，这十首诗写得少年老成，颇得王同愈等前辈的赞许。抗日战争爆发后，他避难入蜀，扶老携幼、旅途艰辛，行李中别的书都没法带，只带了一部钱谦益注释的杜诗。"留蜀八年，闲中辄借杜公诗句遣日。亦偶学为诗，见者咸以为有杜公意味。"（见《杜甫诗意画百开巨册后续》）据说，蜀中八年他曾写了满满一本诗稿，可惜都在战乱中丢失了，现在能读到的也只有附在《杜陵秋兴诗意图》长卷后面的六首五律了。兹抄录其中的首尾两律，以窥一斑：

其一

万里伤浮梗，八荒共陆沉。

楼高惊客眼，春动见天心。

绿竹倚花净，清江隐雾深。

家山无短梦，巴蜀入长吟。

其二

迂疏宜畎亩，出处各生平。

即事非今古，哀时尚甲兵。

寒怜秋树瘦，明爱晚山晴。

后日谁能料，空怀植杖耕。

　　原因之二是杜甫的身世感受、生活经历（尤其是安史之乱后，杜甫避难困居蜀中，以及唐军收复中原，杜甫买舟"即从巴峡穿巫峡，便下襄阳向洛阳"的一段经历）与他在八年抗战时期的一段生活经历和感受极为相似，引起了他强烈的共鸣。正如他在百开杜诗册《后续》中所写："蜀中山水，江流湍急，山石危耸，云树飞瀑之苍茫溅泻，虽一丘一壑，无有不可观者，是皆造物精心设置，一经杜公品题，发为诗歌，二者皆天下至美无双，足相匹配。我好游，寓居重庆大江南岸，每出游近冶名胜古迹，以及乡店僻壤，荆莽塞途无不到，中间去成都、青城、峨眉，沿岷江而归，所见益广，证诸杜集，益深嗜之……"共同的生活感受，使陆俨少与杜诗结下了不解之缘，难怪他每读杜诗，就不免产生创作杜甫诗意画的激情和灵感。如果说，巴蜀山川、峡江险水等自然造化是陆俨少创作杜甫诗意画的生活之源的话，那么，杜诗中描绘巴蜀峡江自然景色的脍炙人口的佳句，则无疑又成了激发他创作诗意画的艺术之流——时而潺潺细流，时而汹涌急流，无不如志。

原因之三是陆俨少最敬重杜甫的人品人格以及他对艺术精益求精，语不惊人死不休的追求精神。太史公有言"读其书，仿佛见其为人"，陆俨少则是读杜诗，仿佛见到了杜甫，仰之如见高山。基于以上三点原因，陆俨少总是不断地从杜诗中汲取艺术营养，觅取创作灵感。

陆俨少创作杜甫诗意画，究竟是先有诗题诗句，以画配诗，还是先画后题诗，以诗配画呢？我曾就这个问题请教过陆老。陆老告诉我说，他是在平日诵读杜诗时，将可以绘成诗意画的诗句或诗篇随手抄录在一个小本子上，然后在创作前反复吟咏构思，如何把杜诗中的意境变成画中的艺术形象。他作画从不打小稿，待胸中有了一个大致的想法，开始下笔，顺着笔意笔笔生发，由小到大，随机应变，原有的构思也随之发生变化。有时先后创作同一诗题的诗意画，画中的构图章法也会有较大的不同。

陆俨少的百开杜诗册页创作于一九六二年，完成后，曾在上海中国画院、浙江美术学院、苏州等地展出，均获好评，可是"文革"中散失三十余幅。关于散失的经过，陆老在这本册页的《后续》中做了详细的交代，兹不赘言。现存的百开杜诗册页，是一九八九年补全的。本文仅就这部册页的前后期画风谈一点浅见。

细观陆俨少二十世纪六十年代和八十年代创作的百开杜诗册页，可以明显地看出画风起了很大变化，这种变化也反映了陆俨少绘画创作在前后期画风的总体变化。因此有必要从总体上对陆俨少的前后期画风做一番简要的说明。

从总体上来看，陆俨少的创作大致可以分为三个阶段：第一阶段是从二十年代到四十年代，可以称为早期；第二阶段是从五十年代初期到七十年代中期，可以称之为中期；七十年代中期至今，可以称之为后期。陆俨少的早期创作，因五十年代前的连年战乱和后来的十年浩劫，留存已经不多，多为仿古、拟古作品，从中可以看出他学习传统技法的厚实功底，但尚未形成他自己独有的绘画风格，用陆老自己的话来说，叫作"自认早年笔未到沉着痛快境地"。陆俨少的创作真正形成自己的风格，是在五十年代以后，因此从画风上来说，七十年代中期也就是七十岁以前的作品，统称为前期画风，七十年代中期以后的作品，称之为后期画风。主要根据是，陆俨少在一九七八年创作的《云深不知处》这幅画上有这样一段题跋——"为予七十变法之始"，而在这幅画上，已经出现了"钩云""留白""墨块"等新的表现手法。陆俨少把"钩云""留白""墨块"的独创技法，作为自己老年变法的标志，而这三种表现手法，又确实促成了他晚年创作的独特风格。因此从这个意义上来说，这三法也可以作为他前后期画风分界的标志。

关于陆俨少前后期的画风，他在《陆俨少自叙》一书中曾经做过一番比较，他认为"在六（当作七）十年代前，我的画风较为缜密娟秀，灵气外露；七十年代以后，日趋浑厚老辣，风格一变"。他还说道："我自认近年笔力比前较为雄健，一扫柔媚之习，然过此前则流于犷悍。老年变法，释回增美，当时时警惕。因为所谓变法，不一定变好，也有变坏的可能。"以上两段话，可以看作是他对老年变法前后两种不同画风的自我认识。这种认识是否得当呢？笔者认为是得当的，确有自知之明，可谓"如鱼饮水，冷暖自知"。要探讨"百开本"杜诗册页前后期画风的变化，也可以从陆老的这两段自叙入手。

陆老说，他七十年代以前的画风缜密娟秀、灵气外露，反映在一九六二年创作的杜诗册中，风格正是如此。陆老说，七十年代的画风浑厚老辣，而反映在一九八九年补全的杜诗册页中，风格亦无二至。由工致缜密到粗放简约，确是一变，是笔法之变；由清丽娟秀到老辣浑厚，又是一变，是气象之变。下面就来具体分析。

六十年代初期，陆俨少创作百开杜诗册时，正值年富力强、精力充沛的中年——五十刚过之年。当年他在杜诗修养、人生阅历、生活底蕴上已趋成熟，尤其在笔墨技法上正进入一个黄金时期。为什么这样说呢？其一，五十年代上半期，他曾在一家私营书局画过十来部连环图，连环图需要构图章法上的多变，需要细致周密的环境描写，需要细微地刻画人物的神态表情，这些连环图创作所需要的章法技法上的基本功，自然而然地对他进行杜甫诗意画百开本的创作产生有益的影响。其二，一九五七年，他被打成"右派"以后，曾花了半年多的时间，画了两百多张一套课徒山水画稿，把各种树法、石法、山法、水法等传统技法画成草稿。"祸兮福所倚"，这套课徒山水稿的技法，为他日后创作百开杜诗册页打下了厚实的基础。其三，早在四十年代，他客居四川时，就开始创作杜甫诗意画，到了五十年代，他除了创作《杜陵秋兴诗意图》长卷外，还先后绘制了近十套杜诗册页，可以说他对于创作这类题材的作品已经积累了丰富的经验。正是基于这些因素，促成了他在创作杜诗百开册页时采用兼工带写的工致缜密的笔法，全面施展他在传统山水技法上的十八般武艺。

纵观陆俨少这段时间创作的杜诗册页，笔墨技法上确是工致缜密，他以传统的界画技法来画楼台亭阁，又一丝不苟地以各种传统技法画水、画云、画山、画树、画石，皴擦点染，笔笔到家。试以《乾坤日夜浮》这开册页来看，这幅作品中，陆俨少以画鱼鳞纹的传统技法来画江水，一道一道波纹画得十分工细，以其细密的水纹来描绘江水不舍昼夜地流动，暗喻《乾坤日夜浮》的诗意。画幅的东南角，又以界画的笔法添上了一小角城楼，以象征"吴楚东南坼"的诗意。从笔法上来说，城楼、风帆、水纹都采用了工笔、细笔、繁笔，但画面一点都不显得呆板、塞迫、杂乱，而是疏密相间，工写相辅，简繁相生，因此是一幅佳作。

当然也毋庸讳言，在陆老前期的杜诗册页中，也确有少数过于工致缜密的作品，由于过分工致，物象显得呆板，又因偏于缜密，布局呈现塞迫，在艺术效果上出现了功夫多一分，天趣少一分的现象。要说不足，这也许是一个不足。

与前期的工致缜密的笔法相比，陆俨少后期的笔法就显得粗放简约。如果说在小写意的笔法运用中，他中年时期较多地运用工笔、细笔、繁笔的话，老年时期却更多地使用意笔、粗笔、简笔。这种用笔上的变化与目力、精力有关，但更主要的原因，是七十岁以后他实行了老年变法。

老年变法什么呢？主要就是变笔墨上的表现技法。在长期的生活积累和艺术磨炼中，他终于一变传统技法，以"钩云""留白"之法画云、画水，以"墨块"之法画云、画石，以"连点"之法画树，形成了一套陆氏山水的独特表现程序。这套新的表现程序当然也包括他在用笔上的变化，包括他从工致缜密向粗放简约方面的转化。这种转化自然会反映到他的杜诗册页的创作之中。

《江亭晚色》是他一九八九年新创作的一开杜诗册页，与前面提到的《乾坤日夜浮》相反，同样是画城墙江亭，后者是用近似界画的笔法进行绘制，前者却只用粗笔简约的笔墨，勾勒出城墙江亭的大轮廓。为了加强江亭晚色的艺术效果，他又采用了"钩云""墨块"等新的表现手法，粗笔写来，使江亭在云烟缭绕、云树相掩的暮色苍茫中更富有诗意。

上文曾经提到，从工致缜密到粗放简约，是陆俨少前后期画风变化中的笔法之变，与此相关联的是这种笔法之变又促成了他画风中的气象之变，这就由清丽娟秀变成老辣浑厚的气象。

在谈到气象之变以前，先简略地谈一下何为气象。气象者，景象也，风貌也。气象一词最早出自与顾恺之同时代的东晋女诗人谢道韫的《登山诗》:"气象尔何物?遂令我屡迁。"而在画论中,又最先出现在相传是唐朝南宗山水的创始人王维的《山水论》中,论曰:"观者先看气象,后辩清浊。"五代的荆浩在《笔法记》也有相似的说法:"山水之象,气势相生。"这里借用王维的气象一词来说明陆俨少作品所呈现的景象、风貌。

清丽娟秀是陆俨少前期创作中呈现的一种景象,也是前期百开本杜诗册中呈现的一种气象。这种气象的形成,首先与他长期生活在山明水秀的江南水乡和西南水乡有关,正如清代沈宗骞在《芥舟学画编》中所说:"天地之气,各以方殊,而人亦因之。南方山水蕴藉而萦纡,人生其间其气之正者,为温润和雅,其偏者为轻佻浮薄……于是率性而发为笔墨,遂亦有南北之殊焉。"所谓一方水土养一方人。当然,山明水秀的南方自然景观反映到南方画家笔下未必都产生清丽娟秀的气象,但是这种气象又确是宋元以来出生于南方的正统画家笔下较多出现的一种气象。

产生清丽娟秀气象的原因,也与陆俨少学画的师承渊源有关。据陆俨少自述,他拜过两位老师,一位是教他学诗文的王同愈,另一位是教他学画的冯超然。这两位老师都是"四王"的推崇者,都不约而同地教他学画当从"四王"入手。冯超然则对他更寄予厚望，希望他能继承中国山水画自元明到"四王"的这个代代相传的传统。而陆俨少对"四王"也确有自己独到的看法，他认为"'四王'还是有它存在之价值，有许多宋元遗法，赖'四王'而流传下来的，如果食古不化，那么及其末流陈陈相因成为萎靡僵化，这是不善学的缘故。所以学'四王'必须化，化为自己的面目，我就是从这条路走过来的"（见《陆俨少自叙》）。在现代中国画坛上，"四王"长期以来作为"复古派"的典型代表屡受批判，陆俨少敢于对"四王"做出如此客观公允的评价，实属难能可贵。更为可贵的是，他还能十分坦率地承认自己就是从学"四王"，化"四王"为自己面目这条路上走过来的。"四王"中，陆俨少更为推崇王石谷，而王石谷又是清初画坛上以清丽闻名天下的，可见陆俨少的清丽娟秀与王石谷的清丽不无关联。中壮年时代的陆俨少就是这样深入"四王"堂奥，追本溯源，潜心苦研，师古人、师造化、诸法皆备于我，信手涉笔，皆成清丽娟秀气象。

由清丽娟秀到老辣浑厚是一个渐变的过程，它标志着陆俨少艺术境界上的一个升华，标志着他已跳出"四王"的法门，化古人笔法为我之笔法，并从名山大川、自然造化中参悟出前无古人的表现手法，创出自家的路数程式，熟中求生、繁中求简、博中求约、清丽中求老辣、娟秀中求浑厚，终成老辣浑厚之气象。

众所周知，一个画家的变法，尤其是对一个艺术风格已经定型，又有相当知名度的画家来说，确是一件十分困难的事情。年逾八旬的陆老在笔墨的变化中已经取得了很大的成果，但他还不满足，还要求变，要在色彩上再来一番变法，听说继《杜甫诗意画》百开巨册之后，他还要再创作一部《李白诗意画》百开巨册，真是一位壮心不已的艺术老人，在此遥祝陆老在新的艺术征途上取得更新的成就。

香港《名家翰墨》一九九四年

决澜社与庞薰琹

二十世纪三十年代初期，上海出现了的一个艺术社团——决澜社，庞薰琹是创始人之一。

庞薰琹出身于江苏常熟世家，十九岁赴法国学习艺术，曾在巴黎艺术活动中心——蒙巴尔那斯区，著名的格朗特歇米尔研究所学习过绘画。二十世纪二十年代的巴黎，正是现代派绘画风起云涌，此起彼落之时，而蒙巴尔那斯区的古堡尔咖啡店，又是现代派画家毕加索等人经常出没之地。庞薰琹在这样的环境中度过了五年，一九三〇年春回国。

决澜社酝酿发起于一九三一年秋，正式宣告成立在一九三二年十月，一九三六年解散。成立时发表了《决澜社宣言》，并举办了决澜社第一次作品展览会。

为什么要成立决澜社？庞薰琹在《决澜社小史》一文中写道："薰琹自苔蒙画会会员星散后，蛰居沪上年余，观夫今日中国艺术界精神之颓废，与中国文化之日趋堕落，辄深自痛心；但自知识浅力薄，倾一己之力，不足以稍挽颓风，乃思集合数同志，互相讨究，一力求自我之进步，二集数人之力或能有所贡献于世人，此组织决澜社之原由也。"

这之前，在《薰琹随笔》(见《艺术旬刊》)中，他清楚地谈到他的不满："我不明白为的什么？画国画的人，开口就要说，这是谁的笔法，画幅上也常看到，写上仿某某人笔意等的字句。并且，有时画很能表示出自己的风格和意境，而偏偏要摆上仿X仿Y，而使这幅画成了非猫非狗了。我更不明白为什么？画油画的人要去死仿塞尚、仿雷诺阿、仿毕加索等……"

此外，他还反对刻板机械地模仿"自然主义"和所谓"写实派"的绘画，他认为这种模仿自然的绘画，在现代"以数秒钟的时间拍一张照相，不会较描写数个月的一幅少真实"。由此，他主张艺术家应该利用各自的技巧，自由地、自然地表现自我。

这个艺术主张，在另一位创始人倪贻德起草的《决澜社宣言》中，表白得就更清楚了：

"我们承认绘画绝不是自然的模仿，也不是死板的形骸的反复，我们要用生命来赤裸裸地表现我们泼刺的精神。"

"我们厌恶一切旧的形式，旧的色彩，厌恶一切平凡的低级的技巧。我们要用新的技法来表现新时代的精神。"

"二十世纪以来，欧洲的艺术突现新兴的气象，野兽派的叫喊，立体派的变形，达达派的猛烈，超现实主义的憧憬……二十世纪的艺坛，也应当出现一种新兴的气象了。"

"让我们起来吧！用了狂飙一般的热情，铁一般的理智，来创造我们色、线、形交错的世界吧！"

决澜社成员有庞薰琹、倪贻德、陈澄波（台湾省籍）、周多、曾志良、傅雷、梁白波（女）、段平右、周真太、阳太阳、杨秋人、邓云梯、王济远、丘堤（女）、张弦。其中，傅雷因艺术观点的不同，入社后很快就退出，王济远在第二次作品展后退出；而丘堤、张弦，又分别是中途从日本、法国归国加入的。从年龄上看，除王济远、张弦、倪贻德三人年岁稍长，大多是二十多岁的青年人，是一个以青年为主体的美术社团。

决澜社每年举办一次画展，不到五年先后开了四次作品展览。从展览的作品来看，大多是人像、风景、静物、少数裸体。庞薰琹取材较广泛，从巴黎到上海、从都市到乡村、从西班牙舞女到机器人等素描、风景、人像、静物等。

倪贻德推崇塞尚、毕加索、马蒂斯、德朗、弗拉芒克、马尔盖等许多现代派画家。力的美，构成了倪贻德绘画形式美的核心，由此形成了他的果断、明快、单纯、坚实的艺术风格。也有人说，他的作品以洗练的笔法、对象的真实，求大面和整体效果。

周多和段平佑是两位湖南籍的艺术青年，又同在上海美专求过学，可是他俩的艺术追求就各不相同。周多起初热衷于学意大利画家莫迪利阿尼的变形的人体画，接着转入画法国野兽派画家若克的特异变形，最后转入法国画家特朗的新写实主义；而段平佑则始终出入在立体派时期的毕加索与特朗之间，时时变换着新花样。

两位广西伙伴杨秋人和阳太阳的画风似乎有些相近，他们都在追求作为超现实主义画家的毕加索和基里柯（意大利画家）的那种新形式，而在色彩上也具有南国人的那种明快的感受。

一九三三年才从日本留学归来的丘堤，赶上了决澜社的第二次画展。以装饰风绘画《花》，参加了画展。

张弦是最后加入决澜社的。他曾两度赴法学画，第一次赴法学得了印象派的皮毛，老是用混浊的色彩在画布上点彩，而结果往往失败。第二次赴法，他从临摹现代绘画的先驱者塞尚的作品转而对马蒂斯、特朗的画风产生兴趣，因而在决澜社展出的作品，带有更多的野兽派的单纯化倾向。

　　庞薰琹第一次画展开于一九三二年九月十五日至二十五日，略早于决澜社第一次作品展，展出地点是中华学艺社礼堂。据庞薰琹回忆，这次展出的作品，一部分是从法国带回来的，一部分是回国后画的，作风各种各样，但是，他的装饰风格的作品尤为突出。他喜欢用构成方法处理构图，即不同时间和空间的形象出现在同一幅画面之上。诸如《如此巴黎》《人生的哑谜》《画室内》。在《如此巴黎》作品中，画家将繁华而疯狂的夜巴黎浓缩在一个画面之上。女人在笑，男子的烟蒂，灯光摇曳，便是一扇门、二片窗、几张纸牌，也在时刻变幻着。

　　《地之子》是庞薰琹有感于一九三四年江南大旱、土地龟裂、民不聊生而花了几个月时间创作的一幅油画，在第三次决澜社作品展览中展出。他画一个将死的僵硬孩子，横卧在一个农民模样的男人手中。这个男人一手扶着孩子，一手握拳；孩子的母亲俯首靠在丈夫的肩上，掩面而泣。他们穿戴整齐，体质健康。据画家自述，他是用这对健美的青年夫妇来象征中国，而用将死未死的孩子来象征当时的中国人民。

　　庞薰琹试图采用象征主义的表现手法，来创作一幅中国总有一天会摆脱贫困主题的作品，居然会遭到政治上一系列麻烦。

《地之子》这类作品，在庞薰琹这段时期的创作中也并不多见。

从仅存的庞薰琹在决澜社时期创作的一些作品来看，他的画风确实受现代派画家基里柯，尤其是受毕加索的立体主义、超现实主义的影响较深。庞薰琹说他最佩服的就是毕加索。他认为，毕加索敢于改变自己的作风，抛弃自己所熟悉的一套办法，有勇气、才华和气魄。

纵观决澜社主要成员的创作倾向，他们大胆地借鉴和吸收了印象派以后现代派绘画的各种艺术风格和手法，在自己的创作中体现了出来，对于当时的中国艺坛，无疑是吹进了一股新鲜的美术之风。

可是，决澜社要把西方现代绘画移植到中国艺坛来，并以此来振兴中国艺坛的这个目标达到了没有？

应该说没有。这可以从以下几点看出。一是"曲高和寡"，观众寥寥无几。这个观众，不但是指一般爱好美术的观众，而且是指中国艺坛上的观众，包括学习、研究过西画的观众。舆论宣传也不多，虽有一定的影响，却形不成声势。因此，振新中国艺坛，就成了一句豪迈的空话。二是生命力短，不终而散。决澜社自创立到解散一共不到五年。生命力短，似乎是现代派绘画的基本特征。四十年代，庞薰琹深入少数民族地区，结合研究传统工艺，吸收民族装饰形式创作了不同于三十年代画风的作品，逐渐形成了又中又西、不中不西的独特风貌；倪贻德也转入了现实主义的创作道路。

笔者认为，决澜社社员在移植借鉴外来的艺术新品种时未能顾及中国的土壤、气候，是中途夭折的根本原因。一般来说，科技可以直接移植引用，而文艺不能直接移植引用，只能有选择地借鉴吸收，或者根据中国的国情适当地改良外来艺术品种，或者将外来的艺术品种进行嫁接、融合，或者吸收外来品种的技法，丰富、充实、改良中国固有的艺术品种。而要做到这些非得知己知彼不可，一方面对西方现代派绘画的长短得失应有深切的研究了解，另一方面对中国传统艺术的长短得失也应有深切的研究了解。应该说，决澜社的成员，包括主要成员庞薰琹，在这两个方面都是修养不足，或者说，他们只具有"'破'字当头"的勇气，而不知如何立。

据说庞薰琹在回国前夕，曾在古堡尔咖啡店请法国的一位老艺术权威看看他在巴黎的习作，批评指点一番。可是那位权威却问他几岁到巴黎学画的，学了几年，又问他对祖国的传统艺术研究过没有。问完后，并不看他的作品，却对他语重心长地说道："你来巴黎时还是个孩子，你的画不用看，可以想得到你受到的是什么影响……中国是有着优秀的艺术传统的，听说你想回国去，我认为你的想法很对，很好。你回去吧，好好学习十年。以后你来巴黎举行展览会，你不来找我，我也要为你写评论。"可是，当时庞薰琹对这位艺术权威的话不甚了然。要说失败，这也许是决澜社在艺术创作上的最主要的失败。

另外，政治气候的不利，也是一个原因，决澜社活动期间，正是日本侵略中国的外患日亟，国民党反左翼的文化围剿日剧之时。决澜社虽然是在租界里活动，但租界也不是安全岛，庞薰琹创作了《地之子》，就莫名其妙地遭到国民党市党部的威胁恐吓。据庞薰琹回忆，他虽然住在法租界，但在法租界的巡捕房里，就有他的厚厚一本档案，上面记载着他和决澜社的详尽活动。

其次，是经济条件的不足。据庞薰琹回忆，在组织决澜社的同时，他还开办大熊商业广告社，可是上海国民党市党部的恫吓于前，外国广告公司的干涉于后，地痞流氓捣乱敲竹杠，不得不收起摊子。

再次，从决澜社的宣言上可以看出，决澜社少年气盛，明显地流露了对传统艺术的偏见过激情绪，唯我独新、唯我独是，而这种偏激情绪也正是五四新文化运动留下的时代后遗症——所谓"是，一切皆是；非，一切皆非"，只顾挥起长戈向根深蒂固、实力雄厚的传统势力和"艺术权威"宣战。

笔者在本文粗略地分析了一下二十世纪三十年代兴起的决

澜社及其创始人庞薰琹在现代绘画艺术探索上的成败得失，也许对二十世纪八十年代以来，重新举起现代派绘画大旗，正在借鉴、探索后现代派艺术的艺术青年来说，可以温故而知新。

附：本文参考书目：

（一）庞薰琹：《就是这样走过来的》，

（二）倪贻德：《艺苑交游记》

（三）杨秋人：《回忆倪贻德和决澜社》

（四）傅　雷：《薰琹的梦》

（五）黄蒙田：《不倦的探索者——庞薰琹》

《美术》

合浦珠还万里归

——记美籍华人收藏家万公潜

在中国现代画坛上，溥心畬作为宋元山水画派的"最后一炷香"，应该有其一定的历史地位。在海外书画市场上，溥心畬的真迹也有很高的经济价值。尤其难能可贵的是，由于溥心畬晚年旅居海外，所以晚年的一些书画作品绝大部分流散在海外，大陆收藏不多。要感谢溥心畬的这位奇特朋友，居然将毕生所藏溥氏作品（绝大部分是晚年作品）无偿地捐赠给大陆，归还到溥心畬故居长期陈列，这对于爱新觉罗家族来说，当然是一件值得喜庆的大事，对于爱好和研究溥心畬书画艺术的人来说，同样也是一件十分高兴的事。

那么，这位溥心畬生前的奇特朋友是谁？他与溥心畬究竟有如何奇特的交往？为什么要不远万里，无偿地将这批十分珍贵的溥心畬书画捐赠给北京恭王府呢？

这位奇特的朋友姓万名公潜，一九一〇年出生于浙江嘉兴，原国民党军政人员，现已退休，定居在美国休斯敦。说万公潜是溥心畬先生的一位奇特朋友，是因为他俩从相识到相交，确有一段奇特的交往。捐赠仪式结束后，笔者曾向万公潜先生做了将近一个半小时的采访。

　　在北京饭店的一间宽敞的客房中，我拜访了年近八旬，但耳聪目明的万公潜先生。当我自报姓名后，万先生略作沉思，好像发现了什么新情况一样："噢，久仰，久仰，你的大作《南张北溥》早就拜读，是在《人物》杂志上读到的。想不到你这么年轻。"我对万先生说，也不年轻了，快五十岁了。他笑着摇摇头说："有这么大？我以为只有三四十岁呢。"

　　言归正传，我问万先生是怎样结识溥心畬的，万先生告诉我说，要问怎么结识溥心畬，得先从溥心畬为什么离开大陆谈起。

　　溥心畬为什么要离开大陆？万先生说："从表面上看，溥心畬离开大陆避居台湾，是投靠国民党之举。实际上不全是如此。大家知道，溥心畬是清皇朝的王孙，是末代皇帝的皇兄，可是推翻清皇朝是国民党，是中华民国。因此，从感情上来说，他与国民党、中华民国是有亡国之痛的深仇大恨。正因为有如此大的仇恨，所以在书画信札上题写年款上，从来不署

'民国'多少年，依然是干支纪年。为什么？他曾对我说过，万先生，我这个封建王孙是被'中华民国'革掉的呀。另外在他的不少诗中，也充满着对大清帝国的哀思和留恋。可是，他对共产党，平心而论是既无仇又无恨的。

"溥心畬本名儒，儒者，儒家之人也。溥心畬有个心愿，生前要继承儒家衣钵，死后把自己的骨灰放到孔庙里去，千秋万代，世世代代当一名儒家的人。可是当时在尊孔与反孔的这个问题上，国民党是尊孔的，所以他要离开大陆，避居台湾。"

万公潜的这段阐述，颇为精到，解开了溥心畬为什么要投靠国民党避居台湾的疑团。那万公潜究竟又是怎么结识溥心畬的呢？说来也颇有传奇色彩。

万公潜告诉我说，一九四八年秋，他游杭州烟霞洞，在洞壁上看到了溥心畬先生的一首题诗，这首诗写得很好，墨迹未干仿佛是刚题不久，他就用相机把诗拍了下来。一九五一年他到台湾后，听说溥心畬也在台湾，于是打听了溥的住址，拿着这张诗照登门拜访。溥心畬一见照片，又听他讲了照片的来历，十分高兴，左手夹着烟卷吸烟，右手提着画笔作画，口里与他交谈。待一幅画告一段落，他又从桌上随手取过一张纸来，用笔在纸上题了一首诗，诗中写道："孤帆浮海等飘蓬，今日逢君离乱中。曾向烟霞题石壁，不才敢比碧纱笼。款署辛卯春，亚刚（万公潜，字亚刚）话西湖题壁，感而赋此。"原来这首诗是溥心畬题赠万公潜的，万公潜当然喜出望外，这首诗也就成了他俩的定交诗。从此后，他就成了溥心畬家中的常客。

我问万先生，当年溥心畬的家境如何？万先生答道，家境很不好。他虽然担任台北师范大学艺术系教授，但是一位穷教授，住在底楼的几间不见阳光、又低又小的房间里。他的卧室里放着一张单人床、一张书桌，还有一间画室，面积很小。家中只有他和续弦雀屏。雀屏懒于家务，更不善烹调，但溥心畬是一个美食家。怎么办？只得自找门路。他家附近住着一些小商小贩小公务员，与他相处得不错，这些人知道溥心畬是一位善诗能画，又写得一笔好字的旧王孙，如今落难异乡，很是同情，于是大家轮流做东，每周请溥心畬到饭馆聚餐，也就是俗话说的罗汉请观音。溥心畬每次聚餐时就带上一幅字画，谁做东，这幅字画就归谁。万公潜作为溥心畬的客人，也参加过一两次聚餐。可是这种聚餐毕竟每周只有一次，每周一次的聚餐怎能够满足美食家的食欲呢？为了解馋，他就带着字画找熟悉的饭馆老板换饭吃。

溥心畬原本是很能喝酒的，但在这段时间内，他很少喝酒，即使聚餐时也只是浅尝辄止。万公潜曾经问他是否不善喝酒。他答道："余善饮但不敢饮。"为什么？也许是与他手头不富裕、经济拮据有关，但更主要的是一饮酒就会勾起他对往事的回忆，回忆起恭王府往日的繁华生活。由此看来，二十世纪五十年代初期，溥心畬寓居台北的生活比较清贫，也很单调，应酬极少，真可谓门庭冷落车马稀。但门庭冷落也有好处，可以静心治学治艺，著书立说。这段时期他写了不少诗文和学术著作。这段时间也是溥心畬书画的创作旺季，无论在产量上，还是在质量上，都达到了鼎盛时期。据万公潜估计，这几年的书画最少有数千幅。可惜这些书画大多用来换饭吃了，只有少量精品还保存在雀屏手中。

五十年代中期，溥心畬曾与朱家骅、董作宾联袂赴韩国讲学。讲学结束，朱、董两人当即返回台北，可是溥心畬却被日本商人接到了东京。在东京，几乎天天有人请他吃饭，这些请他吃饭的人多数是日本的书画古玩商。这些商人之所以要天天请他吃饭，原因很简单，当然是有求于溥心畬。原来当时的日本经济开始复苏，市场出现了不少日本侵华期间从中国各地掠走的书画古玩，这些书画古玩有真有假，可是日本的书画古玩商大多不善鉴别，不辨真伪，需要找一个高明的鉴赏顾问。而溥心畬出生于恭王府，府中收藏颇富，且见多识广，鉴赏古玩字画正是他的拿手好戏，自然成了日本商人的座上客。

溥心畬客居日本，天天过着养尊处优的生活，简直有点"乐不思蜀"。消息传到台湾，鉴于溥心畬是旧王孙，倘若定居日本，对台湾当局是不利的，于是派人劝溥心畬早日返台。有趣的是，这人也好收藏古玩字画，日本民间市场上涌现古玩字画，正是他收集藏品的好机会，可是他的鉴别眼力不高，往往上当，把假的当作真的。而今好不容易遇到了一位鉴赏行家溥心畬，可以请他当顾问，岂有轻易放走之理？因此他非但不劝溥心畬回台，反而劝溥心畬留在日本。于是台北报刊上谣言四起，说溥心畬要到大陆去，云云。

　　为了早日把溥心畬接回台北，国民党当局得悉万公潜与溥心畬是朋友，于是找万公潜谈话，让他去日本把溥心畬接回台北。万公潜为难地说："我与溥心畬虽然是朋友，但未必能把他接回台北，能把溥心畬接回台北的只有一人，那就是他的太太雀屏。因为溥心畬最听雀屏的话，而雀屏又牢牢掌握在我们手中，她是不愿意离开台北的。"台湾当局听从了万公潜的话，让雀屏去日本劝溥心畬回台。

　　果然不出所料，雀屏一到日本，就把溥心畬说动了。按照事先的约定，雀屏让溥心畬给万公潜发一个电报，约万公潜来日本一游，然后一起回台北。万公潜接电后，马上坐飞机抵达日本东京。溥心畬陪万公潜游览了京都和岚山，游罢岚山，溥心畬突然对万公潜说："万先生你是会喝酒的，喝酒的人一定会作诗，请你以岚山为题作一首诗如何？"万公潜被将了一军，急中生智，吟诗道：

> 云满岚山碧水流，
> 花开花落几经秋。
> 艰难留得余生在，
> 犹伴词人作遨游。

溥心畬听罢，情不自禁地赞道："好啊！万先生，您口口声声自称不会作诗，这就是诗啊，想不到不会作诗的人也作诗了！"

回台北的前夕，一位日籍华侨请溥心畬、雀屏吃饭，以示饯行。这位华侨并未请万公潜，万公潜从雀屏处得悉东道主的大名，不请自去。在一家日本豪华的餐厅里，正在等候东道主的溥心畬，见万公潜也来了，惊奇地问："万先生，您也接到请柬了啊！"万公潜摇摇头。溥心畬不以为然地说："人家没有请您，您怎么来了呢？"万公潜坦然答道："请放心，溥先生，如果主人挡驾，我马上就走。"不一会，这位气宇轩昂的华侨走了进来，他一见万公潜，惊喜地叫了起来，原来他俩早已相识了。

餐桌上，溥心畬不无留恋地对这位华侨说，明天就要离别日本了，不知何日再能重游旧地。这位华侨神色凄然地对溥心畬说，回去容易出来难，回台北后再要来日本，怕不容易了。言外之意是劝溥心畬不要回去，继续留在日本。溥心畬随口问万公潜道："万先生，您说，我回去后还出得来吗？"问者无心，答者有意："当然出得来。"就这样，第二天，溥心畬在雀屏、万公潜护送下回到了台北。从此以后，溥心畬再也没有重返日本。也许是为了兑现万公潜"当然出得来"的诺言，回台不久，他在万公潜的陪同下，到境外两地举办了一次巡回画展，历时两个月。溥心畬的画名也因此鹊起在东南亚。

不久，台北历史博物馆落成，博物馆画廊开展的第一天，想借溥心畬的画展出，可是雀屏不肯出借。万公潜获悉后，就对溥心畬说："你的画，有钱人买得起，但是不一定感兴趣，即使花钱把你的画买了下来，或者是为了收藏，或者是附庸风雅，而这真正对你的画感兴趣的，又买不起你的画，怎么办？只有通过办画展才能看到你的画。"接着，万公潜又举客居香港的京剧名演员孟小冬为例，孟小冬的成名是在舞台上，她的艺术生命也就在舞台上，离开了舞台，离开了观众，就没有孟小冬。与名演员相同的是，一个名画家的艺术生命也在广大观众和读者之中，而不在少数收藏家手中。他反问溥心畬道："难道你画画就是为了让少数收藏家来收购你的画吗？"万公潜的这一席话打动了溥心畬，他终于让雀屏把画借给历史博物馆画廊展出。

一九六三年春，溥心畬得了鼻咽癌，耳朵后面还长了一个肿块，用放射治疗很痛苦，治疗了一段时间，他坚持不了，就停止放射治疗，他心里也很清楚，是得了不治之症，将不久于人世。出院回家后，将平时未题款的画全补题了款，还题写了诗跋。除此以外，溥心畬还在病床上编成了《寒玉堂诗文集》。果不其然，不久病情转危，口不能言，手不能写，当着万公潜的面，他用颤抖的手写了一张谁也无法辨认的便条，请万公潜送到出版社去。万公潜知道他最不放心的是他刚编完的这部诗文集的出版，于是马上点头示意，大声告诉他说，出版社之事请他放心。

万公潜是溥心畬晚年的一位十分亲近，但始终不知其真实身份的奇特朋友。实际上万公潜是国民党当局安插在溥心畬身边监视他行动的特工人员。但长期的交往，使万公潜对溥心畬的人品、诗品、画品、书品有了较深切的了解，并产生了深厚的感情，除了不得不执行台湾当局交办的不让溥心畬定居海外的特殊任务外，一般情况下，他成了溥心畬的知心朋友。因此溥心畬生前题赠万公潜的书画很多，其中有一些是即兴的游戏之作。比如万公潜是一位梨园票友，有一次登台演出，扮演黄天霸，约请溥心畬去观看，溥心畬看戏后，画了一幅黄天霸的戏装人物，并题款道："万老爷客串黄天霸。"万公潜得画后十分高兴，请溥心畬再为他这个五音不全的票友题写条幅留念，溥心畬想起万公潜在台上扯破了嗓子南腔北调地唱着谁也听不懂的唱词，不由微微一笑，点头答应，随手从书架上搬出了一部康熙字典，查了一下，题写了谁也不识的四个异体字条幅：声震致嘯。

我问万公潜先生：为什么要不远万里无偿地将这些珍贵的书画捐赠到北京恭王府长期陈列？万先生告诉我说："我捐赠溥心畬书画的动机：一则是出于合浦珠还物归原主，溥心畬先生送给我的东西，如今送还给溥先生诞生和长期居住过的地方，以慰故人于泉下。二则有感于当前海峡两岸书画界某些不尊重传统艺术的风气，欲激浊扬清，对继承和发扬祖国传统书画艺术有所助益。"所以，他向北京有关部门提出了捐赠恭王府长期陈列的要求。

在溥心畬书画的捐赠仪式上，中国文化部常务副部长高占祥代表文化部和中华文化联谊会向万公潜先生颁发了捐赠证书，证书上这样写道："万公鉉（大镕）先生，为弘扬中华文化，提倡继承我国书画艺术的优良传统，特将收藏多年的溥心畬力作六十九件赠予北京恭王府，特颁发此证书，以致谢忱。"

何海霞的艺术道路

　　国画大师张大千在台北逝世后，不少人的眼光自然而然地转向了他的门人，究竟有哪些门人，能把他的绘画艺术发扬光大并卓然成家呢？！

　　也许有人要问，张大千生前究竟有多少门生？关于这个问题，我曾在《大风堂门人小记》（见辽宁美术出版社出版的《张大千艺术圈》）一文中做过初步的考察。他在一九四九年底离开大陆前，曾收门人八十八位（参阅《大风堂门人录》己丑二月编）；在海外又收过二十位左右，共约一百零八位。不过，时过境迁，这一百零八位门生中，至今仍在从事中国画创作的怕不到一半，而在这一半门生中，真正能在艺术上得起真传，发扬光大并卓然成家的，恕我直言，确实屈指可数。而何海霞就是屈指可数中的一个。张大千的老友叶浅予在题《何海霞画册》的诗中这样写道：

披读海霞册，仿佛见大风。

大风门下士，画亦遍寰中。

何氏识最晚，神韵早出众。

殷期创新意，放胆登高峰。

何海霞（名瀛，幼名福海），一九〇八年出生于北京的一户满族家庭。父亲何子元酷爱书画，书法甚有功力，鬻字为生。何海霞自幼随父学书。因家贫，只读了几年书便辍学从业，后经人介绍投师韩公典学画。韩公典是一位专事仿古的画家，善仿明代文、沈、仇、唐四家，何海霞从韩氏处临习了明四家画法，并研习了清代"二袁"的楼台界画，学得一手严谨工整的笔路。为生活所迫，仿作古画，得名于琉璃厂。

何海霞投师张大千是一九三五年四月的事情。这时张大千正在北京举办画展，经裱画匠张佩卿介绍，何海霞以一幅《高士图》求教，得到了张大千的赞赏，收为入室弟子。在大风堂里，何海霞饱览了张大千的八大、石溪、石涛三高僧的名迹珍藏，由明四家转入三高僧的研习临仿，画风也由工整严谨转向清隽潇洒。应该说投师张大千是何海霞一生的重大契机——没有当年的张大千，也就没有今天的何海霞。正如一位画友当面对何海霞说过的："你的作品中总是可以看到张大千的魂。"何海霞对此并不避讳。

那么张大千的魂又是什么？我曾就这个问题请教过何海霞。他认为："大千先生的魂就是石涛的魂。石涛的画讲究亮、巧、清丽，大千先生的画也讲究这些东西，我的画追求的也正是这些东西。"他还进一步阐述道："大千先生的艺术个性是什么？我认为可用四个字来概括：风流潇洒。风流潇洒不仅贯穿在他的绘画艺术中，而且贯穿到他的诗文书法、他的为人处事中。要说魂，这就是大千先生的魂，也正是影响我一生的魂。"

何海霞的这段关于"张大千魂"的阐述十分精辟，道出了他在师古人阶段中由明四家到三高僧的渊源，也道出了石涛—张大千—何海霞一脉相连的师承关联。

关于张大千与石涛的血缘，画坛上已有不少人写过评论，美籍华裔学者傅申还写过一篇专题长篇论文（参阅台北《雄狮美术》月刊一四七期：《张大千与石涛》）。在诸多的评论中，我认为尤以张大千的老友陈定山（原名陈小蝶）的论述最为言简意赅，一语中的。他论道："张大千是个聪明人，他从石涛起家，又把石涛一口气吞入腹中，捣个稀烂，吐得出来，化作唐宋元明千百个作家。"表面看来，陈定山的这段话只说了张大千的早中年画艺，他早年从石涛起家，临石涛、仿石涛，临仿得可以乱真，不知瞒过了多少海内外著名的石涛迷、石涛癖，成为名扬海内外的"假石涛"专家。中年后，他又从石涛上溯明元宋唐，将石涛"搞个稀烂"，化作千百唐宋元明的名家名迹，真所谓学谁像谁。自从二十世纪六十年代后——也就是张大千步入老年时代后，应该说张大千在艺术上产生了一个飞跃，他跳出了石涛，跳出了唐宋元明，进入了他独创的泼墨泼彩阶段。那么在他的泼墨泼彩近似抽象的作品中，是否寄托了石涛的阴魂？

诚然，无论从宏观上看泼墨泼彩所产生的气韵，还是从微观上看他接笔中的造型笔墨，依然打上了石涛的胎息——石涛的"阴魂"依然不散。难怪他在晚年谈到他与石涛的关系时，要这样感叹道："昔年唯恐其不入，而今唯恐其不出。"可以这样说，张大千的一生，确实与石涛结下了不解之缘。而这个不解之源，早在五十年前又通过张大千之手，传到了何海霞的手中。

何海霞的第二个艺术阶段是师造化，这个阶段是从五十年代中期直到七十年代末。

新中国成立后，何海霞由成都移居重庆，后从重庆取道西安，拟返北京，但在西安结识了赵望云、石鲁。赵望云是张大千的画友，三十年代中期曾以山水画的笔墨画人物，在天津《大公报》上开辟了《农村写生》专栏，在画坛上初露头角。石鲁曾在延安圣地学过革命文艺思想，又从事过版画创作，五十年代转入中国画创作，是一位革新中国画的闯将。与赵、石两位相识，无疑对何海霞的创作思想产生了很大的影响，尤其从石鲁处他第一次接触到毛泽东的《在延安文艺座谈会上的讲话》。"讲话"使他懂得了生活是一切艺术创作的源泉，艺术源于生活又高于生活的道理，也加深了他对中国画论中师造化的理解。在石鲁的引导下，他终于从一味"师古人"中跳了出来，跳到师造化，跳到艺术创作最丰富的生活源泉中来。石鲁的年龄尽管比何海霞要小十多岁，可是在接受"生活是艺术创作源泉"的文艺思想上又比何海霞要早十来年。闻道有迟早之分，年逾不惑的何海霞，则以刚过而立之年的石鲁为师。

　　结识了石鲁、赵望云后，何海霞在西安留了下来，一留三十年。西安时期是何海霞创作精力最旺盛的时期，也可以说是在画风上与张大千拉开距离的时期。五六十年代，在石鲁、赵望云的带动下，西安涌现了一批有西北高原地域特色，又各有艺术个性的画家，形成了中国现代美术史上，值得大书一笔的"长安画派"，而何海霞正是其中的一员得力"干将"。他先后创作了《驯服黄河》《禹门三叠浪动人》《春到田间》等作品，受到美术界的好评。

　　西安时期的何海霞，之所以能与古人、张大千拉开距离，关键在于他能带着激情投身到大自然中去，投身到改造大自然的祖国建设中去，细心观察生活，观察大自然的变化，观察人与大自然的内在关联，从中捕捉出动人的具体细节和形象，目识心记，神与物游，并将这些动人的细节和形象酝酿构思成一幅幅画面，运用或改造传统技法和形式，画出自己的感受和寄托，画出自己的立意来。意在笔先，立意不同了，取材不同了，旧的表现形式和手法不可能完全袭用。正如鲁迅所说："旧形式的采取，必有所删除，既有删除，必有所增益，这结果是新形势的出现，也就是变革。"变革的结果是出现了与前人不同的画风。

从师古人到师造化，从一味袭用旧形式、旧技法到删改旧形式、旧技法，增添新形式、新技法为新的题材内容服务，对何海霞来说确实是一大进步。为此他不断受到石鲁的鼓励和赞赏。石鲁赞赏何海霞善于学习，学传统技法，学什么像什么；还赞赏何海霞善于观察生活，善于在生活中发现和捕捉具体动人的艺术细节和形象，画什么像什么。更值得称道的是，他还巧妙地将一些动人的细节形象变成画眼，起到画龙点睛的作用。难怪石鲁要为何海霞题写下"江山灵秀，一代画杰"的题赞。

北京著名画家李苦禅当年看了何海霞的新作后，也对他敢于进行写生，而且将传统笔墨用到新作中表示钦佩。

何海霞艺术创作的第三阶段是师我心阶段，所谓师我心就是画我心里想画的画。这个阶段自他年逾古稀至今，"七十而从心所欲不逾矩"，孔老夫子的这句话，正好为何氏的师我心作注。

二十世纪七十年代后期，经历"文革"磨难的何海霞重返画坛。在十年浩劫中，何海霞像孙悟空一样，投进了太上老君的八卦炉，受到了炉火无情的烤炼，练就了一副"钢筋铁骨"。重返画坛后，老夫聊发少年狂，他壮游名山大川，开阔胸襟，拓宽视野，满腔热情地投入了创作。他忘了自己已至古稀之年，他解放思想，打破传统框框，古为今用，洋为中用，独辟蹊径，实行变法。他一变传统水墨画的以墨为主，将油画、水彩、水粉画中丰富的色彩构成，巧妙地融进了自己的画中，形成了线条与色块相结合的或重彩重墨、或淡彩淡墨、或富丽堂皇、或典雅灵巧、或泼辣刚健，变为独特的艺术风格。无论是寻丈巨幅，还是斗方小品，都出现了他前所未有的新面貌。尤为可贵的是，他将传统的大青绿与水墨相结合，创造了可以独树一帜的何记青绿华山的艺术形象。

众所周知，传统的大青绿山水，是采用"青绿为质金碧为文""阳面涂金，阴面加蓝"的工笔勾线、重彩填色的办法，这种处理办法虽然能使画面金碧辉映，富丽堂皇，颇具装饰性，但总因工艺制作痕迹较重，勾线填彩者不易平均使用力量，而失无灵动之趣。何海霞将工笔青绿与意笔水墨结合起来，也就是将灵动的写意线条与青绿色块结合起来，用他自己的话来说，是"以足够的墨线点土石树木，待稍干，以草绿色施于画面。稍停，用鲜三绿石色，染于草绿上"（见《林泉拾萃——山水画法漫谈》）。这种先皴后染，先写墨线后上色块的办法确实可以破除工笔勾线填彩易于出现的平板弊端，使画面既见笔触墨痕，又得苍润浓厚的实感。在用色上，何海霞善于运用大面积的冷暖强烈对比来烘托山的宏大气势，在巨幅青绿华山中，他用菊黄色的暖色天空背景，映衬大青大绿的冷色山石前景，为了破除青绿冷色过重，他再用金粉（暖色）来勾勒山石的脉理或山石上的树木，从而使整幅作品呈现出暖中有冷，冷中有暖，既有强烈对比又能和谐统一的灵动局面。

当然，在塑造中国的五大名山之一西岳太华的艺术形象上，何海霞也是独具匠心的。华山向以险峻雄奇著称于世，不少画家画华山时总是着眼于华山之险峻，从险峻上构图造型，将山头画成或长剑刺天或孤峰危石。何海霞则不然，他画华山（尤其是青绿山水中的华山）却往往着眼于华山的雄奇，从雄奇中塑造华山，因此他笔下的华山山头是平面几何形的，巍然屹立，雄姿英发。这种平面几何形的华山山头，既是从真实华山山头中观察来的，又是为了突出华山的雄奇风貌，采用典型化的手法，夸张变形而形成的。可以这样说，平面几何形的山头，成了何海霞画华山的程式符号，也成了他区别其他画华山画家的显著标志。由此可见，用青绿金碧的技法画平面几何形的华山，是何海霞的一个独特创造。

常常有人问何海霞："你画的这幅华山，究竟画的是华山什么地方？"何海霞总是笑而不答。实际上他是采用了石鲁告诉他的艺术创作典型化的办法，将大自然中的华山在头脑中净化——加减取舍，由实而虚，再由虚而实，重新创造出一座华山——似华山又不似华山的艺术作品中的华山。如何将大自然中的华山，变成艺术作品中的华山？何海霞在《山水情趣》一文中写道："我有一条经验，就是到大自然中去，从来不依靠速写本，在屋子里画画，也从来不画速写本的，凭自己脑子记，'目识心记'是很有道理的。绘画要摆脱自然的束缚，就是不能靠速写。"他还进一步写道："我创作时，常常把山搁到上头去，有时也把山放到底下来，这就可以使我们在描绘同一地方时，能产生很多不同的构图和意境，就不至于千篇一律了。"

五十年代以来，何海霞八上华山，读了几十年华山这部大书，也画了几十年华山。他画华山，不仅画出了华山之形，而且画出了华山之神、华山之魂。华山成了他艺术生涯中长相随的伴侣，也成了他可以对话抒发感情的知己。他画华山，实际上是画自己，画他的喜怒哀乐，甜酸苦辣，一句话，画他在人生旅途中的种种感受。同时，他画华山也是在画一种精神，一种自强不息、威武不屈、知难而上的精神。这种精神不正是中华民族精神的象征吗？这也许就是何海霞要从雄奇上着眼画华山的一个重要原因。

在现代山水画坛上，何海霞确实是一位传统技法的多面手，他既能画工笔重彩、界画，又能画没骨、小写意、大写意乃至泼墨泼彩。他还精通各种山法、树法、水法，其中有些技法是他从写生中总结出来的。他既善于画寻丈巨匹，也喜作斗方小品。一九九一年以来，他先后创作了《大明宫图》《大地长春》《爱我河山》《富春江上》《西岳太华》《金碧山水》《庐山图》《相依相存》等巨幅山水。其中《大地长春》是八十年代初，他任陕西国画院副院长期间，在报刊上看到张大千先生在台北与六位画家合作绘制《宝岛长春》巨幅作品的消息后，积半年之功，为北京饭店创作的高二米、宽十五米的巨幅山水。

如果说何海霞的巨幅山水是以典雅刚健取胜的话，那么他的斗方小品则以清秀灵巧著称。这些斗方小品像一支支抒情小曲，自由地抒发了他在大自然中的所思所感。在表现手法上，他更多地采用水彩或泼彩与水墨相结合，大面积地施以抽象与具象之间的云天山水彩墨，省去状物写景的繁复勾勒皴擦，只在关键部位进行收拾，突出画眼，起到画龙点睛之功。何海霞的抒情小品画得很轻松，但又十分巧妙，仿佛信手拈来，但又涉笔成趣，确实具有很大的观赏价值。但恕我直言，这些斗方小品受乃师画册页小品的影响较多，面貌上很难与张大千拉开距离。

何海霞今年八十又四，已步入耄耋之年，可何老一点也不服老。笔墨当随时代，无论在绘画观念，还是绘画形式及表现技巧上，他都能紧随时代不断求变求新，这对于一位从旧时代过来的老画家来说，确实难能可贵。但是人生毕竟有限，如何在有限的人生中，集中精力，突破最后一道防线，独树一帜，卓然成家，这是一道很大的难题。也正是叶浅予在"殷期创新意，放胆登高峰"两句诗中所寄予的厚望。

学艺学识更学人
——孙家勤大风堂学艺记

　　吾生也晚，无缘得见大风堂主张大千居士，却有缘结识了海内外众多的大风堂门人。大千居士二十世纪六十年代，在巴西八德园所收的四位关门弟子，现居台北的孙家勤先生，就是其中的一位。关于孙先生其人，我曾在《闲话大风堂》（见《万象》二〇〇九年四月号）及其自画像配文《大风堂里的双博士》（见拙编著《百美图》二〇〇七年山东画报出版社增订版）中已略有记述，本文要向读者介绍的是他的艺术履历以及如何远渡重洋赴巴西八德园向张大千学艺的。

　　孙家勤，字野耘，祖籍山东泰安，一九三〇年出生在辽宁大连的名门之家，其父是北洋五省联军的总司令孙传芳，可惜他五岁失怙。家勤早慧，七岁随母学画，十五岁就加入了北京湖社画会的嫡系"四友画社"，画社由湖社第二代的四位画家组成，其中陈林斋教人物，王仁山教山水，杨敏教花鸟，常斌卿则教走兽，孙家勤主要从陈林斋老师习工笔人物画，学了三年，打下了扎实的线条勾勒、骨法用笔的传统基础。后入北平辅仁大学，向汪慎生老师学花鸟，向溥沂（雪斋）老师学书法，课外还向溥佺（松窗）先生学书法。好景不长，只学了一学期，解放战争爆发，学业中断，其母又不幸逝世，他只得孤身一人，辗转港台，投亲靠友。时年十九。

台师大与丽水精舍

一九五一年，二十二岁的孙家勤决定继续自己的绘画学业，考入了省立师范学院艺术系（后改名台湾师范大学，简称"台师大"）。当时的师大，除了学费全免，每月还有七十四块台币的生活补助（相当于一点五美金），学校管吃住，每季发床单，还供给制服，所以生活上还过得去。当年的师大美术系，是台湾唯一的艺术专门科系，可以说是汇聚了那时最佳的师资阵营。"木工由许志杰任教；素描由朱德群、林圣扬及陈慧坤、赵春翔等诸位老师轮流教授；油画则有廖继春、袁枢真指导；水彩由马白水教授；图案先后有王昌杰、郑月波、廖未林；雕塑有何明绩、阙明德；书法有宗孝忱教小篆，王壮为指导篆刻；用器画（现称'图学'）由莫大元教授（黄君璧之前的美术系主任）；还有一门跟教学有关的科目叫'板书'，则由创立艺术教育馆并担任第一任馆长的冯国光教授任教。"

"国画方面，系主任黄君璧，教山水；林玉山先生教授花鸟；另外还有金勤伯、溥心畬、孙多慈等前辈名家。能同时受教于多位名师，我们这些学生可说是'命很好'。"［二○○六年五月十一日孙家勤口述稿。录自《孙家勤·承古创今》主访，编撰郭沛一。台湾历史博物馆口述历史丛书（八）前辈书画家系列七，二○○六年十二月版］。

据孙家勤回忆，他自师大毕业后，担任助教，与当时美术系老师相处机会甚多，在名师荟萃的师大里，他觉得影响他最深最熟悉的师长首推金勤伯，由于其师事的陈林斋老师与金勤伯同属湖社画会，故他与金先生本就有师门之谊。另外两位便是黄君璧先生及溥心畬先生，他一进师大，便上黄君璧的课，任助教期间，更是朝夕共处，相处十多年，可以说是非常熟悉。而溥心畬先生，在他三年级的时候，溥先生首次在师大授课，也许与溥先生超然物外的个性有关，他对身边事情不太注意，一出门就找不到家，所以担任课代表的他，每次上课都由他安排三轮车接送来回。这件工作，到他担任助教时仍是如此。说到"南张北溥"，他对受教过的两位大师，描述得简单而贴切："若说溥心畬先生是李太白，大千先生就是杜甫。"

台师大期间，尚有一事值得一记。这就是孙家勤在大三时（一九五五年，二十六岁），与两位学友兼画友胡念祖、喻仲林合作，仿照"四友画会"的组织形式，成立了"丽水精舍"画室。画室设于台北丽水街旁的河边，河边有一家周姓大户，在三合院的打谷场边靠河的地方，又加盖了一间房子。周家三合院与师大宿舍隔河相望，于是孙家勤诸人就把这间空屋租了下来，当作工作室。工作室里时有学弟、学妹来访，慢慢变成了他们的学生，他们又介绍别的朋友来，规模逐渐扩大，于是孙家勤又仿效"四友画会"的做法，每人专教一门，喻仲林教花鸟，胡念祖教山水，孙家勤教人物。画室很大，放三张桌子绰绰有余，平常三个人各自授课、作画。当时他们有个默契，到了中午十二点，就把手头的活儿放下来，孙家勤就张罗吃的东西，大家喝酒谈天，互相批评当天的作品。画室里，还常有两位不请自到的老先生，一位是时任台大文学院院长台静农先生，另一位是台北故宫博物院的研究员庄慕陵，他们的住处距丽水精舍不远，所以成了常客，加入了吃喝聊天的行列。两位老先生不但学问渊博，而且本着对后辈爱护的心态，对他们的新作多有指点批评，使他们获益良多。台静农后来还成了引荐孙家勤拜师张大千的介绍人。

在台师大，孙家勤先当学生后当老师，前后待了十四年，他由助教升为讲师，边教边画，职业是教师，业余是画家，无论是教学，抑或是绘画，他都是师大的优秀人才。如果继续在师大任教，他可以按部就班，逐步升级，稳取教授、知名画家的头衔，立业成家，生活上也不用太费劲，准过得安逸舒服。倘若没有日后拜师张大千的机缘，他的学业和画业上，怕也难上层楼，未必有今日的成就。

大风堂学艺

谈到孙家勤远赴巴西投师学艺，事情要从一九六三年说起。当时的张大千已名满欧洲，如日中天，正想物色一个学生当助手，继续向国际艺坛进军。于是委托台湾老友台静农和张目寒帮他物色。台静农常去丽水精舍，对孙家勤三人的画艺人品了然于心（三人中一人年岁较大，一人已成家，只有孙家勤尚是三十多岁的大龄青年），于是他征询孙家勤的意向。孙家勤向校内的同学好友征求意见，好友们意见不一，经过一番考虑，为了艺术上的百尺竿头，更进一步，他接受了留职停薪的建议，向师大请假一年，去巴西进修，学艺大风堂。孙家勤画了以五张宋人山水为主题的小品，委托张目寒先生，带给正值过境香港的大千先生过目。大千先生看了很满意，便委托台静农与张目寒代为收徒。大风堂的收徒仪式有严格规定。孙家勤按照大风堂拜师的规矩，备了香案，在饭店里摆上酒席，请了大千先生在台湾的所有门人弟子，来参加他的拜师典礼。这一天，他当众三跪九叩，向台静农、张目寒两位前辈行了大礼。此后，他就成了大风堂名副其实的入室弟子。又据孙家勤回忆，他拜师是一九六三年。这一年夏天，大千先生送女儿张心瑞到香港回大陆，顺道去德国科隆举办画展。回程时经过台湾，作短暂的停留。也就在他留台期间，他才叩见了大千先生。至于整装远赴巴西，那是翌年底的事了。

一九六四年十一月底，孙家勤搭乘荷兰籍宝树云海轮由中国台湾转航日本，从日本出发，经过四十天的海上颠簸，抵达巴西圣保罗州，桑托斯港口。大千居士的次子张心一（葆萝）来接船，接到八德园，已是晚上九点左右了。老师尚未休息，正在等待他们归来。见面时，孙家勤向老师恭恭敬敬行了跪叩大礼，从此开始了他在八德园大风堂的学艺生涯。

八德园，是大千居士从阿根廷迁居巴西后，负债购置的一座旧园林，占地九公顷，距离圣保罗市约八十公里。这座园林原本是一个果园，种有数千棵柿树，以产柿而闻名。据唐人笔记《酉阳杂俎》记载："柿有七德，一入药、二作书、三色美、四无虫、五果可食、六作茶、七入画。"大千先生又给加了一德:"其叶肥大,可以作画。"于是就以八德园名之。为了把八德园营造成一座可居可游可观可入画的中国式圆林,他将九顷果园依公路为界一分为二,三顷果园保留千余棵柿树(每年可有四五千美金的收入)。另外六顷果园则砍掉柿林,按照理想的中国园林,不惜耗费巨资,不惜人力物力精力,从世界各地运载奇松巨石,名花异草,开渠引水灌湖,运土堆丘造山,架桥建亭,逐日逐月逐年,十年如一日,直到孙家勤走进八德园,仍见大千老师天天指挥民工花匠修园剪枝不止。营造八德园,成了张大千读书、作画外的一大工程。当然营造八德园,并非将园林建成可供安乐享受的极乐世界,而是把它变成取之不尽、用之不竭的创作素材。诚如他对孙家勤所说:"八德园是我的大画布,所有的树木花草全是我的画材,我用我的自然画材摆布在我的画布上,实在我是在用功,并不是在布置一块我自己休息的地方,所以我很忙。忙着作画,忙着读书,忙着布置我的花园。"(见《雕宰三年,师恩似海》荣宝斋杂志二○○四年第五期)

《雕宰三年,师恩似海》是张大千逝世后,孙家勤写的一篇纪念文章,在这篇文章中,他真实地记录了在八德园的学艺生活。奇怪的是,在这篇万字长文中,很少涉及张大千如何教他作画，作山水、作花鸟、作人物、作猿猴禽兽，而这些绘画技法正是一个学生学艺的主课。诚如他在"自述"中坦陈："没去之前，我以为张老师是一个职业画家，我跟他学学技术就完了。但是在跟他一年后，我就发现，他是艺术家，他学问好，做人成功，他知识广博啊！我很少看到有人有这么好的知识，很少有他不知道的事情，而且叙事清楚。所以我才决定，能够尽我的一生跟他在一起。"孙家勤原先打算向师大请假一年，结果一延再延，最后落脚巴西。

孙氏说，远赴巴西，原本冲着大千老师的山水绘画技法而去的。可是与老师相处一年后，他发现老师并不是一般卖画为生的职业画家，而是艺术家，学问好，做人成功，知识广博。于是舍末求本，学识学艺更学人，决心向老师求学问、学知识、学做人。那他又是怎样学的呢？据孙氏记载："在八德园中，老师的生活是非常忙碌的，每天约四时起床，即在相连卧室的小画室中作画，五或六时天色亮起来了，即到园中散步，医生嘱咐他每天最少要散步一公里，由主房到五亭湖，一个来回刚好一公里，直到巴西工人上工，开始指导工人修正石头的位置，指定今天要种的树，以及树枝的方向，九时才回房前的松树下面吃早点。其后即回房休息。十一时作画，十二时午饭，午后略事休息，有时就在园中树下的石头上睡一个午觉，二时左右起来在园中散步，五时饮下午茶，七时晚餐，餐后，不是在廊下闲谈，就是作画，如果精神好，这段时间画的最多，九时入睡。"从这份作息表上可以看出，大千先生每天作画的时间并不太长，也就是三四个小时，但效率颇高，成百上千幅作品也由此而生。他更多的时间用在散步或指导工人修整园林。当然散步不光是休息，主要是构思思考园中的"大画布"和笔下的画稿。

孙氏说，他每天五时就等在园中，追随老师在园中散步，这时他得到最多的益处，除了老师在沿途指点晨雾变幻、苍松含露的自然美景，唤醒他的注意力外，还泛谈古今书画，由辨认真伪，到画家的传承，上下古今无所不谈，使他真正了解了古人所谓"咳唾皆金玉"的真意。

孙家勤初到八德园时，园中饲养着两白、两黑四只猿，其中两只小猿叫茜达和玛丽，与人非常亲。每当清晨，他陪同老师到五亭湖时，茜达总是窜前跳后跟着走，或牵着他的手，或挂在他的膀子上，这时老师会讲关于印度猿、四川猴的故事，并叫他趁这个机会，加深对猿的认识，研究猿的动作，飞走的体态，手足的结构。也就是在这个时候，他临摹了老师收藏的元代易元吉《槲树双猿图》，并说画猿猴不宜露齿，露齿则易露野性，而易元吉这张猿图，虽露齿却有文气，是难得的好作品。

大千先生最喜欢的黑猿叫黑宝宝，印度带回的，脸上有一圈白毛，非常入画，每当老师作画时，黑宝宝就蹲在窗前聚精会神地看着，好像非常欣赏的样子。当老师高兴时，就讲他与猿的关系，讲猿的特性，讲猿与猴子的不同之处。他常说猿的品性清、贵、高、洁，而其最大的长处是静，故而猿较入画，他自己也爱画猿。可惜玛丽后来被不知情的猎人射杀，老师就把其他三只猿一起送给了巴西动物园，使巴西动物园成为南美洲唯一养有猿的动物园。

八德园里，有四排直行的盆景架，放着三百余盆盆景，有原产于中国西北的红柳，有日本大臣赠送的古柏及由日本运来的锦松，更有许多是购自巴西的日本“移民”，也有许多是老师亲自培植的盆景。每天老师在这里消磨的时间最多，指导着从日本请来的花匠铃木，如何将树上石，如何改正姿态，一面与他讲着黄山的奇松，一面说：“何必远去寻求画材，每一株奇古的盆栽每一角度都有取之不尽的画材。”后来老师住到美国卡米尔环荜菴时，惊叹于太平洋海岸的奇景，每一株被海风千百年吹蚀而成的松柏，全像是天生的大型盆景，就命家勤尽可能将卡米尔城区的树全部写生下来，为此他花了整整三个月时间。后来他发现老师的画风在这时也有了改变，画中的树木曲折奇古，是卡米尔的树种的再显。

八德园的风景并不是固定不变的，当大千居士看到已经种好的大树更适合另一角度和另一环境时，就会不惜一切地将这个树移到更适合的地方。例如房前有一棵大三叶松，被锯掉主干后，成了卧龙姿态，树姿太美了，但又觉得移到另一地方则更美。为了移树，他花了四年时间四面切根，眼看可以搬移了，可是树太重太大，硬搬不是个好办法，只有三分之一的存活希望。又经过数月筹思，他下定决心挖槽移植，动用了几十个大力士，将树从深槽中移抬到预定地点。大千居士走前走后，指挥着大力士抬移，口中念念不断地对他说："家勤啊！佛说慈悲喜舍，其他三个字全容易做到，只是最后这个舍字最难，实在舍不得啊！"他觉得老师不惜人力物力，不断改进八德园的风景，正是老师不断寻求完美的表现，也就是古人所说的"苟日新，日日新，又日新"的意思。大千居士常对家勤说道："画家最危险的境界是自己学自己，因为太满意于自己的作品，则不会再进步。应当知道自己没有达到的境界，改正自己的不足之处，不满意自己的作品，然后才能有真正的进步。如果天假以年，我胸中仍然有太多的作品没有能画出来呢！"孙家勤觉得，这就是大千居士不断改排亭园布置的真意，因为他不满意昨天，不满意已有的成绩。

八德园中的"孤松顶"是大千居士的得意之作，顶上的几块石头是几经修正才告完成的。成功之日，老师告诉家勤，如此置放才真正得到明末四僧之一渐江的神髓，他要使渐江的画面重现在大自然中，因此大千先生画了好几幅以"孤松顶"为题材的作品。孙家勤也画了一幅《孤松顶》，大千先生还在他的画上题诗道："垒土千车作一峦，孤松绝顶倚双鬟。老夫老矣从人笑，不爱真山爱假山。此予三巴八德园自作小山，山头松石颇似渐江布局，顷观家勤写园，为拈二十八字，爰翁。"

五亭湖是八德园的著名景点，占地约一公顷，分成内外两湖，由一竹堤分割而成。外湖除种植荷花外，在沼泽一带种满了水蜡烛。大千居士爱画荷花，八德园的荷花也是他笔下的粉本之一。湖边颇具野趣，于是靠近湖边盖了两座并蒂草亭，取名"双亭"。湖的另一面有一半岛伸入塘中，半岛上遍植杜鹃与黑松、赤松，每棵松树作了剪裁，穿插在杜鹃丛中，在艳丽中平添了不少古拙之趣。这个半岛命名为"踯躅屿"，由大千居士题刻在石头上。半岛尽头盖了一亭，因地势空旷，湖风轻拂，故命名为"分凉亭"。每天中午，孙家勤总喜欢在这里读书。谈到读书，有一次他问老师："为了充实艺术家的修养和人格，大家都说要多读书，但是要读什么样的书呢？"老师回答道："一个成功而伟大的艺术家，自当具有高尚的人格，要有开阔的胸襟及丰富的知识，不能局限在一个范围之内，这种修养的养成，则完全需要多读书才能达成，而且不限于某一类书。古时候伟大的艺术家，全是重气节之士，人品高了，作品的气质自然不同，所以任何种类的书全要看。"

孙家勤是艺术专科学校里出来的学生，应该说也是大风堂门人中学历最高的学生，但大千先生仍要他多读书，孙家勤又问该读什么书，是绘画记录，还是某人的画语录，要不要把这些东西背下来。大千先生告诉他："不是。读书是个很开阔的东西，读什么都行。"孙家勤又问："我喜欢读武侠小说也行吗？"大千先生说行。家勤看老师是很认真的，便问那得如何看呢？读书得会读才行啊！大千先生便说："武侠小说如果不被它的故事迷惑，而去注意作者的精神所在，那情节的安排也跟作诗是一样的，也是起承转合，如果能注意到武侠小说的全部结构的话，这与一张大画的结构又有什么不一样呢？"他受此启发，日后向学生提起此事，就加以发挥道："看武侠小说的起承转合，和画面的布局是一样的；同样地，用更广阔的看法，写生何必一定要跑大老远，每棵树都有自己的优点，走在公园里、马路上，一样可以欣赏她的美点。"

临摹敦煌壁画，是大千先生毕生的重大业绩。积二年零八个月之功，不仅完成了二三百件完整的临摹作品，还绘下了数百件白描画稿，这批画稿未能随身携带至国外，而将它托存在大风堂天津门人巢章甫处。后当大千先生索要时，巢章甫却与其女匆忙勾画了一批复制本寄上，而将原本留下了。复制本与原稿差别较大，几乎每一张都要重新整理，大千先生颇感头痛。幸亏孙家勤在人物画上有较深功底，所以在整理画稿上帮了大忙。

　　画稿整成后，开始复原敦煌画稿，画稿是以原先的黑白线描为底，全靠大千先生的记忆来补填色彩。比如画天王时，孙家勤便问：盔甲是什么色？大千先生告诉他染绿色。什么绿色？孙家勤便调了多种绿色出来，由大千先生指定哪一种，然后动手染上。日后对照敦煌壁画原件的印刷品，孙家勤发现，竟与大千先生选出的绿色完全一样。可见大千先生不仅记忆力惊人，而且色彩感也极其灵敏。

　　在大千先生指导下修复画稿，使他间接地补上了临摹敦煌壁画的一课。在修复的过程中，他不仅厘清了考古工作者与画家对待"复原"的两种概念和方法，还逐步体会到大千老师临摹壁画的心态。大千先生认为，敦煌壁画之所以伟大，是因为许多工匠将毕生精力投入到绘制壁画上，日复一日，熟能生巧，功夫极佳。但他们毕竟不是当代名家，当代名家是不会到这般偏远的边疆来的。而自己是当代大家，自然没有必要去复制工匠的作品，更没有必要原封不动地回复到与原作实物相同的状况，甚至连实物的破损都得保留。正因为大千先生认识到了这一点，"因此在他的临摹中，运用了他的天才和智慧，发挥了他的自信能力，依照着壁画画面的结构，创造出高华慈悲的释迦面貌，隋时的清瘦，北魏的长颈圆面，盛唐的丰腴，宋的适中。居士都能随着时代风格的不同，在不失特色之下，将释迦赋予最高的慈悲面相，每当遇见墙壁败坏剥落部分，他则以己意予以补足……所以他虽然是以临摹的态度去画壁画，但实际上却是幅幅以创作的精神来完成之。"这就是大千先生临摹壁画的心态（见孙家勤：《敦煌壁画对大千居士画风之影响》台湾历史博物馆《往来成古今》特集二〇〇二年版）。

举一反三，由大千临摹壁画的心态，孙家勤觉得，自己所处的时代，与大千先生又有所不同，画家不应该脱离时代，也不可能脱离时代所带来的转变，他也可以用自己对佛的认知，来再现自己理想中的敦煌佛像。

除了修复壁画画稿外，张大千还针对孙家勤早年追随陈林斋主习人物，后在师大授课也专教人物的特点，特意因材施教，勉励弟子要"求全"："身为画家，要什么都会，不可说我只会画人。"并将自己精心收藏的国宝级名画，交给家勤临摹。其中第一幅就是明代仇英的《沧浪渔笛图》，第二幅则为宋代刘松年的《春山小雪图》，然后则是大名家董源、巨然的稀世之作。每画好一幅呈交，老师必将全幅佳谬之处细加指点。如此数幅后，他就以佛家开示的说法，提醒家勤："你现在已可入画家之林，但要做传世大画家，仍需努力，但传世大画家，亦不只在绘画之功力。"功力亦在画外，这句话真是金针度人，意在言外，孙家勤终身受益无穷。他继承了老师要全面发展的遗训，不仅擅长人物，而且兼及山水，花鸟走兽，旁及西画，是大风堂少有的多才多艺的门人。

协助大千先生修复敦煌壁画稿及临摹古画，是孙家勤在八德园三年的主要学业，也可以说是他在大风堂学艺的主课。在修复画稿临摹古画的过程中，他不仅补上了临摹壁画和古画的一课，在美术史论方面对北魏、隋唐、两宋时期的绘画演变规迹有了更深切的理解，而且在人物技法创作上狄益良多，更上层楼。离开八德园后，为了进一步弄清敦煌壁画与印度阿坚塔壁画艺术的源流异同，他在圣保罗大学攻读艺术博士学位，又将它当作博士论文深入研究，为此大千先生又为他提供了在旅印期间所搜集的珍贵图文史料。新千年伊始，台北历史博物馆举办了张大千与敦煌壁画展，并编辑出版了《往来成古今》——张大千早期风华与大风堂用印特集，孙家勤又撰写了《敦煌壁画对大千居士画风之影响》一文，以示他在八德园以修复敦煌壁画稿作为起步，而不断研究的成果。

前文提到，八德园中，张大千共收了四名弟子，另有三位是张师郑、王旦旦（后结为夫妇）、沈洁，人称"八德园的关门弟子"。孙家勤在八德园整整住了八年。他发现老师家里开支庞大，于是主动向老师请辞，得到了老师的允准。临行前，大千老师特意绘赠了一幅画，另赠一支笔、一锭墨及一方砚台。那块墨是清代的墨，制成汉尺的形状，老师说："笔和砚是我对你的期望。"同时又拿起墨来说："这锭墨则另有不同意义，此墨随我关山万里，历经各国，是我心爱之物，其造型为汉时的尺，墨上镌有考据，完全依据汉时制度而制成。非是适当的人，你不可随便拿出来示人，我要你以此尺去度量天下士。"二〇〇四年二月十三日，孙家勤应台北历史博物馆之邀，举办《耄耋新猷画展》，在画展开幕式上，孙家勤、赵荣耐夫妇将当年大千老师的这些私人文物馈赠，全部捐赠给历史博物馆典藏。

孙家勤离开八德园后，在圣保罗大学谋职，一边教书，一边攻读博士学位。教学期间，家勤每周仍去八德园两次，清晨四时出门，搭往摩诘的小火车，然后再转公车，约八时左右到达八德园，风雨无阻，这一段时间，以向大千求教古今名迹的鉴赏为主，尤其是唐宋元三朝的古画。为了支持家勤在圣保罗谋职求学，立足巴西画坛，他还与孙家勤、张葆萝一起，在圣保罗破例开了一次张大千父子、师徒联展。同年，又亲自为大风堂门人孙家勤、张师郑、沈挹冰、王旦旦画展题署请柬，并出席了联展的开幕式。嗣后，孙家勤多次在港台举办画展，张大千不仅在刊登孙家勤画作的中外刊物上撰文介绍其人其艺，还特为孙家勤一九七一年首次回台举办画展撰写前言。其文曰："孙生家勤自台湾远来从游，专意敦煌石室壁画，予乃尽取所抚，又从罗吉眉先生乞得摄影如（若）干帧以授之，精研深思历七八年，斐然有成，着笔沉厚，傅色端丽，居然有隋唐以上风格，起元明人物画之衰，于孙生有厚望焉。又尝从予观海外诸所藏名迹，必请问源流精微，退而揣摩，故其山水亦能上追董巨刘李，花鸟兼综徐黄藤崔，并能自见性情，其纵肆处能摄取白阳、青藤之精魄，奔赴腕下。生能勤励如此，其才亦足以济之，是可喜也。"

谈及孙家勤受到大风堂的影响，他在"口述丛书"中写道，当初去大风堂投师，目标是希望学习大风堂的山水。到了巴西，接触到敦煌画稿之后，人物画上的眼界与技法，自然更上一层楼了。但等到他回到中国台湾后，想法又有了改变。大千先生的弟子众多，多方才艺均有出类拔萃的后继者，唯有花卉部分，大风堂里的传人尚没有学得很好的。自己的人物画，自从带艺从师开始，已经有了良好的表现，所以决意专心致力在花卉上，希望能够传承大千先生这方面的心得。

注：本文主要参考台北历史博物馆二〇〇六年及二〇〇二年出版物：口述历史丛书《孙家勤——承古创今》；《往来成古今·张大千早期风华与大风堂用印》。文中多处引用两书中的记述，特向孙家勤先生及编撰郭沛一致谢。

《万象》二〇〇七年

刘金涛遥念黄永玉

在当今裱画行当里，刘金涛也是一个有知名度的人物了，用时下流行的说法，叫作够得上档次了。至于够得上哪种档次，是巨匠、大师、大匠，还是行家里手？恕我不是装裱职称的评审委员，也不是开帽子铺的掌柜，无法审定，也不敢乱将帽子送人。在我的眼里，刘金涛始终是一个面带笑容的裱画师傅，大大咧咧，随随便便，有血有肉，有说有笑，有力出力，有忙帮忙，有烟就抽，有酒就喝，无钱不哭穷，有钱不摆阔，不见钱眼开，不势利看人，不扯顺风船，不落井下石，做朋友一场，靠的就是信用真诚。虽然早在二十世纪五六十年代，中国画大家傅抱石早就将刘金涛推为当代裱画界的"二刘"之一，"南有刘定之，北有刘金涛"。不断有人称他为大师，而作为裱画师加入中国美术家协会的，也只有刘金涛一人。但是在我心目中，他仍然是一个地地道道的裱画师傅。

三十年前，我因揭裱《百美图》册页，来到刘金涛家中。他早就听说我在征集当代美术家的自画像，并表示如需帮忙，他可亲自装裱。接过册页，他一幅一幅翻阅，阅完又清点一下件数，对我说道："这些自画像十分难得，也非常珍贵。好吧！留在这里，我来揭裱。不过最近较忙，又快到雨季，放一段时间再裱好不好？"我说可以。

他话锋一转："你有这么多画家的自画像，我有不少画家画我的像，有吴作人、蒋兆和、罗尔纯、载泽、黄永玉的，尤其黄永玉多次为我画像，你来看。"说完，把我引到隔壁卧室，只见墙上挂着蒋兆和二十世纪五十年代为他画的炭笔素描肖像，还有两幅黄永玉为他画的水墨速写。我随口说了一句："我的百美画里就缺黄永玉，你倒一下拥有他为你画的两幅肖像，面子真不小啊！"他听了笑道："两幅？说少了，我最少也有十来幅他为我画的像。年代久了，东放西放不知道放到哪里去了。手头见到的有四幅，其中两幅是祝寿的，一幅是我五十岁生日那年画的，另一幅是祝我六十大寿的。去年家里人为我做七十大寿，子孙满堂好不热闹。我突然想起了黄永玉，他比我小一岁，一定知道我的生日，如果他在北京，一定还会给我画像的。你说怪不怪，我想永玉，永玉便到。不是他人到，而是他托人给我捎的祝寿诗幅到了。你看——说到这里，他转身取过钥匙，打开框子取出一卷立轴，用叉子挂到墙上。我抬头一看，是一幅李义山的《锦瑟》诗轴，写的是行楷，舒展自如，儒雅倜傥，心中不由想道，黄永玉的这笔字也真对得起李义山的这首诗了，诗风书风配合得十分和谐。诗后有段跋语，点出了画家赠送诗轴的主旨："金涛兄今年七十大寿，忆四十年前于琉璃厂金涛斋初识金涛兄，嘻哈欢欣，犹历历在目，复赶饭于白石铁屋，剥螃蟹，赏大黄盏菊花，恍似昨日。时光倏忽，然人生亦从来如此如彼也认了。湘西老刁民，黄永玉书，壬申。"

在黄永玉的诗轴前，我久久地凝视，一边品味李义山《锦瑟》诗中的心境，一边品味黄永玉是否也在追忆他在京都的华年呢——"此情可待成追忆，只是当时已惘然"。不过，这段长跋确实写出了他与刘金涛四十年的交谊。刘、黄交情的确不浅，熟悉黄永玉的人都知道，他喜欢为同道好友画像，仅我见到的就有他为叶浅予、陆志庠、黄苗子、丁聪、范用、丁景文画的像，丁景文还有五幅之多。刘金涛却说，他有十来幅。为什么一位中央美院的名教授，著名画家，要为一个裱画师傅一而再，再而三地画肖像速写？从这段跋语中可以看出一点端倪，但一定有不少故事。刘金涛似乎看出了我的疑问，大声说道：你是文人又是记者，你来写写我日夜思念的黄永玉吧！写写这位大画家为什么对我这个穷裱工这么关心体贴，情谊深厚，像亲兄弟一样亲，比亲兄弟还要亲。我听了大喜道："好，我来写这篇文章，不过有一个条件，你要无保留地把与黄永玉交往的故事讲出来，把他为你画像的背景讲出来，你不讲，我怎么写？巧媳妇难煮无米之炊呵！"他听了高兴地说："好，咱们另约个时间，好好聊聊。"

相识在大雅宝胡同

几天后，我如约来到刘金涛家。家里静悄悄的，只有一个跟他学裱画的女徒弟。他正在看书，桌上放着一本书。我知道刘金涛出生于河北农村，自幼家贫失学，直到新中国成立以后才进扫盲班学了两年文化，又在老画家的熏陶下，粗通文墨，能看书写信了。

我问刘金涛："你与黄永玉何时相识？何人介绍？"这个问题似乎明知故问，黄永玉在前边的那段诗跋中已经写出了相识的时间、地点，为什么还要重问呢？他怔怔地想了一会儿说："一九五三年，他从香港回来，在中央美院版画系教书，住在大雅宝胡同的美院教师宿舍。当时他与张仃、董希文、李可染、李苦禅都住在一个大院子里，而我有一个裱画铺开设在琉璃厂。提起这个铺子，要感念徐悲鸿院长和齐白石老师，是他们两位老人家发动北平艺专（中央美院前身）的几位画家老师，每人募捐十幅画，换钱换出来的。为了收缴装裱活件，我常去大雅宝美院宿舍，一进这个大院，就东家串串，西家走走。黄永玉搬进大院，自然有人告诉我。记不清是谁介绍的了，可能是沈从文先生，他常找我裱东西，又是黄永玉的表叔。反正我在大院里串门的时候，串着串着就串到他家去了。黄永玉说是在琉璃厂金涛斋与我初识，我想应该是我先去他家串门，告诉他我有一个铺子叫金涛斋，欢迎他去玩，然后他去金涛斋才合乎情理。"

我又问道："他来金涛斋的那一天，你们又一起赶到齐白石家里吃螃蟹，真是巧事。"刘金涛回道："黄永玉那天来裱画，谈起齐白石，他十分仰慕。他听说我与齐老相熟，就约我一起去看看齐老先生。我二话没说，说走就走，关了铺门就带他到西城跨车胡同齐家大院，见到齐老，我大声说，齐老，黄永玉看您来了。齐老听说黄永玉在中央美院版画系任职，很高兴地与他说了一会儿话。过了一会，老人对我们说，今天中午请你们卡饭（吃饭）呀！让厨娘孙妈来领钱备菜，当天正巧有人送大螃蟹来，所以一边喝酒剥螃蟹，一边观赏院子里的大黄菊花。不久黄永玉为齐老刻了一幅木刻像，刻得十分精彩，是他的精品。后来老舍先生在我拓的齐老木刻像上，还题了'一代风流老画师'。"

说到这里，刘金涛又插叙了不少齐老的逸闻。他每次陪人访齐老，齐老总要添菜钱二万元（相当于二元）叫厨娘孙妈领取。

患难见真情

刘金涛大声对我说："黄永玉与我相交，有一件大事，你一定要重点写一写。"我问他是什么大事。他说是在三年自然灾害期间发生的，这件事也最能看出他和夫人张梅溪的为人。

二十世纪六十年代初期，市场供应十分紧张，粮油鱼肉蛋糖烟酒无不凭票供应，票证之外的食品一律高价。因此三年自然灾害期间，人人都节衣缩食，各家各户都紧巴巴地吃自家的定量食品，很少请客吃饭，便饭也不敢留，实在是没有东西吃。刘金涛告诉我说："只有一家敢留我吃饭，那就是黄永玉的家。当时他的家已从大雅宝胡同搬到罐儿胡同。平日我到他家帮他拓版画，他总要留饭，还让梅溪去买酒菜。过年过节去他家串门拜年，他更要留饭。"

有一个晚上，刘金涛到大雅宝胡同送活件，送完活件，顺路拐到罐儿胡同黄家串门。进门刚坐下，张梅溪走到他身边，轻声问道："你饿不饿！"刘金涛摸摸肚子直率地说："我饿！"她马上进厨房取出一袋藕粉，为他冲上一杯充饥。一杯藕粉下肚，一股暖流涌在刘金涛的心头。

一九六一年正月初一，刘金涛到美院的几位老教授家中拜年，一家一家拜下来，拜到廖静文家已近中午。拜完年，廖静文面有难色地对他说："金涛，每年春节都留你吃饭，今年就不留你了。多吃点高级糖果吧！"他十分理解地走出了她的家门，最后来到黄永玉家。他本想拜完年回家吃饭，可是一进门，就被黄永玉抓住了，硬要留他喝酒，说有好菜。喝完酒，吃完饭，酒足饭饱，黄永玉才与他一起出门，说要去表叔沈从文家拜年。

回家途中，刘金涛越想越觉得黄永玉一家真仗义，对他真心实意，亲如一家人。总想送点东西表示表示。送什么东西好呢？家中子女多，老伴又没有工作，他虽然在北京市裱画合作社当副主任，但工资不多，只有六十元。送不像样的东西送不出手，送像样一点的东西又送不起。左思右想，正在犯难，忽然想起家里有一九五〇年徐悲鸿送他的一匹大马，宝马赠英雄，何不把这匹大马赠给黄永玉呢？主意拿定，过了春节，他雇了一辆三轮车，手抱"大马"从西城来到东城。一进黄家，大声说道："黄永玉同志，我给你牵一批大马来了，我不要了，送给你吧！"黄永玉一听，高兴地说："好呀，你给我挂上！"

刘金涛将横批的两头用钉子固定住了，黄永玉一看是徐悲鸿的一匹三尺整纸的奔马图，十分高兴地对屋里的梅溪叫道："梅溪快来看，金涛拿来了悲鸿先生的一匹好马，备一点好菜来，今天要与金涛喝个痛快！"说到这里似可告一段落——刘金涛知恩报恩，黄永玉连呼好马。

两年后的春节，刘金涛照例到黄永玉家中拜年，照例又被黄家留饭喝酒，正当刘金涛酒足饭饱，坐到沙发上喝酽茶消酒食之时，猛不丁黄永玉冲着刘金涛说："金涛啊，这匹马我看过瘾了，你把它拉走吧！"刘金涛死活也不肯要。梅溪来到金涛身边，轻声说道："你家里孩子多，用这匹马到和平书店去换点钱，给孩子买点吃的。"一席话，说得刘金涛涕泪交下。男儿有泪不轻弹，只是未到动情处。人心都是肉长的，一个五尺热血须眉，听了梅溪的这几句感人肺腑的话，怎能不弹泪呢？

刘金涛听从了张梅溪的话，把这匹马拉走了，拉到了东单和平书店，店主许麟问他要多少钱，他说给一百元算了。老许说一百元少了，给你一百五十元！就这样，堂堂大画家徐悲鸿的这匹大马，换得了刘金涛家中的柴米衣帛钱。一百五十元，在当年还是很值钱的，相当于刘金涛当年的二三个月的薪金呢！齐白石的三尺条幅在当时也只有七十元左右。

十年不见刘金涛

一九七三年六月，黄永玉从干校回京不久，就为刘金涛画了一幅速写。画中的刘金涛穿着一件白布褂子，一手摇着折扇，一手夹烟，摸着茶杯，笑嘻嘻地坐在那里。这幅速写，实际上是祝刘金涛五十大寿的生日礼物。刘金涛出生于一九二三年旧历五月，比黄永玉大一周岁，所以黄永玉对刘金涛的生日了如指掌。但"文革"期间，祝寿是"四旧"，当在破除之列。因此他在跋中一点也不提祝寿之词，只是风趣地题了一首打油诗：

十年不见刘金涛，衣冠如昔把扇摇。

城南城北都走遍，刮风下雨不迟到。

诗后又补了一段小跋："一九七三年六月，弟若干次画刘金涛尊容。黄永玉。"从这段跋语中，可以看出黄永玉曾经多次为刘金涛画过像。

屈指一数，一九七三年上推十年是一九六三年。这十年间，是文艺界思想斗争十分激烈的十年。众所皆知，毛泽东主席在一九六三年发出了"千万不要忘记阶级斗争"的号召，同时，又对文艺界做出了两个重要批示。中央美院是重点整顿的文艺院校之一，被江青指斥为烂透了的黑色大染缸，中宣部派工作组进驻美院，进行社会主义教育运动。据当年美院美术史系的学生万青力在《我所知道的黄永玉先生》一文中回忆：那时候，永玉先生已经倒霉，说他是版画系学生"资产阶级文艺沙龙"的"黑后台"。以后，"黑话"、"黑书"、各种黑帽子跟他结了"不解之缘"。我又明知故问道："这是怎么回事？你们竟有十年没有见面。"刘金涛答道："这十年黄永玉比较忙，先是搞'四清'，后是'文化大革命'。"我进一步追问道："是不是黄永玉倒霉了，你与他划清了界限，不往来了！"他急着分辩道："没有的事！黄永玉倒霉，我照样过年过节去看他，不要说黄永玉，别的画家倒霉，我也照去不误。我是一个裱画工人怕什么？"谈到这里，他突然想起了一件往事，拍着脑袋说："对了，你这个问题与黄永玉有一次对我开玩笑说的意思差不多，所以觉得耳熟，那是'文革'后不久，我去黄永玉家串门，黄永玉当头给了我一句，'金涛，现在形势好了，你又登门了'。我答道：'不对，黄永玉同志！一九七四年批黑画，点名批你的猫头鹰，为什么睁一只眼闭一只眼？《人民日报》、《解放军报》、中央人民广播电台同一天发表批判文章，你记得不记得，就在当天晚上，我就赶到罐儿胡同八号来看望你，怕你想不开。'黄永玉听了哈哈一笑，可见我不是那种见风使舵的小人！"

说到这里，他话题一转，转到他做过的一件得罪黄永玉，惹他生气的事情。那是一九七六年秋天，毛泽东主席逝世，黄永玉被抓"公差"到华侨旅行社画毛泽东遗像。他在旅行社遇见了黄永玉，黄对他说："金涛，明天你到美院附中来，我给你画一天画！"可是第二天刘金涛被别的事打岔，没有去美院附中，大大咧咧的刘金涛把这件事忘了。隔了几天，他到灯市口胡絜青家里送画，从胡宅出来，在胡同口遇见黄永玉一家三口正在大街上散步。他叫了一声黄永玉同志，没有回应。他以为没有听见，又大声叫了一声，黄永玉仍然不理，继续背着手往前走。他加快脚步，一步一声黄永玉，叫得张梅溪和黑妮（黄永玉之女）咯咯地笑个不停，可黄永玉就是不回头。刘金涛赶上一步，拍着黄永玉的肩头大声吼道："黄永玉，我叫你，为什么不应声？"黄永玉虎着脸，侧身甩了一句："神经病，那天我在美院附中白等了一天，你为什么不来？"刘金涛这才回过神来，知道是因为那天他失了信，惹黄永玉生气了。他马上笑嘻嘻地说："哎，我以为是什么大事，原来是你要给我画画，我没有来，好，赶明儿我请你补画一天！"果然，过了两天，他找到了一张旧纸，兴冲冲赶到美院附中，请黄永玉画了半天泼墨泼彩大荷花。

再来说说黄永玉为刘金涛画的五十肖像，画得形神兼备，把大大咧咧摇着折扇的刘金涛刻画得十分传神。诗也写得既风趣又传神，写出了刘金涛几十年如一日，城南城北都走到，刮风下雨不迟到，勤勤恳恳地为北京众多画家服务的光辉形象。而刘金涛补叙的这段黄永玉生气的小插曲，也形象地说出了黄永玉性格中可笑复可爱的侧影。

三分画　七分裱

黄永玉在刘金涛的五十像赞中，赞美了这位老裱工的为人；而在六十像赞中，则进一步赞美了他的裱活技艺和艺坛上甘当无名英雄的精神。俗话说，佛要金装，马要鞍装，人要衣装，画要裱装。裱画行里也有一句行话，叫作"三分画，七分裱"。意思说一幅装裱雅观的好画，在观赏过程中，能起到七分烘托陪衬的重要作用。因此黄永玉要借用这句行话来赞一赞刘金涛。

一九八三年春天，刘金涛到三里河华君武家中送活件。送完活件，顺路拐到黄永玉的新居探望。黄永玉一见刘金涛来了，高兴地问他，从谁家来，到谁家去。他爽快地答道，从华君武家中来，就来你家，不去别家了。黄永玉笑道："过去我住东城，你住西城，有事没事常来串门，今天我住西城，你住东城，一年也见不到你几回了。"说完从酒柜里取出一瓶绍兴花雕来，在茶几上布了几碟下酒菜——花生米、牛肉干、鱼干，又找了两只酒杯，斟了两杯酒，坐在沙发上边饮边聊。聊着聊着，黄永玉问刘金涛，今年六十了吧。刘金涛答还有两个月整六十。黄永玉举杯祝寿，一连与刘金涛干了三杯酒，然后将空酒杯往茶几上一放说："好，今天你来得正好，我要为你画幅像，祝你六十大寿！"说罢，黄永玉取起烟斗，装上一袋烟，缓步踱进画室，刘金涛赶忙跟进说："好，我来磨墨！"黄永玉边吸烟，边观察他今年来的变化。两袋烟的功夫，刘金涛磨了小半砚浓浓的墨汁，黄永玉取过一枝狼毫长锋，牵过一张宣纸，借着几分酒意画了起来。速写从右侧九分脸入手，着重渲染刘金涛的浓眉大眼和一副憨厚的笑脸。也许是长期形成的一种职业习惯，刘金涛总是对人脸带三分笑，和气生财么！从十来岁的小学徒，到二三十年代的裱画铺掌柜，再到六七十岁老裱师，身份变了，但脸上的笑容不变——永远是那么谦恭祥和的笑容。

"三十年前金涛兄，有事没事来几回。今年喜逢六十寿，且把绍酒喝三杯！"黄永玉题到这里，沉思了一会，又提笔写道："金涛裱师艺坛无名英雄。俗话说，三分画，七分裱。金涛占够天下七分，而世人不知也。"题完，他不无得意地给刘金涛念了一遍，直念得刘金涛笑哈哈地合不拢嘴，然后再题上年月与款。

在这篇像赞中，黄永玉认为，刘金涛的裱画技艺已经到了"占够天下七分"的水平——也就是"到顶"的水平了，可是世人却很少知道，仍是艺坛上的无名英雄。因此，他要反复为刘金涛画像立传，让后人别忘了二十世纪的艺坛上还有这样一位无名英雄！

一九八七年深秋，黄永玉从日本开画展胜利归来。北京饭店的程庆祥经理约了黄永玉的几位好友，备了一桌酒席为黄永玉接风。陪席的有华君武夫妇、黄苗子、郁风夫妇、黄胄夫妇、韩美林、刘金涛等。席后，大家在贵宾室里闲谈，自然少不了请黄永玉挥笔应酬。刘金涛笑嘻嘻地看着黄永玉画画，边看边叫好，黄永玉侧脸瞥了几眼刘金涛，一副憨气可掬的神态，又动了为他画像之念，顺手牵过一张纸来，从正面入手，画正襟危坐的刘金涛，画得像一尊门神，但是这尊门神不是凶神恶煞般的门神，而是似笑非笑般的门神。画毕，侧头想了一想，想再题几句像赞，黄苗子眼明手快，抢上一步，顺手夺过笔道：永玉，我来题跋，不用你费神了！说罢拿笔就题，妙句层出："白石悲鸿老友，可染也怕金涛，汤勤虽是前辈，人品数我清高。永玉为金涛画像，苗子题。"刘金涛一看苗子题了跋，转身请黄胄也题几句，黄胄提笔来问苗子题什么好。才思敏捷的黄苗子顺口说道：你就题"长命百岁"诗塘。黄胄一听言之有理，就在金涛为他裁得的另纸上题上了"长命百岁"行楷书。这幅由黄永玉画像，黄苗子题诗，黄胄题诗塘的"三黄"合作，就这样诞生在一九八七年十一月十三日的北京饭店。

此行不能无像

一九九〇年腊月，刘金涛应香港友人之邀，赴港游览。这位老裱工，一辈子默默无闻地为众多著名画家做嫁裳，为赴港举办画展的画家做嫁裳，经他的手做的嫁裳有多少？恐怕谁也数不清了！香港艺坛中人当然知道北京有个刘金涛，可是刘金涛却从未到过香港，画廊如林、画展如云的香港。抵港后，他想拜访的第一位画家朋友就是黄永玉。黄永玉离京迁居香港已经两年多了，两年多来关丁黄永玉的传闻不少，他究竟怎样了？身体好吗？他要亲眼看看"百闻不如一见"的老友黄永玉。

从香港报纸上，他发现黄永玉在香港大会堂举办画展，他请友人开车带路，赶到大会堂，不巧刚闭幕，展厅中的画已撤走，花篮还在，从众多花篮的贺展红绸带上，隐约可见画展开幕的盛况。在大会堂，没有看到黄永玉，他让友人驱车直驶黄永玉的公寓。友人问，要不要先打一个电话通报一声。他直白地说："不必通报，在北京，我上他家从来不用打招呼。"

　　友人将汽车开到黄永玉住的半山坡，刘金涛随友人乘电梯来到黄寓门前，他举手正想敲门，友人拉住他的手说，这里有电铃，他使劲地往铃上按了一下，屋里传来了脚步声，门开了，开门者是张梅溪。梅溪一见到刘金涛来了，高兴地叫道："永玉，你看谁来了？"同时把客人让进门来。刘金涛一见老友，亲热地叫了一声："黄永玉同志，您好啊！"黄永玉一听，猛地一怔，这不是刘金涛吗？怎么神不知鬼不觉地跑到香港来了？继而一想，他不是从来都是有事没事，说来就来，说走就走的一个游方和尚吗？一边想，一边伸出双手，紧紧地搂着刘金涛的双臂，使劲地摇道："你呀你，还是老样子，老脾气。什么时候来的？住在哪里？"说罢，马上从口袋里掏出一张一千元港币来，塞到他手里道："金涛，今天不留你吃饭了，钱你先花着，不够再来！"刘金涛道了一声谢，然后说道：

"永玉啊，我远道来一次不容易，请你再为我画一幅像吧！"黄永玉二话没说，把他领到画室，随手从画筒里取过一支碳素笔，又拿来一张铅画纸，一边聊天一边画了起来。较之水墨速写像来说，这幅碳素笔速写线条更为流畅飘逸，似乎是信笔拈来，毫不费劲。从造型上看，更为夸张变形，为了夸张他的笑脸，颧骨高耸，下巴下垂都远远超过了正常的"度"，但变形留神，神气还是刘金涛的。与以往的几幅画像一样，每像必跋，每跋必赞："金涛兄来港至舍下小叙，余为其作像十余幅，均三十年间交往纪念。金涛每逢大风、大雨、大雾，劳淘而来，劳淘而去，倏然均垂垂老矣。此行不得无像，故而作之。他日如再见，吾作之不休也。祝老兄健康长寿，黄永玉于香港之半山居。"应该说，黄永玉的这幅速写，比前三幅更为纵心所欲，更为夸张变形，从酣畅飞动的白描线条中，可以看出画家的惊喜之情。在这段跋中，黄永玉又一次提到了刘金涛"劳淘而来，劳淘而去"的敬业精神，也许正是刘金涛的这种孺子牛的敬业精神，深深地感动了黄永玉，所以他要一而再再而三，以至作像十余幅，表示他与刘金涛的交往纪念，实际上也是为刘金涛立传——以像立传！

《书屋》二〇一九年

吴冠中东京画展的前前后后

一九八九年，对吴冠中的艺术生涯来说，似乎是值得大书的一年。在这一年中，他以自己的上百件油画、水墨画、速写推向世界。正当一个吴冠中画展由美国旧金山中华文化中心邀请，在伯明翰、堪萨斯、约翰逊、底特律博物馆巡回展出之际，另一个吴冠中画展，又在日本东京揭幕。两个吴冠中画展，同时受到东西方不同文化背景的观众的关注和好评。这在现代中国画家的画展史上，不是绝无，也是仅有。吴冠中以画展的实绩，再次证实中国画能够走向世界！

回顾巴黎画展的由来

吴冠中的东京画展题为"吴冠中四十年回顾巴黎画展"。也许读者要问：在日本举办画展，为什么要以巴黎为题，而且是四十年回顾巴黎呢？

吴冠中说这次回顾展，是日本西武百货社社长山崎，在去年举办中国博览会的庆功宴会上向他提出来的。在那次博览会上，共有三个展览——敦煌楼兰王国展、徐悲鸿画展、吴冠中画展，前两个展览的展品是非卖品，而吴冠中画展的展品除少数非卖品外，均可出售。结果展销成交率很好，所以山崎在庆功宴会上对吴冠中说："你的画，东方人看了喜欢，西方人也喜欢，挂在西方人的房子与挂在东方人的房子里都合适，我没想到能用这种新颖的技法来画中国画。我想请你和夫人去一次巴黎，画一批巴黎的风景画来参加一九八九年在日本举行的巴黎博览会。"

山崎的这个建议引起了吴冠中的兴趣。他离别巴黎四十年了。四十年来，他的艺术在中国的土地上成熟了，而今再回过头去看看巴黎，确是一件十分有意义的事情。所以他欣然答应了山崎的建议，于当年三月偕同夫人朱碧琴赴巴黎写生了一个月，画了数百幅写生、速写稿，回京后又创作了四十多幅油画、水墨画。

东京争购吴氏画

吴冠中巴黎回顾展于九月十五日前后，出现了不少富有戏剧性的争购趣闻。

展出前夕的十四日晚上，发生了一场"摸底战"。来摸底的客商和收藏家大多来自香港，他们是看到了回顾展的消息后，专程赶来争购的。此前两年来，吴冠中的作品在香港大受欢迎，香港人收藏吴冠中的画成为一个热点。同年五月，一些拥有吴冠中画的收藏者，在香港中环交易广场的万玉堂画廊举办了一次吴冠中画展，清晨四点半，就有买家在门外排队轮候购买画作的优先次序权，以致出现了香港"排队买画头一遭"的新闻话题。吴冠中一幅已被收藏的水墨画《高昌遗址》，在苏富比拍卖中以一百八十七万港元售出，开创了中国在世画家作品售价的最高纪录。这次从香港赶到东京的争购者，有的在排队前就迫不及待地先找到吴冠中下榻的旅邸，索看图录价格，摸底了解行情。

十五日上午十点，画展正式开幕。虽然画展没有宣传广告，可是当吴冠中偕同夫人走进展厅时，发现展品下面几乎贴满了红色的标签，有的展品在红点下还增贴了白点标签。红点的标签，表示已有买主订购；白点的标签表示如果红点买主弃权，那么白点买主就可优先购买。有趣的是，香港有两位与吴冠中相识的收藏家，本想随吴冠中一起到展厅，可以优先选购自己心爱的画作，谁知晚进展厅一小时，心爱的画作早让提前排队购买的买主捷足先订了。

吴冠中四十年巴黎回顾画展，共展出油画三十幅（其中非卖品四幅），水墨画八幅，速写四幅，共四十二幅作品。三十八幅展销品，当天绝大部分展出，其后全部售完。

保坂的"三蝉联"新构想

西武百货社与荣宝斋合作，先后在一九八八年和一九八九两届博览会上连续办吴冠中画展，一次比一次成功。为此向山崎提出举办巴黎回顾展的西武百货店店长保坂先生又提出新构想，设想来年再举办一次吴冠中画展，来一个"三蝉联"。

在回国前夕西武百货社举办的庆功宴会上，保坂向吴冠中提议："我们想再邀请吴先生画京都和奈良，再举办一次展销，不知吴先生意下如何？"

吴冠中批评了一下巴黎画展的宣传问题。他微笑着对保板说道："这次画展的宣传很不够，招待酒会的新闻记者也请得很少，画卖得太快了，应让更多的观案看看作品，听听对作品的批评意见，可是很快就被买主订走了。实在有点遗憾。如果要我画奈良、京都，再举办一个新的画展，我希望先到欧洲去展出，然后到东京展销，这样起的作用也许更大些。"吴冠中是想搞一个"缓兵之计"，谁知保坂穷追不舍，他追问吴冠中道："吴先生，您看欧洲哪里最合适？巴黎行不行？"吴冠中道："巴黎当然也不错。"保坂一听，喜出望外，马上伸出手来紧紧地握住吴冠中的手，大有一言为定之势。不过吴冠中心中有一本账，如果要他来画日本的风景名胜的话，那展出时一定要加入画中国的山川画，来一个中日名胜画展，否则他是不会答应的。

到黄土高原去寻根

从东京回到北京以后，吴冠中思考得很多。他想，在当前自己的作品形成国际收藏热的当口，究竟应该如何正确看待自身的价值？如何摆正作品的经济价值与艺术价值的两者关系？在举办带商业性的出国展销中，是一味迁就画商的口味，画自己不熟悉的东西，还是坚持画自己熟悉的和想画的作品？如何在艺术实践中贯彻自己提出的不断求变，不断求新，不断精益求精的创作原则，画出艺术上真正经得起时间考验的他的《红楼梦》式的作品来呢？

他决定走出画室，走出北京，到生活中去寻找新的矿藏。他想到祖国的黄土高原去走一走，让黄土高原上的劲风吹一吹。在与山西的学生约定后，他登上了西去的列车。

他来到了山西、陕西、内蒙古三省区交界的一个叫河曲的地方，据说这里是鸡叫一声三省区都能听到的地方。登上高原一望，天苍苍，野茫茫，这里确实是古老黄河的摇篮！在河曲的山沟沟里，他把发现的黄土高原比之金矿，将古朴的山村比之为汉墓。

金秋十月，在北京正是气候宜人的黄金季节，可是在河曲却刮起了西北风，西北风一刮，身上寒丝丝地有点凉意。吴冠中风趣地说，这样倒好，寒冷的西北风，吹醒了今年以来头脑中残存的国际收藏热。他想起了在黄土高原上扎根成长起来的石鲁，石鲁的作品很有特色，他的特色正是来自厚重的黄土高原。如果石鲁离开了黄土高原，到美国、法国或其他国家去落户，那么他就会失去自己的特色。原因很简单，因为他失去了自己的根。

在黄土高原上，这位背着画箱走天下，以祖国的天南地北为自己写生、构思、创作源泉的驰名中外的中国画家，又一次惊喜地找到了自己的矿藏，找到了自己的根。

《瞭望》一九九〇年

一对画家的痴情

一九九七年的秋日，裘沙打来电话激动地告知，他和妻子王伟君合作绘制的《鲁迅之世界全集》已印出来了，出版社派人专程送样书到北京。大八开，三厚本，沉甸甸的，还散发着油墨的清香，他们是刚从印刷厂取出就上了飞机……

作为裘沙、王伟君夫妇的好朋友，推荐这部书稿给广东教育出版社和河北教育出版社的我，听到这个喜讯由衷地感到高兴。因为我知道他们是在怎样的环境和条件下，又是以怎样的毅力和精力，积二十五年之功，数易其稿绘制而成的。书稿交到出版社后，他们又多次对照原稿，几乎参加了设计、编辑、校对的全过程。一句话，这部巨著是他们用生命拼搏而成的。

正如北京大学中文系教授、中国鲁迅研究会理事钱理群先生所说，这是部"志在揭示鲁迅思想体系"的艺术巨作，是他们"深入"到鲁迅的世界里，从"神"上去接近鲁迅，对鲁迅的作品、思想又有自己的独特理解与发挥，把鲁迅文字的"语言"创造性地转化为自己的绘画的"语言"，成为"独立"的艺术世界……两位艺术家比很多人都要早，也更深刻地认识到鲁迅的真正价值，令这些专业的鲁迅研究者感到惊异和惭愧。应该向为之耗尽心血的两位艺术家致敬，应该为中国的思想界、美术界，为中国的出版界祝贺：终于有了这样一部从内容到形式都堪称精美，并且具有震撼灵魂的力量的传世之作。

花烛之夜风满楼

裘沙和王伟君是一对典型的书呆子、画呆子，婚前既无罗曼蒂克的花前月下的恋情，婚后又无安逸舒适的生活，有的只是坎坷和艰辛，他们的欢乐和苦恋是常人没有的。

裘沙回忆，他与王伟君相识在一九五七年年初。当时他在《中国青年报》任美术组组长，而王伟君在中国少年儿童出版社当美术编辑。青年报、少儿社都属团中央系统主办。在一次由他组织的青年美术工作者座谈会上，他发现与会者中有一位穿军人衣的姑娘，她一言不发，只冲他点点头。不久，他又在王府井外文书店见到了她，依然是这身打扮，两人都在找书，照面时又互相点了点头。这两次见面点头，可算是他们的相识。

几个月后，裘沙为青少年读者绘制了一套工人领袖林祥谦的插图，画稿送到出版社，美编们看了个个摇头，认为画得太野，给青少年阅读恐怕不相宜。画稿传到王伟君手中，谁知她不仅大声叫好，并且据理力争，终于使这套作品在编辑部通过了。

叫者无意，听者有意，这片叫好声被编辑部的郑闻慧听了进去。郑女士是著名画家黄胄的爱人，而黄胄又是裘沙的好朋友。

作为年长裘沙五岁的好朋友，黄胄正为男大当婚的裘沙操心，他知道裘沙禀性老实，只知埋头工作，不善交际应酬，至今连女朋友的影子也没有。当听说王伟君居然能力排众议，独具慧眼赏识裘沙的作品，又听说王伟君还是一位才貌出众的江南杭州姑娘，参加过解放军，跨过鸭绿江，自幼酷爱美术，转业后又先后在鲁迅美术学院和中央戏剧学院学过绘画和舞美专业时，黄胄大声叫好。

真是天赐良缘，机不可失，事不宜迟，他对爱人说，星期天把他们请到家里来见面。这一面却成了影响他们终生的一面。裘沙说，当时他们两人心灵的门都紧闭着，没有这一面，即使再见上二十次面，可能也走不到一起。

裘沙至今记忆犹新，王伟君这一天脱下了肥大的军大衣，换上她自己设计并制作的毛蓝色春装，显得格外豪爽矫健，充满青春活力。而王伟君则记得这天他们谈得最多的是德国女版画家珂勒惠支的作品，她最喜欢珂氏的作品，而裘沙的作品中又渗透着珂氏的影子。

王伟君告诉我，他们从在黄胄家见面到结婚只有三个月。我问王伟君：听说当年追你的人不少，你们相识不久又赶上"反右"，裘沙也列入了被批名单，你为什么偏偏选中他？王伟君低头沉思了一会儿道："裘沙给我的印象是邋邋遢遢，不修边幅，说话结结巴巴，不善言谈，而且不拘成法，用有些人的话来说是野路子。但是他在工作上很有魄力，很有才干，尤其是艺术才干、艺术魄力。他的画与他的人一样，看起来不帅，但是有思想，有力度，这是我最为欣赏的。"她还说："裘沙说话虽结巴，但从不说假话，至于他政治上挨批，对我来说更没有关系，因为我自己有一个判断人好坏的政治标准，就是看他对革命事业是否忠诚，是否言行一致。鉴于这个标准，我对裘沙挨批的事没在意，连他出生于地主家庭，也是'文革'中有人贴他的大字报，我才知道。"

裘沙插话补充道，"反右"开始，他因报道青年雕塑界的问题，被列入批判对象，以后又定为中右，受到"免予处分"的幸遇。不过他和王伟君结婚之日是七月十三日，正是报社开大会批判"右派"之时，批判会开到六点才散。晚上七点，举行婚礼，他们的花烛婚礼是在充满火药味的气氛中举行的，正如他在王伟君的自画像上所题诗道"花烛之夜风满楼"。今年七月十三日，正值他们结婚四十周年！

笔富安贫不卖钱

我接触过众多的美术家，也不乏书呆子、画呆子，但是呆得像裘沙、王伟君夫妇这样痴迷不悟、醉心绘事的还实属罕见。曾任过《中国青年报》总编的孙轶青，在裘沙的自画像上写道：

"口讷形呆志若磐，醉心绘事近狂痴。
阿Q鲁迅成知友，笔富安贫不卖钱。"

他们的痴迷精神，首先表现在错误的时机（"文革"期间），错误的环境（他俩均属派系批斗对象），又自讨苦吃地选择了鲁迅这块硬骨头，作为自己安身立命的创作题材。从鲁迅小说到鲁迅散文，从鲁迅小品到鲁迅杂文，从有文学形象可以捕捉，到只有抽象的思维可以感悟，绘制构思的难度越来越大。而创作条件一开始就异常艰苦，艰苦到有时候到鲁迅博物馆查找资料，为了省五分钱车费，只得中途下车步行。

一九七六年《鲁迅照片集》交了稿，他俩却欠下了一身债，连生活费都还了债。又赶上儿子生病，家里找不出买菜的钱了，伟君不忍心让孩子们吃淡饭，就从她工作的少年宫、景山山坡上挖回来一袋野菜，凑合过几天吧……

进入改革开放的二十世纪八十年代以后，总能打翻身仗了吧，不然。他们的痴迷精神，视艺术品为纯净神圣的精神产品，尤其是鲁迅的世界，这是中华民族之魂，不是敲门砖，更不是摇钱树。用王伟君的话来说："我深感从事艺术的艰难，这艰难主要由于自己执着的追求，我要求自己用纯净的艺术标准做人，又坚持用纯净的做人标准来作画。"这个标准太纯净，纯净到"水至清无鱼"的境界。

在纪念鲁迅一百周年诞辰时，他们创作的二百多幅鲁迅文学作品插图先后在北京、上海、绍兴等十多个大中城市巡回展出，博得了广大观众的欢迎，也赢得了研究鲁迅的文学界、美术界权威人士的好评。展览的轰动效应频频不断，可经济效应分文全无。由于长期劳累过度，裘沙病倒了。住院时他偷听到医生说是肝病晚期，就在床头的小本上，用红色的圆珠笔为自己写下了墓志铭："这是一个用自己的一生，真正认识到鲁迅的意义，将自己毕生精力献给鲁迅事业的人。"伟君来看他时，他们互相装得高高兴兴，仔细地端详对方。裘沙看到伟君一下老了许多，人也消瘦了，而伟君感到自己平时忙于单位的工作，没有照顾好他，等到她离开病房后，两人都失声地哭了。以后伟君到处求医生找偏方，并精心地照料裘沙。她从一口口喂他吃饭，到扶着他从床上下来迈开第一步，一步步走下他们家的楼梯。她为此辞掉少年宫的工作，同裘沙全身心地投入到鲁迅的世界里。

一九八六年，纪念鲁迅逝世五十周年，裘沙的病刚恢复，夫妇俩应日本《朝日新闻》等单位之邀，带着四百多幅鲁迅文学作品插图，到东京、仙台两个城市巡回展出，受到日本著名作家井上靖、野间宏先生，日本著名鲁迅研究学者竹内实教授的交口赞誉，也受到了日本广大观众的欢迎。岩波书店还为他们的插图出版了两本精美的画册。日本朋友很想收购或买他们的原作，但被他们婉言谢绝了，本来可以到手的经济效益，又被他们拒绝了。

回国不久，一位旅日的韩国画家拿着一本介绍裘沙夫妇的刊物，来到中国。好不容易找到了他们家，他万万没有想到，这么著名的画家竟然过着如此清苦的生活，他诚恳地对他们说："你们只要卖两张画给我，就能使你们的家庭全部现代化。"他们想把自己的作品留在国内，留给中华民族的子孙后代，让他们去感受鲁迅作品的风采，于是又拒绝了韩国买家的要求。

诚然，鲁迅作品的插图不是商品画，也很难进入艺术市场，于是我劝他们适当画些商品画，一来改善生活，二来以画养画。他们听了只是微微一笑，你说多了，他们才回上一句："时间不够用呀！鲁迅的世界要画的东西太多了，如果不抓紧些，恐怕是画不完的。"

平心而论，改革开放以来，京城的画家是受益较明显的知识阶层，不少画家都买了高级住宅，家中安上了现代化的设备，有的还买了小轿车。可他们家里依然如故，一张旧画案，一张已失去弹性的长沙发，一台旧风扇，一张旧八仙桌，一张一点二米宽的旧床。据我所知，一部电话还是前年向一位友人借了钱才装上的……这就是他们婚后四十年的生活写照，真够得上"吃的是草。挤的是奶！"他们用自己的一生，在苦恋中实践了鲁迅"掊物质而张灵明，任个人而排众数"的"立人之道"，这样才使他们找到了鲁迅思想的真谛，终于向炎黄子孙和世界人民奉献出一个光彩夺目的史诗般瑰丽的《鲁迅之世界》来，这就是他们所得到的人生最大的价值。

《中国妇女》一九九六年

漫话张大千画集

在中国画坛上，张大千是一位多才多艺、产多质高的书画巨擘。有人估计，他一生作画超过三万幅。此数属实，当可与画坛上另一位巨擘齐白石并驾齐驱，堪为古往今来中国画坛上的双子冠军。不过两位冠军在对待画事经营上，态度截然不同。白石翁是低调处事，不事张扬宣传，生前极少举办画展，极少自行出版画册。据我所知，二十世纪三十年代，他的学生曾为他在中华书局张罗出版过画册，抗战后出版社付的版税，因物价飞涨，只够买十只烧饼，一气之下，他撕毁了续订合同，不再出版画册。新中国成立后，白石翁受到党和国家的极度重视，艺术地位极大提高，一九五二年，荣宝斋为他出版了《齐白石画集》，并给予重酬版税。一九五四年三月，沈阳东北博物馆为他举办了"齐白石画展"，这可能是齐白石毕生举办的第一次个人画展；接着中国美术家协会主办的"齐白石绘画展览会",也在北京故宫博物院展出;随后,鞍山、旅大、哈尔滨等地也相继举办画展。这一年,白石翁已届九十四岁高龄(注一)。而张大千则喜欢张扬宣传,国内外到处举办画展、出版画册。据台北专事收藏张大千出版物的藏书家吴文隆统计,他生前举办的画展,出版的展刊画册(集)已上百。两位同时代的书画巨擘,为什么对办画展、出画册的处理如此不同?我看除了个性及金钱观念的主观因素外,还与他俩客居南北京沪的艺术氛围及画家群体有很大的关系。民国年间,文坛上京沪作家中有"京派"与"海派"之争,鲁迅先生曾发文对两派下过十分精当的判断:"京派近官,海派近商。"文坛如此,画坛亦然,白石翁看不惯自行出资开画展、出画册张扬宣传的海派艺术市场经营作风,不肯自掏腰包出画册、开画展。尤其对于非闇在《北平晨报》上大肆宣传张大千到北平开画展的文章,甚为不屑一顾。当年于非闇任《晨报》编辑,为了制造轰动效应,有意策划了一场京派人物画的主帅徐燕荪与张大千的笔墨官司。文中他引用大千的口吻说"吾奴视一切";白石翁闻讯后特意刻了一方"吾奴视一人"的闲章,表示对张氏的轻视(注二)。所以他的书画交易只采用订润格、笔单,在南纸店或画店订购;张大千是在中西交汇的十里洋场上海滩拜师学艺的，又游学日本，书画交易除订润格在笔庄定购外，同时在画展时贴红条认购，红条补贴得越多，表示认购者越多，展后他再按补贴红条数重新绘制，其价格可自由浮动，有时为了讲交情买一送一或减价处理。可见他对国外艺术市场的营销方式，心领神会，无师自通，手法灵活，运用自如，远远超过沪上的其他海派画家。

一九二九年张大千的作品在全国第一届美术展览会上首次亮相，展品就被汪亚尘收入《全国美术展览会精品：中西画集》，应该说汪亚尘编辑的这本《中西画集》，开启了海上群体画家出合集的新风。张大千闻风而动，就在这一年，在上海大东书局接二连三出版了《丁六阳张善孖张大千画册第一集》《张善孖张大千张君绶画册》《蜀中三张画册》。张善孖是大千的二哥，也是一位艺术引路人，山水、人物、花卉、飞禽走兽全能，尤善画虎，人称"虎痴"；张君绶是大千的九弟，颇有艺术天分，可惜早夭。一九二九年，是大千的而立之年，此年春节，他画了一幅己巳三十自画像，请七十高龄的恩师曾农髯题诗，然后遍征海内名流题款题诗。由此大踏步迈进画坛，走南闯北，打进北京画坛，频频举办画展，积七年之久，在上海中华书局出版《张大千画集》，并请中大艺术系主任、老友徐悲鸿作序。（估计白石翁的学生为齐老张罗出版《齐白石画集》，也在此前后，徐悲鸿也做了序。但大千并无计较版税之事，也许还要请客送画。）抗战期间，画业萧条，张大千先是避居青城山，潜心作画，后又率领大风堂门人、家室西出阳关，扎营敦煌，在莫高窟苦心临抚壁画两年半。一九四四年春节期间，在教育厅厅长暨四川美术家协会主席郭有守的主持下，先后在成、渝两地举办《张大千临摹敦煌壁画画展》，还邀请避难入川的诸多学者名流举办座谈，谈敦煌壁画在世界艺术史上的历史地位及张氏临摹敦煌壁画的艺术成就和贡献。然后由西南书局出版画展图录和座谈会刊。一九四九年岁末，张大千离乡远游，移居巴西，足迹遍及欧美五大洲，先后在中国香港、印度德里、日本东京、法国巴黎、美国洛杉矶、美国纽约、中国台北、新加坡、马来西亚吉隆坡、泰国曼谷、德国科隆、英国伦敦、美国加州、韩国汉城（今首尔）等地博物馆、展览馆、画廊举办画展，出版展刊图录达五十余种。作为一名中国职业画家，为了在外立足生存，也为了弘扬中国传统书画艺术，他在友人郭有守（字子杰）的协助下，终于打进了欧洲艺坛，频频举办画展，屡获观众好评。一九五八年，他的一幅《泼墨荷花六联屏》在纽约赫希尔艾德勒画廊举办的画展展出后，被美国《读者文摘》社以十四万美金的高价购藏，创下了中国现代画家独幅画售价之最。同年，纽约国际艺术协会因曾在巴黎展出的《秋海棠》一画，而公选张大千为"当代世界第一大画家",从而使中国画家及其作品在国际上有了一席之地(注三)。但大千心中十分明白,他的立身之地——艺术市场,主要还是在华人地区,西方人对中国画毕竟不甚了了,难于接受欣赏。于是在港台友人及画商的策划下,配合画展,又出版了三十多种画册。一位职业画家,凭一己之力,出版了上百种展刊、画册,不仅在中国画坛上,而且在世界艺坛上也是少有的。

张大千逝世后,港台大陆更是竞相出版张大千的画集。台北是张大千在海外的叶落归根之所,台北历史博物馆与张大千有特殊的交往,张大千曾多次向该馆捐赠过自己的作品,该馆还十分意外地收藏了张大千惠赠友人郭有守的一百多幅作品(注四)。所以该馆最有条件捷足先登,编印出版张大千遗作。该馆同人秦景卿、刘平衡、黄永川、巴东四位先生分别花了五年时间(一九八六——一九九〇年)先后编辑出版了《张大千书画集》七卷,以后又以纪念张大千诞辰的名义,逢十诞辰举办大千纪念书画展,出版纪念书画集,其中巴东编的《张大千九十纪念展书画集》,全集几乎都是郭有守的藏品。但张大千与台北故宫博物院关系渊源似乎更深,二十世纪五六十年代,他回台访友,台北故宫博物院是必去之处,除了访友,还要看画,看历代名作,温故而知新。所以他在遗嘱中要将他临摹的六十二幅敦煌壁画，以及大风堂珍藏的古书画七十五件、文玩纸笔十九件，全部无偿捐赠给台北故宫博物院，为此，纪念大千先生百年诞辰的任务自然落到了台北故宫博物院身上，该院成立了张大千百年诞辰纪念展筹备委员会，并邀请大千生前友人黄天才做发起人，组织策划商借张大千做品。筹备组花了三年时间，从张氏家属以及散居在美、加、法、日等友人藏家手中征借了一百〇六件大千先生各历史时期的一流精品代表作，加上台北故宫博物院馆藏作品十八件，总共一百二十四件，洋洋大观，汇合展出。筹委会还特请张大千研究有成的专家傅申，领衔撰编《张大千的世界》纪念画集。傅申先生长期从事大千作品鉴赏研究，对所选作品了然于心，果然不负众望，精心地对每一幅作品在编年、分期、创作背景、风格等方面详做说明及赏析导读。诚如黄天才先生在《张大千的世界》后记中赞评道："廿八万言的珠玑文字，毫无疑问是深研大千先生一生艺事的精髓。"（注五）

中国香港，是大千先生后半生的驿站重镇，不仅是他与故乡亲人交往的联络站，而且是他东亚西欧往来的歇脚地和中转站，更是他书画经营宣传的重地平台。在香港，他有不少挚友至交，其中有的就成了他的艺术经纪人，高岭梅就是其中的一位。二十世纪五六十年代，高岭梅为他出版了多种画册出版物，但最有影响的莫过于《张大千画》（注六）。在这本古色古香、中西合璧的精美八开本画集中，他延请了曾履川先生担任笔授，记录了大千先生的口述"画说"；并请姚莘农先生担任英译。为配合"画说"文字，大千先生还精心手绘了许多示范插图，这是他生平参与制作画册用功最有力的一部出版物，也是学画者和读者，学习传统书画最切实的入门指导。张大千故世后，后起之秀翰墨斋主许礼平，继承了前辈的衣钵，在他主办的《名家翰墨》刊物上，分多期专题介绍了张大千山水、荷花、仕女、高士画辑，并请两岸学者撰文评说。

关于大陆，出于特殊的政治原因，新中国成立直至二十世纪八十年代前，几乎没有一本张大千的出版物。八十年代后，四川人民出版社一马当先，连年（一九八〇——九八七年）出版了杨莹泽编的张大千画选（集）十一辑。四川是大千先生的故乡，理应重力宣传故乡的这位画坛英才骄子。四川美术出版社也不甘落后，于一九九七年分类出版了邓嘉德编的十一集张大千"名画经典"。京沪及各地出版社也纷纷出版张大千画册，仅吴文隆私人收藏，截至二〇一〇年的大陆地区出版之张大千画册就有八十七种之多（注七）。平心而论，在众多的大陆出版物中，不少是陈陈相因、重复出版，更有不少赝品夹杂其中。近五年来，随着张大千艺术品的行情不断看涨，海外藏家手头的张大千晚年的泼墨泼彩较多地流入内地，因此在新版张大千画集中增添了不少海外藏家的藏品。值得注意的是四川藏家程恩嵘，从海外藏家及国内省市博物馆征集尚未面世的藏品图录，自掏腰包，出钱出力，在人民美术出版社先后两次出版《张大千精品集》两卷，制版十分精良。一个藏家不为私利夹带宣传推销自己的藏品，不惜花巨资出版《张大千精品集》注八，我认为这是值得称道的。

二〇一五年十月二十五日书于京东

注一：《齐白石传略》，龙龚著，人民美术出版社一九五九年八月

注二：张大千与齐白石（见拙著《张大千艺术圈》增订版，中国文联出版公司一九九九年）

注三：郭有守，字子杰（一九〇一——一九七八年），四川资中人。曾任国民党教育厅厅长，一九四六年后转任联合国教科文参事，长期居住巴黎。一九六五年，从巴黎投归祖国，国民党以间谍案论处，没收了他在巴黎的家产，其中有张大千赠郭有守的画作一百余幅，后国民党有关部门将其转交台北历史博物馆收藏。

注四：同上

注五：《张大千的世界》，傅申著，台北義之堂文化出版事业公司一九九八年九月

注六：香港东方艺术公司一九六一年二月

注七：《张大千画册暨文献图录》，台北旧香居二〇一〇年九月

注八：《张大千精品集》，人民美术出版社二〇一六年

七十学书老顽童

　　熟悉苗子先生的人，都知道他是一个豁达的乐天派。即使是人到中年的历经磨难，甚至"十年动乱"中莫名其妙地投狱七载，仍磨不去他的乐观、放达、幽默的心态，难怪年近九旬的夏衍在为苗子、郁风夫妇去年元月赴香港举办书画展的序言中写道："在我看来，苗子和郁风还是属于'老少年'一类。他们发不白、齿不豁，依旧是那样乐观，依旧是那样 [顽皮]，老当益壮穷且益坚……"夏公视苗子为"老少年"，而且是"顽皮"的"老少年"，苗子则索性自称为老顽童，学书七十的老顽童。正如他在一首《学书杂咏》中写道：

　　　　学书七十老顽童，
　　　　退笔如山苦未工。
　　　　一语坡公真破的，

通神万卷始神通。

　　我知道苗子是一位书家，是在二十世纪七十年代末期。一次我到工笔重彩画家潘絜兹家中串门，在他的画室里见到一块"春蚕画室"的木匾和一副对联，联文是"中外古今画，东西南北人"。走近一看，匾额和对联都是苗子题写的，隶书写得古朴苍劲。由此，我才得知苗子不但是一位美术史论家，而且是一位颇有功底的书家。后来据苗子告诉我说，他学书的时间尽管很长，但是真正把书法当作一门专业，是在一九五七年以后。据说，启功有一次到苗子家中串门，他在那间长廊过道式的书房中坐下，忽然在杂乱无章的书桌上发现一幅条幅，取来一看，原来是苗子书写的草书"帝子乘风下翠微"，写得疾徐有节，错落有致，行气、章法、笔墨均佳，启功二话不说，只是向苗子索要。他将这幅诗条带回去挂到自己的客厅中，客人来了，他就称赞这幅草书写得如何如何好。苗子作书的兴趣，从此就与日俱增了。

　　在当今书坛上，苗子的书法，与他的为人、为诗、为文一样，充满着新鲜活泼的生命运动气息，一点也没有陈腐的匠气、酸气。他的书法，无论是楷书、行草，还是隶书、篆书，都具有独特的个性，放在千余件作品的展览会中，老远一看就能认出是他的作品，这些作品既有深厚的传统根底，又有创新精神，笔墨紧随时代，富有时代气息。借用李可染的一句话来说，叫作"能以最大的勇气打进传统，又能以最大的勇气打出传统"。打进传统不易，打出传统更难。

黄苗子在《学书札记》中写道："临摹古人前人碑帖，是学书法的入门手段。汉、晋、宋、颜、柳、欧、苏，像上饭馆点菜，像青年人找对象，通过自己的习近和爱好去选择，把选中的碑帖临摹咀嚼，长期下苦功，摸透它的规律，然后再选其他不同的风格的碑帖，反复临摹，直到得心应手，掌握了书法的一些规律。第二步是从古人的程式中蜕变出来，写出自家面目，把掌握了的书法规律发展变通，这才是学书的目的。"这段札记，正是苗子学书的心得之一。通观苗子的学书历程，大致可以分为三个阶段。第一阶段为二十世纪二十年代至三十年代。这一阶段，以篆书临写《说文解字部首》，楷书以临写隋碑为主，以隋碑作为学楷书的根基。第二阶段为四十年代中期至五十年代中期。这一阶段，楷书由隋碑入唐碑，以褚遂良为主，兼临虞、欧诸碑帖，参写唐人写经；行书临写黄山谷；隶书临写伊秉绶。第三阶段是一九五七年以来。主攻隶书、草篆、行草。隶书从伊秉绶蜕变，草篆借鉴友人张正宇，行草由黄山谷脱胎，遂成自家面目。这三个阶段断断续续，不相连贯。第一阶段与第二阶段之间隔着抗战时期；第二阶段与第三阶段之间，整整隔了二十年。难怪七八岁学书的少年苗子，到了七八十岁才见"晚成"。

严格来说，黄苗子真正拜师学书，是从中学时代开始的。当时他所在的香港中华中学，有一位学识渊博的书法老师（他是南方著名的大书法家），名叫邓尔雅。邓老师教书法，主要是让学生规规矩矩地临写隋碑作为基础，开头叫他临写《虞公姬夫人碑》。因此他练就了扎实的真（楷）书功夫。丁文隽在《书法精论》一书中有这样一段论述："隋结六朝之局而下开唐宋，于书学史上为关键。隋书内承北朝朴直之绪，外收南朝绮丽之风，刚柔相济，遂成疏朗峻整之体。"由此看来，邓尔雅教学生书法从隋碑入手，是颇具一番深意的。由于在中学临得了一手"疏朗峻整"的字体，所以当苗子少年时期踏上仕途后，这一手真（楷）书，正好用来写当代"八行书"。

二十世纪三十年代的苗子，似乎无意于当一个书家，他在上海的艺术伙伴，是漫画家，而不是书法家。表面上看，这段时期他的书艺长进不大；但是从长远来看，短短的几年漫画生涯，使他种"瓜"得"豆"，获得了预想不到的收获。谁也不会想到五十年后的苗子在书法艺术上进行创新，竟然会得益于他的漫画艺术的技巧。今年在香港举办的《苗子郁风书画联展》中，苗子早年的一位老漫友郑家镇看了展览，发现了这个秘密，撰文揭出："漫画，是突出了主要形象，用的是夸张变形手法，以达到预期的效果，用这观念来处理书法，创新则是肯定的。张正宇、黄苗子都是名漫画家，他们的书法，……虽然变，只是形变，笔法是传统的。"当然，这是偶然因素，并不是所有漫画家都必然成为创新的书法家（按：黄苗子也十分欣赏漫画家韩羽的书法）。

在学书的历程中，苗子认为，自己的书艺进步较大的阶段，是在四十年代中期至五十年代中期。这个阶段是他广学勤练、吸收较多的阶段。抗日战争后期，苗子在重庆结识了一批名书法家，如潘伯鹰、曾克，他们都是写唐碑的，写褚遂良的《圣教序》，写《砖塔铭》；还有一位众望所归的沈尹默，他除了写"二王"外，也写欧阳询的《九成宫》。在他们的影响下，苗子由隋入唐，用功临写唐碑，主要是临写褚遂良的《房梁公碑》，后来他又以褚遂良为中心，参入唐人写经笔法，稍后又参入了倪云林的风格，进而形成了自家的楷书面貌。抗战胜利后，他临写了两三年的黄山谷的行书。

五十年代初期，苗子在琉璃厂看到了不少伊秉绶的书法，尤其是隶篆书写的楹联，使他产生了极大的兴趣，于是他买下了三册商务印书馆出版的《默庵集锦》（伊秉绶书法集）开始临写伊秉绶。他认为伊秉绶的隶书，雍容大方，稳重而有气派，但又善于在结体上夸张变化，在"险""正"相生中表达出装饰性。伊字的稳重，是从颜体的用笔及间架中来的，而变化又来自秦汉以来的小篆。伊秉绶早年与桂馥（之玷）交往甚密，替桂馥临写过整本"说文"，他对篆字的结构颇有研究，能吸收变化篆书入隶。

五十年代，由于同住在北京东城，苗子有机会常常去看望叶恭绰先生，叶恭绰是一位著名的书法家，对书法有独特的造诣和见解。与叶恭绰的交往，苗子获益匪浅。叶恭绰曾经发过这样一段议论，书法应以篆、隶为根本，学书应以竹、木简，汉、魏、南北朝石刻和晋、唐人写经为基础。这一段议论对他正在临写、学习隶篆十分有用。

众所周知，苗子的篆隶源自伊秉绶，是以伊秉绶的笔法以及《张迁碑》《裴岑纪功碑》《开通褒斜道摩崖》的笔法为基础，并从中蜕变而出。关键是蜕变二字，如果没有蜕变，就没有创新。换一句话来说，如果黄苗子不能从伊秉绶的程式中蜕变而出，那就不可能形成他的独特个性的书风。

应该说，黄苗子从伊秉绶蜕变出来的过程，是一个非常痛苦的过程，绝非一朝一夕、轻而易举所能奏效的。据苗子先生告诉笔者，七十年代中期，他重新提起毛笔，打开了"文革"中失而复得的《默庵集锦》，重新临写伊秉绶的隶书。临来临去，像倒挺像了，几乎可以乱真。可是一落笔就是伊字，他便觉得不妙，学得再像也比不上伊秉绶的真迹，何况自己没有伊秉绶的功力，仅得皮毛，太糟糕了！如何才能摆脱伊字，变化伊字呢？"昔年唯恐其不入，而今唯恐其不出。"他想起了张大千晚年总结的自己学石涛的两句话，而今他学伊秉绶也应了张大千的这两句话。的确，学习前人，打进去难，走出来更难。要摆脱伊秉绶，首先摆脱伊字的外形，他猛然想起，伊字的间架是以楷入隶，是从颜字中出来的，而伊字的变化又是从金文秦篆中来的。由于时代的局限，当时出土的汉砖、汉印、汉镜、瓦当不多，而今这些汉代文物大量出土，应当从这些新发现的汉篆入手，以这些富有装饰性的夸张、变形的篆字来丰富伊秉绶的变化风格。何况他五十年代初年以来，搜集了不少的汉砖、瓦、铜器拓片，正好是他参考借鉴的绝妙资料。经过一番刻苦的揣摩，他终于从伊字中脱颖而出。

对汉瓦当、汉镜、汉印、汉砖等文字风格的探索，也加深了苗子对中国书法的造型艺术规律的认识。他在《学书札记》中写道："中国书法，早就遵循造型艺术的规律在发展。在汉瓦当、汉镜、汉印、汉砖刻等文字中，文字的装饰意向达到高潮。这种古代书法的自由化和创新刺激、抽象性和装饰性，仍然对今天的书法发展，具有魅力。"由于苗子在新发现的汉篆文字上狠下了一番功夫，他不但以这种新发现的古代书风，变化伊秉绶的隶书，而且也变化了老友张正宇的草篆。

提起写篆书，苗子的起步较晚，是在七十年代中期才开始。当时张正宇还健在，他得悉苗子从七年缧绁中释放回家，于是常到苗子家中来，来了就写字。张正宇是苗子在三十年代的老漫友，一辈子从事装饰艺术，是一位舞台美术家，从平面到立体的装饰艺术家，也是一位大器晚成的书法艺术家。

在与张正宇相处的最后一二年时间内，苗子经常看老友临池挥毫，耳濡目染，自然受益匪浅。对此，苗子毫不讳言。他还风趣地对笔者说过这样一段话："正宇健在时，我不敢写字；正宇不在了，我才敢提笔。这就叫作'于无佛处称尊'。"苗子认为，张正宇的字所以写得好，主要是他把现代装饰艺术的精神，融化到篆书中，所以气派大，装饰性强。比较一下两人的草篆，苗子的篆书运动力含蓄，倾向于稳重中的变化，张正宇的篆书运动力开张，倾向于气势的展露，在风格上两个人各有不同。

当然，苗子的书法艺术所以能出现一个新的面貌，除了勤学苦练的笔墨功夫外，还与他有放达的襟怀以及广博的文艺修养——诗词、散文、漫画以及长期从事美术史研究等方面的修养，有十分密切的关系。诚如他在《学书札记》中所说："书法家要开阔胸襟，绝不限于狭隘地钻研书法。必需广泛经历世途，目光扩大，以可歌可泣之事充盈自己的感受，才能迸发激情，感染他人。然而这还不够，一位成功的书法家还要从音乐、绘画、舞蹈、诗、词、歌、赋中去吸收艺术营养。张旭看公孙大娘舞剑器而得草书之神。广泛的艺术修养，是书法家第一要义。"苗子是这么说的，也是这么身体力行的。他平日最喜欢涉猎书本，经史百家、笔记小说、丛书杂志，古今中外，满屋满架，真是兼收并蓄。从苗子的散文和论著中，也可以看出他读书比较多。他很同意苏东坡那两句论书诗，"退笔如山未足珍，读书万卷始通神"，他深以为自己学问修养还很不够（在这一点上，他经常表示他佩服启功）。所以，才有上面所引那首"学书七十老顽童"的咏怀之作。

八十年代以来，黄苗子的书法作品在海内外的声誉日益增高，且在老中青三代书家中获得好评。当然仁者见仁，智者见智，看法不尽相同。老书家从他的书法作品中看到了深厚的传统功底，中青年书家更多地着眼于他是如何从古人和前人的程式中蜕变而出，形成自己独特的面目。对此，他的老友，香港著名美术评论家黄蒙田深有感触地写道："他的书风固然看到他对传统深刻钻研得来的深厚底子，但他不是一个消极、保守的传统主义者，重要的是他从来都是一个革新派。传统只是为创新服务，因而出现了他那种新鲜、耐看、多变但又不完全等于传统的书风。"（见《耶诞时节又逢君》）黄苗子还直言不讳地说过："我试图用书法这种艺术，把'运动'储存起来，然后让观赏者自己去把这种运动打开（解放出来），通过感官传递，触动他去感受这些书法运动的魅力——书法的抑、扬、顿、挫所发生的各种强烈、柔和、飞速、缓慢、刚强、婉约等运动之美。我试图以书法中的点、线、面的变化运动，形成书法的韵律感，从而把观赏者带入一种美的境界。"（见《未休居学书札记》）从这段札记中，可以看出他在书法创作中，力图创造出一种源于传统又不同于传统的新书风，来刷新人们头脑中固有的传统书法的审美观念。

法籍华裔学者、巴黎大学东方语言学院教授熊秉明先生，对黄苗子的书法给予颇高的评价。他在一次与意大利著名作家和记者伊·菲奥雷的谈话中评道："在当代中国书法界，黄苗子的书法是最接近抽象线条的几何结构。他的风格，可与西方抽象画家的风格媲美，比如克莱的一些粗线条的抽象画。我以为西方人很容易接受他的书法艺术，而且欣赏他的作品。"（见一九八五年十一月十七日意大利《时代报》）

西方人能不能欣赏他的书法作品呢？请看一位西方记者福洛勒·茹在中国香港参观他的书法作品后的观感："他有时用字的架构、笔法来抽象地表达出他创作时的情感。他喜欢刻画

（水）的意象说明了这一点。他在激情下，用草书写成了'飞流直下三千尺'，这幅作品显示了力量、决心和刚强的气概。在心情比较轻松的时候，他写下了《空山灵雨》……为了加强作品的感染力，把雨字里面的几个点，点得特别重，使人们看来好像这些雨点真的要落下去了。"看来，这位西方记者是从书法的抒情角度来欣赏苗子的书法的，他能列举一些作品分析出书家创作时的心态。

熊秉明教授是一位著名的书法理论家，他借用西方的美学理论体系，将中国的历代书法家和书法理论，归结为六大系统，也就是六大派——喻物派、纯造型派、缘情派、伦理派、天然派、佛教书法（见《中国书法理论体系》）。最近熊教授自巴黎来北京举办书法讲座，我有幸结识了他。在一次交谈中，我请教熊教授："按照您在中国书法理论体系中的归类，应该用哪一派的理论论证黄苗子的书法，换一句话来说，黄苗子的书法应该归到哪一派中去？"他笑着答道："他的书法应该是属于造型派。"也就是说，苗子的书法是讲笔法、结构、均衡、变化、趋势、墨色等造型因素的。

熊秉明的老友，著名画家吴冠中，正是从造型艺术的角度来欣赏苗子的书法，他认为看苗了的字，"一见倾心，十分喜爱，突出的感受是构图美、虚实、节奏美，总之是造型美。我看字同看画一样，首先着眼于构架，苗子的字特别讲究构架，大概看一眼便吸引了我"（见《书画一家亲》）。

毋庸讳言，也有人对苗子借鉴甲骨文、金文乃至彩陶艺术中的象形文字和图案创作的少数"书画相生"的作品提出异议和批评，认为这些作品混淆了书画的界线，不是书法创作的正路。笔者认为，象形文字既然是中国文字的组成部分，而且是早期文字的重要组成部分，那就应该允许书法家从中发掘和吸收艺术营养，创作出为今天的读者所喜闻乐见的书法作品来，这也是书法百家园中的一朵小花，应该予以开放。至于现代书法创作中的"绘画化"倾向，不能与他的作品混为一谈。更何况苗子先生本人也并不提倡"绘画化"的书法，他在《未休居学书札记》中写道："古人早就提过'书画同源'，书法和绘画在艺术领域中更接近，它们经常携手并进。但书法毕竟是书法，它不能混同于绘画，不宜'绘画化'。共性不能代替各自的个性。"

读熊秉明《静夜思变调》

　　二○○三年十二月十四日是旅法华裔艺术家和学者熊秉明逝世一周年。熊秉明不仅是著名的雕刻家和书法理论家、书法家、画家、散文家，而且是一位诗人，尽管他从未标榜自己是诗人。作为一名诗人，他只留下了一部《教中文》的诗集。这是他在巴黎第三大学东方语言文化学院中文系教授汉语所得，用他的话来说，他无意作诗，而是诗找上门来的。《教中文》共收二十多首小诗，《静夜思变调》就是其中的一首。

　　《静夜思变调》是二十世纪七八十年代熊先生创作的一组思乡曲。这组思乡曲由十八节段落连接而成。环绕唐朝大诗人李白的一首脍炙人口的千古绝唱——《静夜思》而展开，反复聚散，反复叠合，反复咏唱，唱出了一个远离故土上万里的留洋游子的怀乡之苦，也唱出了一个阔别父母数十年的浪子有家难归的思亲之痛。其怀乡之苦，其思亲之痛，不亚于千年前的李白，甚至可以说其强烈炽热的相思之情出于蓝而胜于蓝。如果说李白的《静夜思》是八世纪游子的千古绝唱的话，那么，熊秉明的《静夜思变调》则是二十世纪游子的悲壮咏唱。

李白的《静夜思》，只有短短四句，每句五个字，总共二十个字。一首只有二十个字的小诗，既没有奇特的想象，也没有华美的辞藻，而是信手写来，清新自然，明白如话，朗朗上口，用叙述的语气，写远客思乡之情，意味深长，耐人寻思。千百年来，这首《静夜思》成了妇孺老幼皆能听懂，又可记诵的千古绝唱。

熊秉明说，《静夜思》是祖父教他的第一首唐诗，也是他童年时代背诵的第一首中国诗。祖父叫他背这首诗时也许并无深意宏旨，他背着背着有意无意中却埋下了怀乡思亲的心智钥匙。他带着这把钥匙，从出生地南京，到父亲熊庆来在清华任教的北京，又随父服务桑梓，回到故土昆明，再从昆明出洋留学巴黎。在巴黎他一住数十年，欲归未归，欲归难归，烽火连"五载"，家书抵万金。离乡越久，思亲越炽越烈，忍无可忍，压无可压，最后，翻江倒海，撞开了记忆的闸门，引发了这首变调的《静夜思》——变调者，跑调也，走调也，串调也，增字调，减字调，不入调。千变万变，却不离其思乡思亲之情。正如他在第十首诗后注道："这小诗写于一九七一年，原来只有前阕（指前十首）。一九七二年收入《教中文》诗集里。这是我所珍惜的小诗，然后它几乎已经不是诗，然后它只能是诗。那时父亲受批斗折磨，故世不久，'抵万金'的家书就是这样的，封封是这样的。现在加了后阕（指后九首），编入《静夜思变调》。"

这段注文很重要，注明了这首诗的写作背景。原来这首诗的前十首写于"烽火连五载"的"文革"动乱的第五个年头（一九七一），又正是他的父亲——一位具有正义感的爱国主义教育家受批斗折磨，故世不久。他想写信询问，可是这些信总是石沉大海，有去无回，偶尔收到一封"抵万金"的家书，也是闪烁其词，语焉不详。于是他就借诗发挥，借用大诗人李白的这首千古绝唱，来抒发自己思念父老乡亲的强烈感情。诗中没有只字提及"烽火连五载"的故土，没有只字提及父母的磨难受苦。只是变化着《静夜思》的语言节奏，或扩充，或缩减内容，或增字，或减字，或怀古，或抚今，或追忆幼年随祖父背读情景，或直写已当了祖父的自己教读孙子、教读学生的景象。"增字《静夜思》"和"减字《静夜思》"，表面上是写他教授外国学生背诵《静夜思》，"有的结结巴巴地背，背多出许多字；有的吞吞吐吐地背，背少了许多字"；实际上结结巴巴、吞吞吐吐，未必只有外国学生如此，他的内心深处何尝不是如此？在朗朗明月下，他翻滚错落地背诵过多少遍增字或减字《静夜思》呀？！请看第四首：

床前明月光 / 疑是地上霜

举头望望明明月 / 低头思故思故思故乡

床前月光 / 疑地上霜 / 举头明月 / 低头思乡

床前光 / 地上霜 / 望明月 / 思故乡月光 / 是霜 / 望月 / 思乡

月 / 霜 / 望 / 乡

明眼人一看就知，这些递增或递减的方块汉字，增减得如此精练而句法紧凑，是初学汉语的外国学生无论如何也背不出来的。

《静夜思变调》的后半阕，当是二十世纪八十年代初期，也就是改革开放后，他回国探母后写的。请听：

三个孩子到中国去了 / 两个大学生一个中学生

只会说小学生的中文 / 第一次见到北京的老祖母

献上什么礼物呢？ / 别忘了背一首中国诗

床前明月光 / 疑是地上霜 / 低头思思思

全家人都笑了 / 九十岁的老祖母

笑出了眼泪 / 用宽的袖揩着（见第十七首）

最奇特的莫过于《第十九首》，这首诗可能写于一九八二年，也就是他六十花甲之年。六十岁的诗人写住在巴黎赫德森河畔古稀老人的诗情诗思。从七十逐年写到八十岁。（这位住在赫德森河畔的中国人，不是别人，正是诗人自己。巧的是他只写到八十岁，而熊先生终年也正是八十，是巧合，还是一语成谶？）他的诗情诗思都是大诗人李白支离拆散的残句碎片——有关故国故土之情，人生感叹的残句碎片。或借用整句如七十九，"黄河之水天上来，奔流到海不复回"；或将整句拆开重新组装词句，如七十三，"三川雪满魂能苦/蜀道之难天梯石栈明月相钩连"；或采用蒙太奇的电影手法，把不相干的词句或诗句拼接在一起，造成颠倒错乱的意象，如七十六、七十七，"拿起电剃刀/断水水更流/长相思白雪间/长相思彩云间"。这首诗已跳出前十八首的《静夜思》的框框，由李白一首诗的意象拓展到李白的诗情诗魂，也可以说，他是把李白对故国故土之思的诗情诗魂打碎，重新融进了自己的诗中，从而把他的诗情诗思尽情宣泄在不和谐的变调的咏唱之中。他希望这种咏唱能为读者接受，并且一起咏唱朗诵。诚如他在小引中说：

我的这首小诗是希望能被朗诵的。朗诵诗，第五句"黄河之水天上来"，尤应以吟古诗的腔调读出来，这诗本身不晦涩。是许多李白诗句的碎片。在一个老人衰退的记忆中重新拼接合的花纹，像杜甫《北征》中所描写的小女儿的补丁短袄……

在诗歌语言上，《静夜思变调》继承了《静夜思》的诗风，清新自然，明白如话，朗朗上口。既"顺口"，又"顺脑"，不晦涩，不拗口，是可以朗诵的。这对于一个长期移居在西欧国土上，饱受"欧风美雨"语言环境影响的侨胞诗人来说，实属难能可贵。我说《静夜思变调》是二十世纪游子的悲壮咏唱，读者也许要问，这首诗悲在何处？壮在何处？我认为，它悲就悲在不着一个悲字，尽在悲思之中，而壮就壮在不着一个壮字，尽在壮行之列。借用唐朝诗评家司空图在《诗品》中的赞评来说是："不着一字，尽得风流。"这种含蓄蕴藉的诗风也正与李白的"无意于工而无不工者"是一脉相承的。

熊秉明先生一九四七年留法，最初在巴黎大学文学院主修哲学，一年后转学雕刻，五十年代以雕塑为业，雕过不少头像、大型纪念碑，而后以动物为主题的铁焊作品和石膏水牛题材作品著称。一九六二年从教，在巴黎第三大学东方语言文化学院教汉语。众所周知，一个堂堂大学教授，在巴黎大学里教外国学生的汉语课，相当于在中国教小学生学汉语，词汇不多，语法简单，周而复始。他不厌其烦地教着简单的中文词语，在不断重复母语的时候，他觉得这些语言是非常之美的。即使最简单的短句也是诗。无心栽柳柳成荫，他教出了乐趣，教出了感情，教出了诗，他试着把最简单的中文写成诗，用最初级的语法和词汇写了二十多首诗。也就是说，他无意苦吟作诗，而是诗找上了门，用一句行话来说，他的诗是流出来，而不是做出来的。熊秉明的《教中文》就是这样流出来的，他的《静夜思变调》也是这样流出来的。

左乎？右乎？

理论家杨成寅素描

文艺界的友人说我有"老人缘"。何谓老人缘？善与老人交往，能与老人结缘之谓也。我与老人结缘的主要媒介是《百美图》。所谓《百美图》，并不是历代画家笔下仕女、美人荟萃的《百美图》，而是当代美术家之美也。自一九八九年起，我从海内外邀集了数百位（最早定百位）文艺家入围《百美图》，文艺家自画尊容，我为之配文，由山东画报社一九九七、二○○七年先后结集出版。打开二○○七年增补版《百美图》目录一查，出生在一九三○年前的老一代文艺家竟达一百三十五位，如果把老人的标签放在八十岁以上，那么以上所入围者都已达老人标准。更何况，我邀约的方式，都是面约，除极少数已故画家外，我都亲自拜访面谈过。在访谈交往中，我与这些老文艺家感情日深。他们都比我年长（少则十来岁，多则三四十岁），不少老人忘了年龄界限，把我当作小弟弟，不以后辈小子视之。由此结下了忘年交、老人缘。

结识杨成寅先生，也是缘起《百美图》。二〇〇九年春节，经中国美术学院教授、美术史论家郑朝介绍，我获知了杨先生的宅电号码，于是趁着拜年的机会，向这位尚无一面之缘的杨先生拜年问好。电话中传来了一位声音洪亮、底气十足的老者询问声，我自报了家门，他十分客气地说："你的文章我读过，我知道你的名字。"一番寒暄后，我请他自绘真容，入围三版《百美图》。他先是谦辞推让，接着又要求我寄一部书，看后再定。我遵嘱寄赠拙著，他回赠了一部他的《艺术美学》大著。

首次与杨先生见面，是在当年金秋时节。我应邀赴杭州出席一位台北画家孙家勤的画展开幕式。抵杭州后，抽空拜访了杨先生。杨先生家住南山路中国美术学院教工宿舍，地处西子湖畔，风景优美，是市区的黄金地段。也许地段太好，寸土寸金，家住二十世纪五十年代旧楼的杨宅，非但门窗陈旧，其貌不扬，而且居住面积也不大，说是三室一厅，总面积只有七八十平方米，连一间像样的书房也没有，只有几架简陋的书柜，进不了书柜的书，只能堆放在沙发上、椅子上、地上。一个在中国美术学院工作了六十多年的堂堂老教授，居然还住在如此狭小的居室中，怎不令人感叹！

　　站在我面前的是一位身材中等、头发花白、平顶，穿着朴素、满脸堆笑、祥和质朴的老人。我赶忙上前握着他的手说："杨先生，久仰大名，相见恨晚。"一听就知道，是应酬客套，他的回答却与众不同："不必客气，我读了你的书后，就已经是朋友了。"这句话，像一股暖流，流入了我的心里，一下子缩短了我们的距离。杨先生比我年长十五岁，无论在年资上，还是在学术上，他都是我的前辈和师辈，可是他却打破年龄界限，小包、老包交替称呼，我更忘乎所以，直呼他为"杨大哥"，称他的同学老伴林文霞为"林大姐"。

左乎？右乎？

　　我最初得知杨成寅先生，以为他是一位美术批评家。二十世纪八十、九十年代之交，美术界环绕"新潮美术"展开了一场大论战。我供职的《文艺报》是五六十年代文艺界的"晴雨表"；复刊后，又成了文艺宣传阵地，自然成为左、右"两军"对垒叫阵的沙场。据说，杨成寅是外地杀入京城的"左家庄"一员开路先锋，曾在《美术》月刊、《光明日报》上发表多篇美术理论批评文章。一九九〇年六月二日，他又以《新潮美术论纲》万字长文，杀入《文艺报》，笔战"新潮"美术论家。此文提纲挈领，就"新潮美术的推出和发展""新潮美术的创作面貌""新潮美术的理论"三个方面展开剖析批评，由此他的大名响遍京城美术界。

说句实话，经过"文革"的浩劫，我对二十世纪八十年代初的那场批《苦恋》、批"人道主义"、批"异化论"，以及稍后的批"新潮美术"等等文艺界的资产阶级自由化，心中确有"狼来了"的余悸。因此，对于当时参与批判"资产阶级自由化"的各路英雄好汉，确有不分青红皂白，一股脑儿归入"左家庄"之嫌。只要听说某某是"左家庄"的人物，不管文章写得在理不在理，只要一看大标题，就会皱起眉头，掉头不顾。杨先生的大作明明是发表在我供职的《文艺报》理论版面上的重头文章，且在左右两方引起强烈反应，激起轩然大波。可是恕我不恭，当年就未及细读。直到二十年后的今天，才找出《文艺报》合订本，细读了全文，并读了杜健先生的《对〈新潮美术论纲〉的意见》及力群、蔡若虹先生的批评、反批评文章。时过境迁，二十年过去，似乎尚能嗅到弥漫在报上的战火硝烟。

奇怪的是，二十年前避而远之的一位"左派"人物，居然成了今日的"忘年交"。这个弯子是怎么转过来的？

说来话长，长话短说。一要看其人理论是否言行一致，一以贯之；二要看其人提出的口号、理论的出发点，是为了标新立异，出一时之风头，图一己之私利，还是真正为了促进艺术繁荣，社会发展。至于派别，文艺创作、学术理论的不同意见、不同观点，也可以说不同派别，更是十分正常的。两千年前的战国时代，如果没有诸子百家不同观点学说的自由辩驳，何来百家争鸣？新中国成立初期，也曾提出过"百家争鸣，百花齐放"。我的这点认识，来之不易，是经过"文革"前后各种政治运动的反复比较考量，才逐渐得来的。对杨成寅先生的认识，也不例外。

恕我孤陋寡闻，最初我以为杨成寅只是位美术批评家，事后才发现，他不仅搞美术批评，还搞美术教学、理论翻译，搞评论、史论，更涉猎美学、哲学。如果可以把美术批评、评论、史论作为美术理论的三大分支，而将美术理论翻译视作通向美术理论的媒介或阶梯，而把美学和哲学当作美术理论的基础的话，那么可以说，在美术理论领域，杨先生是一位博大精深、精通十八般武艺、著译等身的通才理论家，而我却以一介美术批评家视之，岂非一叶障目，有眼不识泰山？

与半路出家的美术理论家不同，杨先生是美术院校"科班"出身的理论家，说他是"科班"，他是新中国培养的第一代有研究生学位的理论家。与有一些"科班"出身的专业理论家不同，他不仅精通理论，还搞艺术创作，搞雕塑、丙烯绘画，是一位理论、创作兼长的全才。

杨成寅早年在开封高级师范学校上学时，曾跟河南著名画家叶桐轩先生学过铅笔静物画、花鸟画和山水画。一九四七年进入杭州艺专后，一、二年级除了跟吕霞光先生学习素描外，又向李长白先生学白描花卉，向高冠华先生学习素描，向虞开锡先生学习山水画。三年级分专业时，他分到雕塑专业习雕塑，师从程曼叔、周轻鼎、萧传玖、刘开渠。可在雕塑系毕业前一年，校领导决定要提前抽调他到院刊编译组，边工作，边学习，他对此有些想不通，就对院长莫朴说道："我还是想学雕塑，又不是搞不好雕塑。"莫院长对他说道："领导知道你雕塑学得好，正因为你雕塑学得好，才要留校培养你。但学校急需翻译人才，还想培养你搞美术理论。以后你在理论工作之余，还可以搞雕塑。"（见范达明：《理论家杨成寅访谈》）就这样，莫朴院长的一席话，决定了杨成寅搞美术理论的终身。

读者也许要问，一个学雕塑的学生，怎么说改行就能改行，还改成了美术理论翻译？谈起翻译，实属偶然。一九五二年，他因病休学，在养病期间，看到一篇文章，说是有慢性病的人最好学外语，有益于养病。他听信了，决定学俄语。他向业师程曼叔说出了自己的想法，程老师听了很高兴，回家把一台旧收音机取来，供他收听广播电台开办的"俄语教学"节目。那时正赶上国内政治上"一边倒"，"风起云涌"学俄语，学院里也开办俄语课，征得了赵崎老师的同意，他插班加入了俄语班，由此两条腿走路，学起了俄语。他采用边学边用、学以致用的办法，阅读俄文理论原著；还试着结合教学，翻译长短文章。《苏联美术学院教学大纲》，可以说是他翻译的处女作，居然在院刊《美术座谈》上发表了，后来他又在院刊上发表《雕塑的技巧》。也许正是这两篇译文引起了院里老师和领导的注意，也激发了他翻译的兴趣，才将他提前调入编译组工作（参阅范达明《理论家杨成寅访谈》）。

调入编译组不久，他又转入研究生班深造。读研期间，他先后翻译了上百万字的美术教学、史论方面的文章、著作。诸如《契斯恰柯夫素描教学》、苏联涅陀希文所著的《艺术概论》、法国列斐伏尔所著的《美学概论》（俄文版），还翻译了不少美术史论和美术评论。可以说，读研三年，是他从事美术翻译的高产期，他刻苦用功，也"名利双收"。皇天不负苦心人，十分耕耘，十分收获。私下里他对我说，当年他的编译稿费收入颇丰，竟超出了院内老教授的工资。一扫求学时代的清贫窘境。

从美术编译步入理论殿堂的杨成寅，编译促使他阅读苏联及欧美的大量马列文艺美学论著，借助编译，他积累了厚实的理论知识平台，也提高了研究和写作理论的水平，更重要的是，为他树立人生观、艺术观，指引了马克思主义、现实主义的方向。这个方向，历经各种政治运动，半个世纪以来虽然有过迷惘，但从未背离过。

　　一九五六年，风华正茂的杨成寅迎来了而立之年，他立了业，也成了家，学院还把他派到北京，在中国人民大学哲学系学习半年多美学，旁听了苏联美学家斯卡尔任斯卡娅的《马克思列宁主义美学》课程。他本该在学术理论上百尺竿头，更上层楼。可是，当他从北京回到杭州美院，就听到了"这是为什么"的"反右"号角。曾经赏识、提携过他的莫朴院长，准备把他调京的中央美院院长江丰，一下子被打成了美术界"右派反革命集团"的头号、二号人物。江丰、莫朴是延安老革命，也是坚定地站在马列主义立场的铁杆"左派"。一夜之间，老革命变成了"反革命"，铁杆"左派"变成了"右派"头目。历史如此这般被颠倒了，入世不深的杨成寅迷惘了。更令他不解的是，在中国画教学上他主张过学素描，居然也被定为"右派言论"；"反右倾"运动中，在别有用心者的唆使鼓动下，他又被莫须有地戴上了"右倾机会主义""民族虚无主义"等帽子。这位当年被学院突击培养的青年美术理论高才生、美术理论翻译骨干，"顺理成章"地被打成了"江、莫"右派集团的外围分子和修正主义黑苗子。虽然没有戴帽，但被调离美术学院，下放到边远山村去教中学。

自一九六二年至一九七九年，他下放永嘉（温州）十七年，步入人生和事业低谷的时期，难能可贵的是，他没有沉沦，也没有放弃美术理论事业。他通过温州图书馆的友人，悄悄地借阅无人问津的古今中外美术理论典籍，利用空隙，又先后翻译了苏联万斯洛夫的《美的问题》，和英国十八世纪画家、美学家荷加斯的《美的分析》（这两部译著二十世纪八十年代分别由上海译文出版社、北京人民美术出版社出版）。同时他攻读中国古代画论、画学、文论、书论及《易经》、老庄哲学论著。祸兮福所倚，十七年的下放教学，居然为他创造了一个少受"文革"干扰的治学读书避风港。更为令人惊异的是，他下放的温州地区，温州方言十分难懂；他是河南人，学生也听不懂他的口音。为了教好语文，这位搞雕塑、搞美术理论的"外行"汉语教师，居然硬着头皮潜心钻研汉语语法句型，选用当时的报刊文章和语文教材作句例，写出了一部《现代汉语句型概论》（后由内蒙古教育出版社出版），不仅推动了当时的语文教学，而且填补了现代汉语句法学专著的空白，令语法学专业人士刮目相看！

　　综上所述，二十世纪八十年代以前，杨成寅在美术理论方面的成就，主要表现在编译上，可以说，编译是他迈进理论研究的垫脚石，垫脚石伴随了他数十年，使他受益无穷。借助于编译这块垫脚石，一方面他为众多国内外的美术理论家和广大美术工作者辛勤地制作了一件又一件精美译著的嫁衣裳，同时，也为自己奠定了正确的文艺方向和厚实的理论平台。

　　"好风凭借力，送我上青天。"强劲的解放思想、改革开放的东风，吹散了长期笼罩在人们头上的清规戒律，也焕发了杨成寅的学术理论的青春，已过知命之年的他，仿佛一下子年轻了许多，重新回到了"外西湖"的读研时代。他如饥似渴地阅读颇有新意的美术理论文章，似醉似痴地呼吸着学术界的新鲜空气，他似乎嗅到了一丝百家争鸣的气息。于是联系美术创作和理论批评界的现状，写出了一篇又一篇有独到见地、有理论深度、文思缜密、笔锋犀利的美术评论、美术批评和艺术美学的争鸣文章。他本着在"学术面前人人平等"的愿望，与美学权威朱光潜商讨"审美意象""审美直觉"，与美术名家王肇民商讨"形是一切""写形而神自来"，与吴冠中先生商讨石涛《画语录》中的诸多学术观点和提法，还与研究石涛专家张燕教授深入探讨"一画"范畴的内涵和石涛绘画作品的主要精神等等。从以上诸多学术争鸣文章中，可以看出他超人的胆识才学。

"胆识才学"，是唐代著名史学理论家刘知几（六六一——七二一）对治史学者提出的四大要素。刘知几不仅是一位史学理论家，而且也是一位文学批评家。历代文史不分家，所以这四要素同样适用于治文学史者。何谓胆识才学？胆者，勇气也；识者，辨认也；才者，智力也；学者，功力也。四者不可或缺。一千二百年后，近现代国画大家、美术史论家潘天寿在《听天阁画谈随笔》中，对"画事者"也提出了类似的要求："画事须有天资、功力、学养、品德四者兼备，不可有高低先后"；又"画事须有高尚之品德，宏远之抱负，超越之识见，厚重渊博之学问，广阔深入之生活，然后能登峰造极"。文中的"画事"，不但针对绘画创作者，我看也可包括绘画研究者（亦即美术理论家）。因为他又说过"画事，精神之食粮也，为吾人所共享；画事，学术也，为吾人所共有"。作为潘天寿先生的一名老学生，作为曾经为美院申报苏联科学院名誉院士论文的代笔者，作为撰写过《潘天寿的绘画美学体系》论文的杨成寅，对潘老的以上论述铭记于心，身体力行，从而将潘老的以上要求贯穿到理论研究和艺术创作中去，熔铸成高尚的品格和胆识才学的素质。

杨成寅的胆识，还表现在敢为天下先，以大无畏的勇气，率先撰文批评"新潮美术"。他深信"做任何事情，包括艺术创作和艺术理论在内，都应该达到规律性和目的性的统一。我们的艺术创作，必须遵循艺术的一般规律和社会主义艺术发展的特殊规律，必须为社会主义精神文明服务，必须满足广大群众日益增长的审美需要。可是我觉得，中国的所谓新潮美术，就其主导倾向来说，恰恰是反艺术规律和反社会目的性的"（见《新潮美术论纲》）。正是基于这种胆识，他义无反顾，执笔为文，笔战群雄。论战中，他坚持与人为善，以理服人，坚持不打棍子，不扣帽子，一再声称不能把新潮美术论者和搞新潮美术的作者与资产阶级自由化等同起来，混为一谈。毋庸讳言，《新潮美术论纲》的发表，必然会引起新潮美术论者的强烈反对，但也赢得了坚持社会主义意识的文艺论者的赞同。据说在一次京城举办的部分美术理论工作者会上，与杨成寅素昧平生的著名美术理论家王朝闻，听说杨成寅也与会了，特意走到他的面前拱手作揖，向这位敢为天下先的勇士表示致敬！

事过多年，有人在访谈中问杨先生：二十世纪五十年代说你"右倾"，"新时期"又说你"左倾"——不同时代将你说成"左""右"两种人。你以为这种说法怎样？

杨先生的回答是："我这个人的观念相对固执是真的，从另一方面看，这'相对固执'，也可以说是'相对稳定'。……五十年代前半期，我学习俄语时，逐字逐句读过《联共布党史》的'辩证唯物主义与历史唯物主义'原文，后来又读斯大林的《论列宁主义问题》原文，翻译苏联的美术著作，肯定受苏式马列主义哲学和美学的影响，但我也不会完全接受他们的思想，我对列宁关于唯物辩证法所说的'斗争是绝对的'一直持有疑义。我当时讲'艺术概论'（一九六〇年在美院讲了很短时间），实际讲的观点，既有苏联的，也有毛泽东的'讲话'的，还有中国画论的，还有部分自己的。把我的思想概括为'修正主义''民族虚无主义'毫无根据。八十年代和九十年代，我发表的美学和美术评论文章，都是贯彻马克思主义美学思想，主张艺术规律性与正确社会目的性的统一。这是坚持社会主义意识形态，是主张弘扬民族文化的，是主张文化艺术中西优势互补的。拙著《艺术美学》这本书将会证明，我的文艺思想可能有缺点和错误，但既非'左倾'，亦非'右倾'。"（范达明：《理论家杨成寅访谈》，见《美术评论与研究》浙江大学出版社二〇一〇年版）

　　好个"既非'左倾'，亦非'右倾'"，不由让我想起另一位尊敬的已故友人——文艺理论评论家唐达成先生。一九五七年唐达成在《文艺报》被打成"右派"，批斗后发配山西，下放二十多年。派右复出，出任《文艺报》副主编，与另一位"右派"副主编唐因（人称二唐），一起领命撰文批白桦《苦恋》。后唐达成又领命在党校发言，名为谈读胡乔木报告心得，实为不点名地批人道主义和异化论。后又升任中国作家协会党组书记。记得对"左、右"两派，他也说过一段发人深思的话："说你左说你右，那要看说你的人站在哪一面。今天站在你的右边，当然看你在他左边；明天站在你的左边了，你当然就是右了。不是你的位置如何，而是他的位置怎样。"（见陈为人：《欲说当年好困惑——唐达成在关于人道主义和"异化"问题论争中的经历》随笔二〇一〇年五期）

杨成寅在"反右"斗争中逃过一劫，但未逃过"反右倾"，下放之年与唐达成相近。所不同的是，他既没有戴"棘冠"，也未戴"桂冠"，但在坚持社会主义意识形态、坚持马克思主义的文艺观上却是立场一致又一贯。不知杨先生读了唐达成先生的这段话，又当做何感想。

左乎？右乎？半个世纪的政治风云和历史公案，谁人曾与评说？！

最后尚须交代的是，杨成寅作为一名理论家，他的主要学术成果是新世纪以后连续出版的中国画论专著《石涛画学》

（原名《石涛画学本义》，陕西师范大学出版社二〇〇四年）、哲学专著《太极哲学》（上海学林出版社二〇〇三年）以及汇总半个世纪以来艺术美学论述、自成体系的美学专著《艺术美学》（上海学林出版社二〇〇八年），这三部洋洋百万余字的中国画学、哲学、美学专著的出版，标志着杨成寅学术理论的高精尖，受到了国内外学术理论界的极大关注和高度评价，可谓好评如潮。限于篇幅，恕我不再一一细述了。

魂兮归来——熊秉明先生周年祭

二〇〇二年十二月十四日晚十时半，老友邱振中来电告知，熊秉明先生已于半小时前因脑溢血在巴黎寓所逝世。邱振中是熊先生的知音和忘年交，因此如此迅速地从熊夫人陆丙安女士处获悉他去世的消息。邱振中知道我与熊先生交往较早，又在《文艺报》工作，希望我通过媒体早日把这位旅法学者和艺术家——雕塑家、画家、书法家、诗人及书法理论家的不幸逝世消息告诉读者。可是，我这个退伍老兵尚未发稿，北京的新闻媒体——电台、电视台却在第二天发布了熊先生在巴黎去世的消息，紧接着上海《文汇报》也相继在《笔会》副刊上，用头条的巨大篇幅刊发了两位中国美术界著名人士的悼念文章：吴冠中的《铁的纪念——送别秉明》；郁风的《巴黎都暗淡了——悼熊秉明先生》。北京、上海的新闻媒体，如此神速，如此破格地报道和悼念一位海外艺术家和学者的去世，说明了这位艺术家和学者在中国文艺界的巨大影响。

相识"书艺班"

我与熊先生相识在十五年前。一九八八年八月，他应《中国书法》杂志之邀，从巴黎来京作为期一周的专题讲座，吴冠中先生告诉我这个消息。也是在吴先生的推荐下，我拜读了熊先生的《回归的塑造》（台北雄狮版），拜读了他的《关于罗丹——日记摘抄》（同上版），从而对熊先生其艺其文有了一个初步印象。也可以说，我是先读其书其文后识其人。熊先生来京举办的专题讲座是《书法创作内省心理学探索研究》，简称"书艺班"。这是他继一九八五年开办过的研究书法基本技法的"书技班"后的第二个讲座。参加"书艺班"的学员有二三十人，多是从各地来的中青年书法家，讲座地点设在原《红旗》（现改名《求是》）杂志小礼堂。礼堂内布放着十几张长凳长几，讲坛上放了一张三屉桌，桌上铺了一条毡毯，摆放了笔墨纸砚，讲座设施十分简陋。可是第一堂课听讲者中却坐着谢冰岩、沈鹏、王学仲、谢云等书法界的诸多名流。

熊先生走上讲台，把开办"书艺班"的宗旨，开宗明义地做了介绍。他说："书法能够成为艺术，在于创造个人的风格。

而个人风格的形成，或基于个人气质、个人经历与学养以及潜意识的储藏，把这许多个人生理、心理的资源发掘出来，经过酝酿，寻索塑造出一个独特而有意味的风格，这就是创造。"这段话简明扼要地道出了举办"书艺班"就是为了研讨创造个人书法风格的成因。为了考察学员的气质、经历和学养，以及潜意识的储藏，他让每个学员都按他规定的字句（例如"大宗师"等），放松情怀任意挥写，最好能达到忘乎所以，有效地释放出储藏的潜意识能量。书写前，他先做示范，然后让学员一个一个上台书写，并写上自己的大名，最后他逐张观看并收在一起说，这是作业，要带回去研究分析。

这种教学方式，对我来说确实是大姑娘上花轿——头一回，他讲得并不太多，不是填鸭式，而是启发式、交流式，还不时提问让学员思考，然后再作解答。尽管对于在特定环境中随意写几个字，能否探索出一个书家的气质、经历和学养，乃至储藏的潜意识，我是心存疑虑的，但对他的这种启发交流式的教学方法和平易近人的教学态度，我是肃然起敬的。他讲解的声音不高，速度不快，字斟句酌，条理分明，逻辑严密，他虽说是堂堂巴黎第三大学东方语言文化学院的教授，在我的眼里，他却是一介文弱书生，个头不高，脖子却不短，上身细长，两鬓花白，微微有点谢顶，一双眼睛十分有神，谈吐机智高雅。不知为什么，第一次听课，仰望着讲坛上的熊先生，竟然不由自主地联想起他用铁片焊接而成的雕刻——《铁鹤》。他真像一只鹤，一只仙风道骨的仙鹤！

两次访谈

由于职业敏感，熊先生的学艺经历引起了我的兴趣。留法前，他是西南联大哲学系的科班生，毕业后又以优异的成绩考取了巴黎大学文学院，主修哲学。一年后，他又转学雕刻。一般来说，哲学长于抽象思维，而雕刻则是需要形象思维的艺术，熊先生为什么要改变初衷转系学雕刻？就这个问题，我对他进行了一次访谈。

熊先生告诉我说，他改学雕刻，原因有三：其一，他主修的是西方唯心主义哲学。而当时国共谈判破裂，重新开战，国民党节节败退，共产党步步取胜，眼看共产党要推翻蒋家王朝。他知道共产党是信奉马克思主义的，而马克思主义的哲学基础又是唯物主义。唯心主义与唯物主义是水火不容的两大哲学派系，考虑到今后有可能回国效劳，他毅然改系学雕刻。其二，他改学雕刻，也不是心血来潮的贸然行动，而是有一定基础的。他自幼喜欢东涂西抹，早在西南联大求学期间，他就对雕刻产生了兴趣，曾经为他的母亲刻过一个头像，这座头像还获得了老师楚图南的赞扬，所以改学雕刻，也是兴致所趋。最后一个原因，与和他同住在一个宿舍的好友吴冠中有关，吴每天早出晚归外出写生，触动了他的艺术爱好，触动了他雅刻的技痒。

熊秉明改学雕刻是一九四八年的事。先是在工作室学习，后来又师事过几位欧洲著名雕刻家，试做过不少头像，从事过大型纪念碑雕塑，后以系列动物为题材的铁焊作品及石膏水牛著称。五十、六十年代之交，他是法国雕刻界中三位著名东方雕刻家之一。可是正当他在雕刻上如日初升、渐入佳境之时，他又改行从教，供职于巴黎大学东方语言系，任教汉语，这又是为什么？我又一次向他提问。

他的回答是，在国外做一名职业艺术家是很累的，也是很苦的。当年他在法国雕刻界虽已小有名气，可以在西方市场上出售作品，以此来养家。但是一件雕刻作品究竟值多少钱，很难估价。高了，觉得对不起别人，低了，又觉得对不起自己。他原本是学哲学的，与艺术界没有什么交往，也没有看见他们怎样卖画和出售雕刻作品，因此很难给自己的作品定价。那时他已经有了妻子（妻子是瑞士人）、孩子，必须挣钱养家。要养家糊口，就必须不断地生产作品，这种不断重复生产的方式，也使他很不愉快。他觉得艺术家真正的创造，必须是精心酝酿出来的东西，不能今天这样，明天那样，像订货一样照着生产。后来他觉得应该另外找一个职业来养活家人，养活雕刻艺术，保护自己的创作。巴黎大学正需要一个教中文的教师，他又有资格来教，于是应聘任教，教书之余，雕刻绘画，以教养家，以教养艺。

在巴黎大学教中文，实际上是向外国学生教汉语，教浅近的汉语，对于一个转修雕刻的高才生来说，是否学非所用？我又进一步提问。

熊先生在回答这个问题前，先给我背诵了一段诗：

> 十年前我站在黑板旁边。
>
> 我说，这是黑板，这是粉笔，
>
> ——我是中国人；
>
> 九年以前，我站在黑板旁边。
>
> 我说，这是黑板，这是粉笔，
>
> ——我是中国人；
>
> 昨天，我站在黑板旁边……

他说，他的教中文生涯，就是如此这般周而复始的重复。

有一天，一个学生问他道："老师，你这样教下去厌烦不厌烦？"他回答不厌烦。后来他扪心自问：这个回答是否诚实？他觉得还是诚实的。他觉得不断重复母语的时候，这些语言非常之美，即使最简单的短句也是诗。无心插柳柳成荫，他试着把最简单的中文写成诗，用初级的语法和词汇写了二十多首诗，成了《教中文》一组诗集。表面上看起来，他确实有点大材小用，学非所用，但他不以为然，不厌其烦地坚持教下去，教出了乐趣，教出了感情，教出了诗（用他的话来说，是诗找上了门）。六年后，他又改教书法，历十年之功，教出了一部皇皇学术专著——《中国书法理论体系》。

《母亲》塑像·孺子牛·铁鹤

一九九九年五月，《远行与回归——熊秉明的艺术》在中国美术馆举办。

从作品的含金量、从审美层次来看，应该说熊秉明的展品实属曲高和寡的阳春白雪，换一句话说，是叫好不叫座的展览。

这次展览，是熊秉明继台北、昆明、上海展出后的第四站。展品数量不多，但品种不少，有诗，有书法（用书法写的诗），有水墨画，有雕刻。几年过去，至今历历在目，但印象最深的还是他的雕刻。在十多件雕刻作品中。令我赏心悦目又刻骨铭心的有三件（组）作品，一件是《母亲》塑像，一件是《孺子牛》（又称《跪牛》），一组是《铁鹤》。

先说《母亲》。熊秉明在创作手记中写道，中国台湾舞蹈家林怀民到过巴黎，在他家看到这肖像时说："这不只是你的母亲。神情里有受苦和慈祥，像是所有人的母亲。"

我同意林先生的说法，这件《母亲》塑像，具有普遍性，像是所有人的母亲。为什么这样说呢？因为林先生的第一观感，一定是从这座塑像中看到了他的母亲的影子，什么影子呢——一个受苦和慈祥的母亲影子。由此及彼，他又从自己母亲的影子联想到受苦和慈祥也是天下所有母亲的共有的特征，所以推断说，她又像所有人的母亲。

对一个雕刻家来说，要塑造一个真实的母亲塑像也许并不困难，难的是塑造出一个既具个性又带有普遍性的鲜活的母亲形象。熊秉明早年塑过母亲的头像，也许塑得很真很像，受到了楚图南老师的赞扬。这次重塑，相隔离别了母亲四十年。四十年，对一个中年妇女来说，除了生理上的重大变化外，他的母亲还经受了历次运动，尤其是"文革"的心理磨难。可是当熊秉明从海外归来却惊异地发现，母亲的脸上竟然保留着尚未消逝的爱的光芒，正是这闪光的爱的光芒，点燃了他重塑母亲头像的心愿，他要把"一百多年来中国多难的历史刻凝在这一老妇人的肉躯上"（见创作手记）。他在塑造这座《母亲》塑像时，正是抓住了"多难"和"爱的光芒"，才塑造出林怀民说的"受苦和慈祥"的天下母亲普遍具有的特定神态。

牛，是雕塑家手中常塑的题材，也是熊秉明常塑不腻的对象。他手中的牛，不是荒漠中的拓荒牛，不是斗兽场上的斗牛，也不是牛栏里供人食用的菜牛，而是在农田里默默耕耘的水牛。他塑造过水牛的各种神态，其中最令我难忘的是一头《跪牛》（吴冠中易名为《孺子牛》）。你看，它的两条前腿拳曲地跪在泥地上。像在休歇，像在向老农倾诉，又像在等待小牧童骑上背来，不管是休歇，还是倾诉，或是待骑，它时刻准备着，只要主人一声令下，它就会奋起身来，继续耕耘前进。难怪楚图南先生见了要题诗赞道：

刀雕斧斫牛成形，百孔千疮悟此生。

历尽人间无量劫，依然默默自耕耘。

展览会结束后，熊先生又应南京大学百年校庆筹委会之邀，以《跪牛》为模型，重塑了一座巨雕铜牛，老友吴冠中亲笔为这座铜雕题下了"孺子牛"三个大字，熊先生的另一位老友科学家杨振宁也欣然题词道："秉明塑造出二十世纪几代中国知识分子的自我认识。"熊秉明也为《孺子牛》自题道：

仁者看见他鞠躬尽瘁的奉献 / 勇者看见他倔强不屈的奋起；

智者看见他低下前蹄，让牧童骑上，迈向待耕的大地，称他为孺子牛；

他是中华民族的牛 / 他是忍辱负重的牛 / 他是任重道远的牛。

在展厅里，我还久久地徘徊在一组《铁鹤》作品前观摩。如果说，熊秉明塑牛用的材料多为石膏，那么他雕刻鹤，则全采用铁片。石膏和铁片都是较廉价的雕塑材料。从创作年代来看，最早的一架《铁鹤》作于一九五三年。比较下来，处女作造型较写实，手法也较繁复，后来的《铁鹤》则采用减法，不断简化，渐趋抽象。他用铁片不断焊接《铁鹤》，数量之多，不亚于他用石膏不厌烦地塑牛群。如果说，牛是熊秉明塑不腻的对象，那么鹤则是他焊不完的题材。为什么熊先生对牛和鹤如此情有独钟呢？他的中国夫人陆丙安有一段阐述，我认为讲得很到位，现摘抄如下：

"说来也奇怪，他用牛和鹤来表达两种极端，一种是四蹄紧扎在土地中的沉重厚实的牛，背驮着多少辛苦和负重，依然默默耕耘，就像我们每个人扎根在社会里，历经沧桑，经受风雨，依然默默完成自己作为人的角色，这是背负社会责任的入世的儒家形象；而他的鹤，没有太多的刻意经营，或者说只刻意用几条线，几片铁，便勾勒出鹤的神态。这些鹤，自由超然，飘逸通灵，无论是昂颈翘首或停立行走，都那么悠然自得，它只与天地共享大自然，看不到任何社会的烙印和感情的伤痕，这实际上是道家的境界。他自己可能并未意识到，塑着塑着，哲学就从指间滑进了雕刻。"（见《文艺报》一九九九年五月二十五日《一颗童心》）

牛和鹤的雕塑，象征着熊秉明身上的儒家和道家的两种哲学境界，这段话说得真好，说出了熊先生潜意识里的创作思想。我想补充一点，儒家和道家是熊秉明哲学思想中的两个方面，儒家思想表现在内，道家思想表现在外。也可以说，他的思想本质是儒家，而表现形式是道家。儒家和道家对熊先生来说，是交替为用、联成一体的。

吴冠中曾开玩笑地说过熊秉明，在艺术上光是恋爱，而不准备结婚。实际也不尽然。雕刻早在学生时代就成了他的情人，后来又成了他的专业，二十世纪五十年代开始"同居"，不断"生儿育女"，一直同居了半个世纪。直到二十世纪末，年近八旬的他，还为中国现代文学馆铁雕了别具一格的《鲁迅》雕像，为南京大学铜雕了内涵深刻的《孺子牛》。尽管他从不标榜自己是雕刻家，但是作品是检验艺术家的试金石。以熊先生现存的雕塑（刻）作品而论，称为雕刻（塑）名家是名副其实而不为过的。我认为，在艺术上应该名正言顺地为他与雕刻颁发"结婚证书"了。尽管迟了一些，但犹未晚也。不知吴先生以为如何？

里程碑式的名著及名论

郁风在《巴黎都暗淡了》一文中说："对广大读者来说，熊秉明在艺术理论方面的贡献和影响，可能更大于他的作品。"吴冠中更进一步推论道："在他众多作品和著作中，我认为最具独

特建树性价值的是《中国书法理论体系》。"（见《铁的纪念》）

诚然，作为一个博学多艺的学者与文艺家融为一体的熊秉明，如果一定要把他的学术和文学艺术拆开来，分别予以评分的话，他在学术或艺术理论上的成就确实要高于艺术创作（包括雕塑、绘画、书法），当然也要高于文学创作（诗歌、散文）。这是不争的共识。

说《中国书法理论体系》最具独特建树性价值，我认为其价值就在于他筚路蓝缕，以启山林，为中国书法理论竖起了一座里程碑。说它是里程碑，是说他前无古人地借用了西方美学理论和现代抽象主义的创作原理这两把解剖刀来解剖中国古代书法理论，将零星的、感想式的、语录式的中国书论散珠，按书论者的审美观点和哲学基础分门别类地整理出来，整理成中国古代书论的六大体系——喻物派、纯造型派、缘情派、伦理派、天然派、佛教书法。这六大体系，归纳得科学不科学、合理不合理、严密不严密，都是可以深入研究讨论的。但熊先生开宗立派地开出了这个体系，在中国书法理论史上确实功不可没。基于这个认识，所以我认为这部著作是一部具有里程碑式的名著。关于这部名著的评析，不是本文的主旨，容当别论。

除了这部名著外，熊秉明还发前人之未发，石破天惊地提出了一个名论："中国书法则是中国文化核心的核心。"关于这个名题，是继"哲学是中国文化的核心"后提出的，最早提出于一九八四年九月，是在北京的一次书法座谈会上。此论一出，"有人听了深有同感，表示赞同，当然也有人怀疑，以为狂言"（见文汇出版社一九九九年版《书法与中国文化》）。

一九九二年六月，他在《中国书法》杂志社举办的为期一周的"书道班"上，又一次提出了这个命题，并做了简短的说明："书法代表精神活动从抽象思维回归生活的第一步。这是世界文化中十分独特的现象，是中国艺术的奇花，是中国哲学的异果。也正是在这个意义下，我曾经说，书法是中国文化的核心的核心。"

尔后，他又先后撰写《中国文化核心的核心》《书法与中国文化》两篇文章，反复阐述这个命题。

熊先生认为：说中国文化的"核心"是中国哲学，这个论题大家容易接受。因为文化就是一个民族的生存意志与创造欲望在实际世界中的体现，也就是这个民族的人生观、宇宙观、思维方式、抒情方式等的具体表现。所谓文化精神，就广泛地指此民族的人生观、宇宙观、思维方式、抒情方式等等，我们可以称为广义的哲学。狭义的哲学是此精神的自觉，是广义哲学的加工、凝聚和提升。在有的文化里，宗教是生活的主轴，文化的核心。在中国文化史上，宗教虽然也起过大的作用，但是文化的核心毕竟是哲学。

至于为什么说中国书法是中国文化核心的核心，他的回答是，一般研究中西文化比较的学者都承认一点，就是西方哲学有严密的逻辑系统，中国哲学则重视受用与人生实践。西方哲学家的努力，在构建一个庞大而严密的思想系统；中国哲学家最关心的是心身性命之学，他们讲"天人合一""内圣外王""极高明而道中庸"。中国哲学的努力，也求建造一个观念上说得圆融的体系，但最后不是走入观念世界达到绝对精神、进入天国达到神，而是要从抽象观念中回归日用实际。而从抽象思维回归到形象世界的第一境可以说是书法。书法的素材是文学（文学疑是文字之误——笔者注），也就是抽象思维运用的符号。绘画用的素材尸是实际世界的形形色色，事事物物。书法用的是符号，但是在这里，符号取得了具体事物的特点，也就是有了个性。当我们欣赏书法作品时，就会浸沉于一种生命的格调韵味。我们低吟玩味的同时，是哲学，是诗境，也是书法。

熊先生还认为，书法代表中国人的哲学活动从思维世界回归到实际世界的第一境，它还代表摆脱此实际世界的最后一境。并举弘一法师出家后，百艺俱废，只写书法为例说明，还举慷慨就义的烈士往往留下绝命诗和血书告别世界来说明，举老年人退休后参加书法活动来说明，生命最后的时日，能够在这里得到心灵的安慰和寄托，能不说是文化的核心的核心吗？
（以上论述均引自《中国文化核心的核心》）

　　熊先生率先提出的"书法核心"说是否科学，是否站得住脚，当然还要经受一段时间的考验。据悉在京城已有不少赞同者，尤以书论家韩玉涛为代表，他在《中国书学》一书中，把这句话当作了该书的楔子（关于《中国书学》，由于手头无书，恕不多言）。

　　五十年前，法国的一位华裔画家朋友曾调侃过四面出击的熊秉明：你手里只有一把米，你要喂五只鸡，怎么能喂得肥呢？书法和书法理论，是最后才引起熊先生注意和兴趣的两只鸡，也是五只鸡外的另两只鸡。想不到"书法理论"这只鸡喂得如此肥壮，如此出色。究其原因正如他在《书法和中国文化》一文所言："在过去，我不曾想要下功夫学书法，研究书法理论，但是随着时日迁流，年岁增长，书法问题渐渐成为我思考的一个主要课题和活动项目。这转变有一些外在原因，但同时我也隐约地意识到书法是研究中国文化的一条途径，由此切入是一捷径，并且可以接触许多活泼有兴味的问题，有些是前人所未接触的。"

　　从时间上推断，熊秉明在巴黎第三大学教中文转教书法之年是一九六八年，当年他已四十六岁，也就是说，他是在步入不惑之年后才下功夫学教书法、研究书法理论的。他不鸣则已，一鸣惊人，花了十年工夫将教学和研究心得写成了一部皇皇巨著。成书前，他先在中国香港《书谱》杂志连载，反响颇好。成书后，在中国台湾一版再版，一九九九年收入上海文汇出版社《熊秉明文集》第三卷，最近又由天津教育出版社出版修订本。《中国书法理论体系》也罢，"书法核心"说也罢，都是熊秉明在中国书法理论史上具有里程碑式的名著及名论。

魂兮归来

在《回归的塑造》一书的第二章，熊先生用诗的形式向读者讲述了《远行和回归》的一个故事，故事中一老一少两个雅典人：老雅典人鬓发尽白，但精力充沛，驾一只旧船破帆驶港而归；年轻雅典人容光焕发，披发迎风驾着轻舟出海。两船相错而过，有了如下一段对话：

老雅典人说：

> 回雅典呀，我可回来了
> 我走遍这个世界了，
> 埃及、巴比伦、叙利亚、波斯、骈尼斯、西西里，

什么奇迹我没有见过呢？

唉，走来走去，觉得还是雅典好。

所以还是回来了，啊，雅典娜！

少雅典人说：

什么雅典，我已经看够了，

这个污浊丑陋的城市

市侩和官僚统治的城市，

你听说了吧，

把苏格拉底处了死刑……

这个地方我实在待不下去了，

到开罗街头作乞丐流浪汉，

我也要走了……你回雅典？

这个故事有点像古希腊的故事，但又不全是。老雅典人驶船回港，少雅典人扬帆出海，一个要回，一个要出，正像二十世纪四十年代钱锺书先生所写的小说《围城》题记所写，城里人要出去，城外人要进来一样。出城与进城，远行与回归，对老少两代人来说，仿佛是一条周而复始，永远无法调和的代沟。这个代沟，两千年前的古希腊有，一个甲子前的旧中国有，改革开放后的中国又何尝没有？就拿熊先生来说就是个最好的明证。

熊秉明二十世纪四十年代去国离乡赴法留学之时，正是青春年少、奋发有为之年。他像那位年轻的雅典人那样，有感于国内的政治腐败、民不聊生，决意出国留学。本当学成归来，报效祖国，服务桑梓。可是由于众所周知的政治原因，迟迟未能回归，欲归难归。直到八十年代后，他才得以频频回国，或探亲访友，或讲学，或举办画展，或应邀创作雕刻。进入新世纪后，他回来的次数更加频繁，一年之内竟达两次之多。对于一个八旬老人来说，万里迢迢，不辞劳苦，往返于大洋两岸，这究竟是为什么？我想，他主要是感到来日无多，应该争取时间，为祖国桑梓尽量多做一点文化学术的交流工作。也许读者要问，既然熊先生有服务桑梓的想法，何不索性叶落归根，定居故土，也可免旅途劳顿之苦。关于这一点，老友吴冠中有一个解释："一个异国老人，客居海外，为祖国工作着。我认为他不如归来，就落户在嘈杂的父老乡亲中。但我没有向他建议，因这明明是徒然，人生之缘都早已被圈定。"吴先生没有劝他回国定居，是因"人生之缘早已圈定"。那熊先生是否想过回国定居？据邱振中告知，熊先生不仅想过，而且说过要在上海和北京两地之间，选一处供晚年养老，还实地考察过，可惜最后尚未选定，却已遽归道山。

呜呼哀哉，魂兮归来！

《对人性和智慧的怀念》文汇出版社二○○五年初版

跋

　　庚子岁末，阅完书稿校样，一身轻松，终于了却了数十年来的一桩心事。这部书稿是二十世纪八九十年代以来刊载在国内报刊上的部分文稿的结集。当时的报刊尚无电子排版，所以无法留存电子文本，更无法直接制版出书，需要有人把纸本文字转换成电子版。无奈之下，特请南京友人康馨、世凡在电脑上敲字过录。两位友人费时费力过录了拙稿，才编选了这部书稿，特此致谢。还要感谢老友刘昌祺先生扫描了书封上的作者素描头像。最后还要感谢我的复旦导师吴中杰先生，他不顾年迈，执笔为我的书稿撰写了五千言长序。

图书在版编目（CIP）数据

艺事写来任天真 / 包立民著 . —杭州：浙江大学出版社，2022.2

（启真·文史丛刊）

ISBN 978-7-308-22022-4

Ⅰ.①艺… Ⅱ.①包… Ⅲ.①随笔—作品集—中国—当代

Ⅳ.① I267.1

中国版本图书馆 CIP 数据核字（2021）第 243949 号

艺事写来任天真

包立民　著

责任编辑	叶　敏
责任校对	黄梦瑶
装帧设计	蔡立国
出版发行	浙江大学出版社
	（杭州天目山路 148 号　邮政编码 310007）
	（网址：http://www.zjupress.com）
排　　版	北京辰轩文化传媒有限公司
印　　刷	河北华商印刷有限公司
开　　本	880mm×1230mm　1/32
印　　张	11
字　　数	190 千
版 印 次	2022 年 2 月第 1 版　2022 年 2 月第 1 次印刷
书　　号	ISBN 978-7-308-22022-4
定　　价	79.00 元